ポバティー・サファリ

イギリス最下層の怒り

ダレン・マクガーヴェイ 著　ブレイディみかこ 序文
山田 文 訳

集英社

序文

「ポバティー・サファリ」とは何なのか

ブレイディみかこ

「EU離脱はどうなっているのですか?」

どんなテーマで取材を受けていたとしても、日本のジャーナリストたちは最後にはみんなこの質問を投げてくる。

要するに、彼らがいま英国について知りたいのはそれなのだ。

けれども、そんなに簡単に答えられるならわたしの在住国だってここまで混迷していない。これほど複雑な問題を、一言や二言で説明しろというのが無茶な話だ。でも遠く離れた場所から見ている人々の認識なんてきっとそんなものだ。彼らがほしいのはわかりやすく明快な答え、それだけなのである。

これは貧困の問題にも当てはまる。

「どうして貧困から抜け出せない人々が存在するのでしょう」

外側から見ているだけの、わかりやすい答えがほしい人々はいきなりこんな問いを投げてくる。

貧困《ポバティー》がそんなにシンプルに語れる問題だと思っているあなたは、きっと「ポバティー・サファリ」をするのなんかも大好きでしょうね、と本書の著者、ダレン・マクガーヴェイならたぶん言うだろう。

彼の言う「ポバティー・サファリ」とは、サファリで野生動物を見て回るように貧困者を安全な距離からしばらく眺めたあと、やがて窓を閉じて忘れてしまうことだ。しかし、貧困はジープの窓から眺めておけばだいたいわかるというような単純な問題ではない。実際、貧困は、ほぼすべての社会問題と相関関係にあるのだとダレンは書いている。

彼はスコットランドの貧困地域の虐待的文化のど真ん中で育った。三六歳で亡くなった母親も幼いころから暴力の中で育ち、若くしてレイプされ、アルコールとドラッグに依存した。自分の息子が泣きやまなかったら彼の自転車を川に投げ捨て、言うことを聞かないとナイフを片手に家の中を追い回し、幼い息子を殺そうとした。ダレンが学校でいじめの恐ろしさを乗り越えられたのは、母の恐ろしさに比べたら何でもないからだった。

彼女の常軌を逸した行動は、彼らが暮らす貧困コミュニティ全体が抱える問題をそのまま反映していた。それは彼の育った環境では特別なことではなかったのである。

しかし、その世界を知らない人々にとっては、彼の育った環境と経験は特別なことだった。

中等学校卒業を目前に控えたころ、BBCラジオ・スコットランドの番組でダレンは雇用と階級の問題についてコメントするが、これが話題になって出演依頼を受けるようになり、ニュース番組のゲスト司会者を任せられるまでになる。そしてイングランドの「チャヴ」と同じ意味で使われるスコットランドのことば「ネッズ」を題名に掲げたラジオ番組の司会者になり、ジャーナリストのように国内を飛び回りながら、「ロキ」というステージネームでラッパーとしても活動を始めた。

地元でのちょっとした名声を手にしながら、徐々にダレンは違和感を覚えるようになる。その理由について彼はこう書いている。

子ども時代のことを話すのはいい。けれども、貧困とその原因や影響についてぼくが理解を深めて意見を述べるようになると、あまりいい顔をされなかった。（中略）「予算を決定するのはだれですか？」「貧困があるからこそ、あなたたちの仕事が全部成り立っているんですよね。だとしたら、どうやって貧困を解消できるんですか？」。こういう質問をすると、まわりの人たちは落ちつかない様子を見せた。

つまり彼は、「衝撃のアンダークラス」のリアル当事者としてのみ重宝されていたのだ。メディア人や福祉・慈善関係者たちは、「貧しい人」としての彼の話を聞くのは大好きだったが、いったん彼が政治的なことを話し始めると興ざめし、彼のような境遇の人間は大した考えを持っていないと決めつけていた。

世間の注目を集める存在になりながらも、ダレンのアルコールやドラッグへの依存は深刻になり、ホームレスの状態になっていた。彼のような立場の人間は、自分に力を与えようとしている人々の気分を害することをした途端、彼らにあっさり見捨てられるのだということをダレンは学んだ。それは組織でも、運動でも、政党でも同じだった。声なき人々に声を与えよう、と言っている人たちが、ダレンがラジオの台本から離れて本心を語り始めるとマイクを切り、照明を落とすのだった。

この経験を経て、ダレンは悟った。彼のような階級の人間が自分の考えを聞いてもらおうと思ったら、意見をしゃべる前に、アルコール依存症で亡くなった母親や、つらかった子ども時代のことを話さなければならない。お偉方やミドルクラスの善人たちに下層の人間たちのことを受け入れさせようと思ったら、「体裁」を繕う必要がある。体裁とは何なのか。信じられないほど悲惨な貧困当事者として、まず彼らがほしがっている話を聞かせることだ。

だから本書も、前半は彼自身の幼い日からの回顧録になっている。文字通り、ダレンはまず「ポバティー・サファリ」を提供しているのだ。日本の人々はこれを読んで驚くかもしれない。

そこには何一つ活字用に殺菌されていない、赤裸々でグロテスクなスコットランドの下層の日常があるからだ（当然だが、ここに書かれている労働者階級の人々はケン・ローチの映画の登場人物のようにみんな「罪なき人」というわけではない）。だが、本書でダレンが本当に書きたかったのは、この「ポバティー・サファリ」の部分ではないだろう。だからこそ、この本のタイトルが二重の意味で効いてくる。自分の意見を聞いてもらうための「体裁」を整えたダレンは、後半で貧困問題についての私説を展開し、彼が提唱する「二一世紀のラディカリズム」について論じる。右派も左派もそれぞれのやり方で貧困問題を取り違えてきたのだとダレンは書く。そしてEU離脱の問題についても（彼自身は残留派であっても）こう分析する。

ブレグジット決定後のイギリスは、めったに声を聞いてもらえない人たちがマイクを握って、自分たちの状態をみんなに伝え始めた一例だ。（中略）この人たちは、生まれて初めて自分たちの票が実際に変化をもたらしたことに強いショックを受け、中流階級のリベラル派から「クソ」「クズ」呼ばわりされた。

ラジオで自分の意見を言い始めたらマイクを切られたときのことを、彼は思い出していただろうか。

「ネオリベラリズムがすべての問題の根源だという解説記事をこれ以上読まされたら、ぼくはまた酒を飲み始めるかもしれない」と彼はイデオロギーで貧困問題を捉える人々に警鐘を鳴らす。

左派は体制のせいで貧困が起こると考え、右派は体制には何の問題もなく、貧困は自己責任によるものだと考える。だが、この二項対立は当の貧困コミュニティを置き去りにしてきた。我々は新たな考えが必要な局面に来ているとダレンは言う。左派は体制を批判するだけでなく、右派が間違った解釈で独占してきた個人の責任という概念を取り戻すべきだと信じるからだ。貧困のコミュニティで能力を弱められた人々は、どこまでも受動的な犠牲者として扱われてはならない。彼らに尊厳を認めるのなら、彼らから自分の人生を引き受ける責任と主体性を奪ってはならないはずだからだ。

社会を根本的に変えたいと望む個人や運動が新たな段階に進むには、まず自分たち自身を根本的に変える必要がある。それこそがいまの時代のラディカリズムなのだと主張することにダレンはもう躊躇しない。

*****

この作品は二〇一八年のオーウェル賞を受賞している。ダレン自身の回顧録（＝ポバティー・サファリ）と新ラディカリズム論を融合させた本作は、ジョージ・オーウェルの『パリ・ロンドン放浪記』の現代版と評された。

選考委員長のアンドリュー・アドニスは本作についてこうコメントしている。「これは緊縮財政を嘆き悲しむだけの作品ではなく、個人の力への賛歌だ。社会全体に対する批評でもあり、個人の自由とエンパワメントを呼びかける声でもある」

これほど端的に本作の魅力を言い当てたことばもないだろう。右と左だの、上と下だのといった大きなことばを用いた政治・社会批評（わたしもそんなことを言ったことがあるひとりだ）が見失ってきた「人間」という基本のコンポーネントを、本作は力強くルネッサンスさせているからだ。その意味では本作は、「ポリティカル・ライティングを芸術に」というオーウェルの野望を継承する文学的政治批評と言ってもいい。

だからこそ、この本を読む者は、頭だけでなく心まで揺さぶられてしまうのだ。

そしてこの「個人的な経験に基づいたソーシャル・リアリズム」というオーウェルのテーマの王道を行く本の全体にこそ、日本の人々がいま英国についてもっとも知りたいことが書かれているはずである。

本書をぼくの美しくもか弱い妹と弟、
サラ・ルイーズ、ポール、ローレン、スティーヴンに捧げる。
ぼくが三三年の人生で学んだことをすべてここに記した。
ぼくがそばにいられなかったときのことや、
ぼくやほかの人間がみんなを失望させたときのことを申し訳なく思う。
みんなのことが大好きだ。
いつかまた家族としてテーブルを囲める日がくるのを楽しみにしている。
追伸　ドラッグはしないこと。

POVERTY SAFARI by Darren McGarvey
© Darren McGarvey 2017
First published 2017 by Luath Press Limited, Edinburgh
The paperback edition first published 2018 by Picador, an imprint of Pan Macmillan, a division of Macmillan Publishers International Limited

Japanese translation and electronic rights arranged with Macmillan Publishers International Limited, London, through Tuttle-Mori Agency, Inc., Tokyo

リエゾン・コーディネーター
（連絡調整官）

男の長広舌
あれやこれやの
何が正しい
何がおかしい
そして

ぼくは男に言う
ジミー、きみの職は何なんだ
きみの仕事は

リエゾン・コーディネーター
男は言って、ああそう、ぼくは言う
リエゾン・コーディネーター

この地域がまさに必要なもの
失業
飲酒
暴れまわる少年たち
崩れ落ちる家
トランキライザーをキメた女
ようやく送られてきたのが
リエゾン・コーディネーター

何のかは知ったことじゃないが
学位を持ち
それをどうすりゃいいかもわからずに
金をもらう

トム・レナード

目次

はしがき

この本はラッパーとコラムニストとしての仕事の片手間に書き始めたが、だんだん生活の中で大きな位置を占めるようになり、最後にはほかの仕事をすべて減らしたり中断したりして仕上げた。書き終えるのに一年半以上かかった。最終締め切り二日前の二〇一七年六月一四日、目を覚ますと、ロンドン西部の高層住宅火災のニュースが飛びこんできた。

みんなと同じように映像を見てショックを受け、ぞっとして打ちのめされた。時間の経過とともに、くすぶり続けるグレンフェル・タワーのニュースが続々と届く。上層階で身動きが取れなくなった人たちが、小さな子どもを窓から放り投げたあとに炎に包まれたという。また、勇敢な振る舞いや自己犠牲の行為が報じられた。自分の命を顧みずに、眠っている人たちを起こそうと建物に駆けこんだ人たち。犠牲者のポケットの中で鳴り続けていたに違いない電話のことが頭から離れなかった。

その日ののちほどには、死を覚悟した犠牲者たちがソーシャルメディアに投稿したお別れのメッセージのことが伝えられた。絶望的な状況のもとでの彼らの勇気を考えて、ぼくの目は涙でいっぱいになった。眠っている間に住まいをのみこんだ煙と炎に囲まれて身動きが取れない中、この勇気ある人たちは驚くべき威厳をもって最期の瞬間に向きあったのだ。ぼくは自分の息子のことを考えて、ほんのわずかな可能性にかけて窓からこの子を放り投げるか、それとも腕にしっかり抱き締めたまま炎にのまれるか、決断しなければならないとしたらと想像した。考えるだけでもつらすぎる。グレンフェルの住人は、そんな決断を迫られたのだ。

この想像を絶する火事は、一室から始まってたちまち建物全体に燃え移ったが、だれかが悪意をもって起こしたわけではなかった。テロ行為の結果ではなく、防ぐことのできる災害だった。人的ミスと大きな怠慢とが組み合わさって起こったのである。六月の総選挙の結果、中央政府の力が大幅に弱まって社会が不安定になっていたので、イギリスはその後、暴動発生寸前にまで追い込まれた。テリーザ・メイ首相は火災対応でリーダーシップを発揮できなかったことを責められ、グレンフェルの住人から罵られて警察官に守られながら車に押し込まれた。ニュースからは、深く傷ついた人たちがリーダー不在の中なんとかコミュニティを立て直そうとする様子が伝わってきた。現場でも関係当局は対応に苦心していた。犠牲者への支援は混乱をきたし、死者の数もはっきりしない。中央政府と同じく自治体も最低限の機能すら果たせていなかった。

たしかな情報がない中、怒りに駆られ悲しみにうちひしがれた人たちが、臆測と非難によって情報の空白を埋め始めた。抗議の声を上げようと群衆がケンジントン&チェルシー区議会本部の前に集まったとき、役人は陰に引きこもって自分たちの城に身を潜め、このコミュニティのあらゆる権力機構と同様に公衆の面前から姿を隠した。暴動が起こるのではという噂もあったが、グレンフェルの住人は模範的に振る舞った。火災発生から一週間が経ち、死者の数が増える中、生存者はいまだに公園にとめた車に寝泊まりしていた。

グレンフェルの住人の声は日頃からないがしろにされていて、そのせいで火災につながる一連の決定がなされた。とりわけ、経費節約のために燃えやすい外装材と断熱材を使ったために、建物全体に火が急速に燃え移り致命的な被害を生んだのである。


使用予定の素材は、建物に斬新な装いを与え、周囲の景観を損なうことがない。タワーは高さがあるため、南のエイヴォンデイル保存地区と東のラドブローク保存地区からも目に入る。現在のタワーに手を加えることで、とりわけ周辺地域から見たときの外観がよくなる。このように、本計画案によって保存地区内外の景観が改善される。

グレンフェル・タワー改装計画申請書（二〇一四年）

ぼくはグレンフェルの人たちと強い結びつきを感じる。高層住宅の騒々しさ、暗くて汚い階段、小便と湿気《しけ》た犬の毛の臭いがしてしょっちゅう故障するエレベータ、無愛想な管理人、とくに夜に建物に出入りするときの気味の悪さ、それをぼくも知っている。地上高くにある窓からは絶景が眺められるのに、世界から切り離された感じがする、その感覚をぼくも知っている。上下左右に何百もの人がいるのに、ひとりぼっちのように感じるのも。それに何より、目に見えない存在でいるのがどういう感じか、ぼくには理解できる。建物自体はずっと遠くからも見えて、空を眺めればひときわ目を引くにもかかわらず。

グレンフェル・タワー周辺のコミュニティは、ぼくになじみのあるたくさんのコミュニティと似ている。いわゆる「恵まれない」コミュニティで、よそ者と政府に病的なほど疑いの目を向ける。権力者は「下層階級《アンダークラス》」の問題を気にかけたりはしないから、民主主義のプロセスに参加しても意味がないという考えが深く染みこんでいる。

ショックだったのは、地元の人たちがずっと前からグレンフェル・タワーの安全に警鐘を鳴らしていたと報じられたことだ。火事は防ぐことができたのだ。火災が起こった日の昼には、ぼくはすでにグレンフェル・アクション・グループのブログを見つけていた。詳しい記事がたくさん掲載されていて、コミュニティの複雑な問題が幅広く取り上げられている。住民は、火災安全措置が不十分だとして、火災のリスクにもはっきりと警告を発していた。それに火災後、全国的に注目を集めた「室内待機」の指示にも疑問を呈していた。注目が集まる前から、火災が起こったらとんでもない数の死者が出るとブログでは予見されていたのだ。

日を追うごとにグレンフェルの状況が知られるようになり、それを通じてアンダークラスの生活にも注目が向けられた。無数の新聞記事、ニュース、ラジオ番組が高層住宅に暮らす人たちの生活を捉えようとした。ずっと無視され軽んじられてきたのに、いきなりみんなが、このような「恵まれない」コミュニティでの暮らしに関心を向けるようになったのだ。みんな立派な思いから関心を向けてはいたものの、ほとんどの人はつかの間の物見遊山をして通り過ぎていっただけだ。ある種のサファリのように、現地の住民を安全な距離からしばらく眺めたあと、やがて窓を閉じてそのことは徐々に忘れていった。

ずっと昔からぼくは、同じパターンを自分のコミュニティで目にしてきた。だからこの本を、自分たちは誤解されて無視されていると感じている人たちに共感してもらえる一冊にしたかったし、その人たちの気持ちや関心に声を与えるある種のフォーラムにしたかった。この本で考えるテーマや問題は、グレンフェルのようなコミュニティと深く関係している。こういうコミュニティでは、政策決定者は人々の声に耳を傾けない。致命的に間違っているときでも、自分たちのほうがものをわかっていると思いこんでいる。本書で検討することは、グレンフェル・タワーの火災後に怒りがわき起こった背景を理解するのに役立つと思う。それに、この怒りは火災で人命が失われたことだけに向けられたのではないという重要な点を理解するのにも役立つはずだ。イギリス中のありとあらゆる場所に、健康、住宅、教育のさまざまな次元で貧窮状態にあり、実質的に政治から排除されていると感じている人たちのコミュニティがあって、そこでは怒りが感じられている。そしてこの怒りは、状況が変わらないかぎりずっとぼくらについてまわる。本書ではぼく自身の経験に基づいて、また政治についてのぼく自身の考えを表明しながら、どのような変化が求められるのかを示そうと試みた。

はじめに

ぼくみたいな人間は本を書かない——ぼくの頭はずっとそう言っている。「本を書くだって？　そもそもそんなことをしようって気になるほど、本を読んでもいないじゃないか」と鼻で笑う。たしかにその通りだ。ぼくはいつも本を読んでいるわけではない。ただ、ことばはいつも使っている。学校時代からずっと、ことばの見た目、音、意味に一番の関心を向けてきた。子どものときは大人と話すのが大好きで、いつも新しい単語を学んでボキャブラリーに加えた。ませていたぼくは、五歳のときにはもう母のひどい文法を訂正して、母をイラつかせていたという。一〇歳のときには短篇小説を創作していた。当時ぼくの作品に一番の影響を与えたのは祖母とバットマンで、多くのことばをそこから借用した。

でも、本を読んだ記憶はない。たまに手に取ってぱらぱらとページをめくってみたり、必要な情報を見つけようとして（たとえばトルコの首都がどこかとか——ちなみにイスタンブールではない）本に目を通したりすることはあった。多くの人が、人生を変える本を読んで読書への情熱に火がついた瞬間を語るけれど、ぼくにはそんな記憶はない。ただ、本に悪戦苦闘して、その分厚さと字の多さに怖《お》じ気《け》づいた記憶ははっきりと残っている。分厚い本のことを考えただけで、ぼくには手に負えないという気がした。

中等学校時代には、作文能力のおかげで国語の成績はトップだったけれど、文学はまったくわからなかった。まわりの人たちは、まだ自分にぴったりの本に出会っていないだけだから、辛抱強く本を読み続けろと言う。読書が苦痛でなくなるまで、筋肉のように脳を鍛えなければならないというのだ。けれどもぼくは、このアドバイスとアドバイスをくれた人たちにひそかに憤慨していた。アドバイスには従わず、ぼくが文学と結びつくのを阻む目に見えない壁があるのだという考えに落ちついた。そもそも読書に問題を抱えているのはぼくだけではなかった。いつも本を読んでいる人のほうが珍しかった。読書は楽しいことではなく必要悪であり、がまんしてやることだとみなされていたのだ。ぼくはほかのクラスメイトとは違って、手に取る本を全部読みたいと心の中では思っていた。けれども、いつも読み始めて少ししたらそんなことは無理だとわかる。挫折感を覚えて、そのうちあきらめた。

軽いペーパーバックは、見た目が小さくて表紙も興味を惹かれるデザインが多かったけれど、イラストがないのがわかるとすぐ棚に戻した。あまりにも字がぎっしり詰まっていたから、ぼくの目にはごちゃごちゃして混沌としているように映った――引っ越し直前にそのことばかり考えているときのような不安でいっぱいになった。字が小さくて行間が詰まっているのを見るとぼくには無理だと感じて、読みすすめてもその気持ちは強まるばかりだ。『指輪物語』も初めの数ページで読む気をなくした。中《なか》つ国《くに》でフロドが繰り広げる有名な冒険については、いつも話に聞いていた。でも恥ずかしいことにぼくは、毎回ビルボの誕生日パーティーが終わる前までしかたどり着けなかった。

ハードカバーは字が大きいので一見読みやすそうだと思ったけれど、本の大きさと重さに意気をくじかれた。国語の先生に、高等英語の資格試験のためにジョン・アーヴィング『オウエンのために祈りを』を読んで批評するように強く勧められたことがある。ぼくにそんな離れわざができると思ってくれたのはありがたいけれど（なにせ六一七ページもある小説なのだ）、いくら親切に勧められても無理なものは無理だ。先生はぼくの力をとんでもなく誤解していて、まるで赤ん坊を山にのぼらせようとしているようなものだった。結局、テネシー・ウィリアムズ『欲望という名の電車』に落ちついた。戯曲でページがあまりごちゃごちゃしていなかったから、まだましだと思ったのだ。それにスタミナがなくなったら、映画版を観られるという利点もあった。

『ハリー・ポッター』みたいな複数巻の大作を読むなんて論外だった。たとえばロアルド・ダール『すばらしき父さん狐』やアン・ファイン『フラワー・ベイビー』について議論しなければいけないときには、ところどころ拾い読みして全部読んだふりをした。

それでもぼくは新しいことばをたくさん吸収した。新聞からもことばを拾うようになったけれど、ほかの人が話しあったり議論したりするのを聞いて、本来ならば本から学ぶことを理解するようになった。こうしてぼくは、対立するものの見方に関心を持ち、自分とまわりの人たちの考えを吟味するようになって、ときには周囲の人たちをイラつかせるようにもなった。

ぼくは双方向でやりとりできる情報のほうが好きだ。ディスカッションは魅力的で楽しく、がまん比べみたいな読書とは違った。話し、人の話を聞き、話し方をよく観察しているうちに、さまざまなタイプの人と幅広い話題で会話できるようになって、熱心な読書家という印象すら与えていたかもしれない。読書は（というより学校の勉強のことは何でも）、男友だちの多くには女っぽい、あるいは気取ったやつや変人がやることだと思われていた。もし頭のいいことが社会的に受け入れられる学校に通っていたら、たぶんもっと本を読んでいただろう。

詩には挫折と混乱を覚えるだけだった。わかりにくいメタファーやおかしな句読点の打ち方のせいだけでなく、内容もわからなかった。あまりにも高尚なことばで書かれているから、なんだか鼻で笑われているような気がした。こんなものを理解したり楽しんだりできるやつはいないだろうと思っていた。意味を見つけようと苦心するうちに——というよりは、試験で及第点を取るために、あらかじめカリキュラムで決められた意味を見つけようとするうちに——読書と読書人にすでに敵意を抱いていたぼくは、同じように詩と詩人にも敵対心と懐疑心を持つようになった。ただ、そういうぼくの態度の根底には、拒まれてのけ者にされていることへの不満があった。自分は落伍者だという押しつぶされるような気持ちがあった。印刷物の世界には絶対に手が届かないと感じて、本に恐怖と不安を覚えるようになった。本の一番の構成要素、ことばには興味があったにもかかわらずだ。どこかの時点でぼくは、分厚い本はいい学校に行って、いい家に住んで、気取ったアクセントで話して、いいものを食べる人間のためにあるのだと判断した。

これは間違った考えだった。

間違った考えを自分のアイデンティティに組みこんでしまったから、当然、それを正当化する理屈を考え出さなければいけなかった。読書に向いていないとか集中力がないとか思いこんだり、自分には特別な支援が必要でそれを求めるべきだと考えたりしたけれど、それは望ましいことではなかった。そもそも作文の成績は悪くなかったのだから。そんな頑固な思い込みを持ってしまったせいで、自分は頭がいいという高慢な自負と、本が読めないという惨めな現実の間で板ばさみになった。

でもぼくは卑屈になることなく、その理由を説明するために、手のこんだ壮大な物語を編み出した。ぼくが最後まで本を読めないのは頭が悪いからではなく、精神的に自立している証《あか》しだと考えたのだ。本を読めないのは、読めと言われる本、いいと勧められる本が本当はクズだからだ。カリキュラムが気取った上流階級のたわごとだらけで、ぼくのコミュニティや経験とは何の関係もないからだ。本は自分に押しつけられていて、教師から与えられる答えを暗記してそれを繰り返すことで、ぼくの人間としての価値が決められている、そんなふうに考えるようになった。そうすることで教師は権威を得ているのだと。

たぶんこの考えにも少しは真実が含まれていたと思う。けれども、そもそもどうして自分がこんなふうに考えるようになったのかは、まったくわかっていなかった。当時は批判的な思考や自立心からこう考えるようになったと思いこんでいたけれど、実際にはもっぱら自分の欠点や力不足から目をそらすためにそう信じていたのだ。当時それを指摘されていたら、ぼくはとても腹を立てただろう。本を読めない挫折感と、そのせいで染みついた疎外感から、出くわす人、場所、もののほとんどと相容《あいい》れない世界観を持つようになっていた。何年もずっとその状態で暮らしていて、ある朝、酔っぱらって留置場で目を覚ましたときに、人生を根本から変えなければいけないとようやく気づいた。

本来の読み方とは違うことも多かったけれど、ぼくは本をたくさん読んできた。これが考え方と書き方にも反映されていると思う。ぼくみたいな人間は本を書かないという考えは、いまでも耳に響いている。ひょっとしたらぼくが書いたものは、ただ大言壮語をざっくりつなぎ合わせて本の体裁にしただけで、かつて読書人を装っていたのと同じなのかもしれない。ぼくはこの本で、普通とは異なる自分の読書経験のことも含めて、たくさんのことを表現しようとした。ぼくみたいに読書に手こずる人たちに向けて書こうとした。そういう人たちが適当にページをめくって、部分部分を好きな順番で読んだり、短い章だけを選んで目を通したりできるようにしたかったのだ。それと同時に、自分の考え方、話し方、書き方に忠実に、これまでの人生で集めてきたことば、ボキャブラリーのすべてを使って書いた。

貧困について書かれた本で、これよりもすごいのは何冊もあるはずだ。ただ、ぼくは一冊も読んだことがない。

Crime and Punishment
罪と罰

紫の上着にグレーのジョギングパンツの女性たちが、縦一列に並んで舞台芸術スペースに入ってくる。堂々とあいさつしなくてはいけない。目と目を合わせて手をさしのべる。ただ、手を取ってもらえなくてもさりげないふうを装っておく。五人組の最後のひとりが中に入ると、たちまち扉に鍵がかけられる。鍵をかけるのは付き添ってきた背が高く屈強な制服の男だ。扉がしっかり閉まったのを確認すると、男は同僚がいるうしろの調整室に入って、ぼくは女性たちを座席に招く。椅子が円になって並んでいて、その前に何も書かれていないフリップボードがある。

刑務所の奥深くにある舞台芸術スペースは、ちょっとした見ものだ。劇場としての設備が完璧に整っていて、リハーサル室と舞台があり、ワークショップやセミナーや映画の上映に使える。ひんやりとした暗い空間で、初めて足を踏み入れるとそれが際立って感じられる。グレーと白に統一された刑務所内のほかの場所とは、あまりにも雰囲気が違うのだ。スペースの片隅には楽器が置かれている。一番の人気はアコースティック・ギター。部屋の前方中央にある小高い舞台の天井にはマルチスピーカーの音響システムがついていて、さらにその上にちょっとした照明装置が取りつけられている。公共施設と変わらない立派な設備だ。これだけの規模と仕様の装置を揃えるには、普通ならばレンタルしなければならないが、当然の理由からここではそれはむずかしい。正門から刑務所に入った瞬間から、まるで税関手続きでも受けているような感じだ。ここで毎日働く職員ですら、出入りのたびに同じセキュリティチェックを受けなければいけない。ぼくのようなフリーランスの人間には、これは恐ろしくて不安を掻き立てられる経験だ――とくに警察や裁判所の世話になったことがある者には。舞台芸術スペースに入ると、この息苦しく敵意すら感じさせる場の緊張感から解放される。ただ、立て続けに二、三度訪れたら、すぐに慣れてこれが普通になる。この日のラップ・ワークショップに参加した女性の多くは、この場所に来たいから申し込んだのだと思う。舞台芸術スペースは刑務所のオアシスのような場所で、ここだけ見れば刑務所にいるとは感じられない。

このスペースについて軽く雑談をしたあと、うまくワークショップをすすめようと口火を切る。ただ、これでいいのか自分でも少し不安だ。

「ぼくがここにいるのはどうしてだと思う?」。そう尋ねる。ほかのところでは、この質問は最初の一手としてうまく機能した。漠然としていて単純すぎるように思えるけれど、同時にたくさんの重要な機能を果たす質問なのだ。まずこれを口にすることで、ぼくはしゃべり続ける責任からたちまち解放される。準備が整っていないぼくにはとてもありがたい。というよりは、いつもとは違う聞き手の前に立ったときに、こんなに動揺するとは思っていなかったのだ。心の準備が整わず、この状況をもてあましていて、簡単なはずの前ふりすらしくじりそうだった。「ぼくがここにいるのはどうしてだと思う?」。そう問いかけることで、時間を稼いで自分を取り戻し、心を落ちつかせて、準備不足と不安を隠すことができる。けれども、この質問にはほかにも意味がある。ただ単にぼくがその場を切り抜けられるだけではなくて、はるかに有益な意味だ。だからぼくはこの質問をとてもよく使うようになった。「ぼくがここにいるのはどうしてだと思う?」と尋ねると、みんなをその場に巻き込むことができるのだ。それに相互的なやりとりができるようになって、参加者のことを早く知ることができる。このやりとりから、それぞれの個性、能力、コミュニケーション力、学習パターンが把握できて、グループ内の序列もわかる。それに、みんながぼくに何を期待しているのか(何かを期待していればの話だが)、それを正確に聞き出すこともできる。

ここは若年犯罪者用の刑務所だ。八三〇人ほどの若い男が収容されることになっているが、実際の収容者数はもっと多い。受刑者のほとんどが一六歳から二一歳までで、彼ら(専門家の間ではYOと呼ばれる)は年齢と犯罪の性質によって別々の区画に分けられている。収容者の中には再勾留中の者もいる。まだ裁判で判決は受けていないものの、釈放には適さないと裁判官が判断した者たちだ。この集団は色の違うTシャツ（たいていは赤）を着ていて、ほかと区別される。ほかのみんなはダークブルーの服を身につけている。また、性犯罪者も「保護下にある者」と一緒にほかの受刑者から隔離される。保護下にある者とは、本人の身の安全のために隔離された受刑者であり、たいていは脅されていたり、危険を感じていたり、「密告者」とみなされていたりする者だ。受刑者が保護下に置かれるのにはさまざまな理由があるが、彼らは性犯罪者とひとまとめにされるので、そのために「けだもの」「ロリコン」「変態」とみなされる。ここでは密告者と性犯罪者は同じ扱いを受ける。多くの若者にとっては、「密告しない」ことが道徳の指針だ。警察に情報を渡してそのせいでだれかが捕まったら、それ以上に恥ずべき犯罪はないと考えられている。

受刑者の数がどんどん増えてスペースが足りなくなり、薬物所持や万引きなどの軽犯罪による短期受刑者の多くが、殺人や殺人未遂で長期刑に服する暴力的な犯罪者と同じ場所に収監されるようになった。このように暴力的な犯罪者と非暴力的な犯罪者を一緒にすると、刑務所のいたるところで起こっている深刻な暴力がさらに悪化する可能性がある。皮肉なことに、性犯罪者は一番おとなしく協力的で、ほかの者たちとの違いは著しい。

この環境では、ささいな言い争いがたちまち一触即発の状態に発展する。懲罰の場であるのと同時に更生の場でもあるはずの刑務所は、社会の中でもずば抜けて暴力的な場所だ。暴力があまりにもありふれているので、ここにしばらくいたら人は変わり、暴力のせいでどこかが歪んでしまう。みんなたちまち暴力に適応する。攻撃的で暴力的になることで適応する者もいれば、ヴァリウム（精神安定剤ジアゼパム）、ヘロイン、最近ではスパイス（合成大麻）を摂取することで適応する者もいる。刑務所をたまにしか訪れない人は暴力をいたるところで目にして驚くが、受刑者にとってこれはさほど特別な環境ではない。このまるで火薬庫のような恐ろしい雰囲気は、受刑者の多くが育ったコミュニティや家庭の雰囲気と同じなのだ。そこでは暴力行為があまりにもありふれているので、みんな感覚が麻痺していて、天気の話でもするように陽気に暴力のことを語り合う。

数か月前、ひと切れのトーストをめぐる口論から、刑務所の食堂で顔を切りつけられた人がいた。この敵意に満ちた社会環境では、暴力は単なる剝き出しの力の表出ではなく、多くの場合コミュニケーションの一形態でもある。にらみ合いの状態で逃げ腰とみなされると、こいつは弱いと思われてさらに脅されたり攻撃されたりする。たかがトースト一枚のことで顔を切りつけるのは残酷で愚かで野蛮だと思われるかもしれないが、これはさらなる暴力の脅威を減らそうとする試みでもあるのだ。トースト一枚で顔に切りつけてくるようなやつとは、やっかいごとを起こしたくない。暴力がはびこるコミュニティに広く見られるこの考え方は、プライドや沽券だけでなく、それと同じぐらい生き残りにもかかわっているわけだ。実のところプライドと虚勢は、多くの場合、人間の奥深くにある生存本能が社会的に現れたものにすぎない。どのようなコンテクストでも暴力の機能は同じだ。攻撃してダメージを与えるだけでなく、パフォーマンスとしても機能して、攻撃してくる可能性のあるやつを避け、直接の脅威を取り除く。刑務所に来る人間がみんな暴力的なわけではないが、一度中に入ると暴力の文化に引きずり込まれずにいるのはとてもむずかしい。入所したときよりも暴力的になって出所する者も多い。同じことはドラッグの問題にも当てはまり、刑務所生活の現実を経験すると状況は悪化することがしばしばだ。

一般に女性のほうが暴力的ではない。この朝のグループの女性たちは、スコットランド唯一の女子刑務所コーントン・ヴェイルが閉鎖されたのに伴って、最近ここに移送されてきた。コーントン・ヴェイルは年間一二〇〇万ポンドの費用をかけて運営され、およそ四〇〇人の女性囚人と若年犯罪者を収容していた。二〇〇六年のデータによると、コーントン・ヴェイルの受刑者の九八パーセントが薬物中毒者で、八〇パーセントが精神面に問題を抱えていた。それに七五パーセントが虐待経験者だ。

新しい住まいになったこの若年犯罪者用刑務所は、おもに少年の更生のための施設だが、この女性たちはみんな大人だ。中には子どもがいて、親類や公的施設に預けている人もいる。何とでも答えられるぼくの質問に戸惑って宙を見つめながら、二、三人の参加者はひょっとしたら自分の子どものことを考えていたのかもしれない。

たしかに、いつもはもっと首尾よくワークショップを始められる。最初の質問はあっさりと流して、参加者を思い通りに動かすこともできたが、この日は自信がなくてそうできなかった。自信のなさは、参加者からもかすかに感じられる。無理に質問に答える必要はないと告げたものの、内心ではだれかに答えてほしいと強く願っていた。勇気を出して最初に答えてくれる人がいたら、その人についてとても重要なことがわかる可能性があり、その結果、グループについても何かがわかるかもしれない。たとえば、手を挙げてから話し出せば、その人は礼儀正しいか権威に従順かもしれないとわかる。どちらかはコンテクスト次第だ。質問が終わる前に割りこんで話し出す人は、熱心か、自信があるか、ルールをはっきりと示してやる必要があるか。ただ、最初の行動をもとにして個人や集団を判断しすぎないほうがいい。何度も話に割りこんでくる人は、耳がよく聞こえていなかったり学習障害を抱えていたりする可能性もある。もちろん臆測を全部頭から追い出すことはできないが、こちらで手を加えずに自然と頭に浮かんでくるものを選んで観察することはできる。そこからは、判断対象の人と同じぐらいぼく自身のこともわかる。

刑務所の環境でディスカッションの司会役をするとき、ぼくはことばでのやりとりはすべて肯定するよう努める。少なくとも最初の段階ではそうする。あまり急いでルールを押しつけないようにするのも大切だ。とくに相手のことがまったくわかっていない段階では、ルールを押しつけるべきではない。最初の段階では、お互いを尊重した上でラポールを築くことを目指す。そうすれば、参加者たちのコミュニティにうまく入っていきやすくなる。みんなを主体性のある人間だと認めれば、これを実現できる可能性が高まる。

「ぼくがここにいるのはどうしてだと思う?」と尋ねることで協力的な雰囲気ができて、ぼくの意図も示せる。参加者の女性たち（それに受刑者全般）は、自分たちに権力を振るう権威ある人間から話しかけられるのに慣れている——条件づけられていると言ってもいい。刑務所内ではこれは当然だが、権威を持つ人間はそのうちに自分よりも社会的に下にいるとみなす者、あるいは仕事の立場上劣っていると考える者たちの声を積極的に聞かなくなる。職員とサービス利用者の間に溝ができて、それを埋めようとすると誤解がたくさん生じる。だから、どちらの側にいてもみんな自分の立場を守り、型に従って行動しがちだ。

質問からワークショップを始めることで、ぼくはこうした力学を一時停止すると合図を送る。いつもの力関係を棚上げにする意思を示すわけだ。参加者よりも上の立場にいて何でも知っているかのように振る舞うのではなく、みんなが話して情報を提供してくれなければぼくは何もわからないのだと知らせる。それに、質問をすることで、参加者たちはぼくが彼女らの経験と考えに価値を認めていることもわかってくれるかもしれない。

「あんたは頭がおかしなラッパーでしょ」。腕のあちこちに自傷痕がある女性が言う。

「歌をつくるのよね」。ほかの女性が言う。音をのばしてゆっくり話すのは、メタドンか鎮静剤を使っているからだ。


一つひとつの答えを聞いて、ぼくはここで接する人と問題の全体像を組み立てていく。

「その通り」とぼくは答えてみんなの名前を尋ね、自分の背景を少し語る。ぼくはいつもこれを短いラップで伝えることにしている。「ジャンプ」という曲で、すぐに参加者を引きつけられるようにつくった。集中力がなかったり自尊心が低かったりする人と接するときには、短時間で関心を引くことがこの上なく重要だ。何が起こっているか早く理解してもらえればもらえるほどいい。早く参加しようという気になればなるほど、反抗したりやる気をなくしたりする可能性が低くなる。早く本に夢中になれば、すぐに閉じることはなくなる。


活動や課題に不安や恐れを抱いていたら、それがやる気のない態度や反抗的な姿勢に現れる。長年の間にぼくは、みんなの関心を引きつける術《すべ》をいくつか学んだ。ひとつは、相手について何か肯定的なことを言うこと。一つひとつのやりとりが重要だ。参加者について何かを認めたり肯定したりするチャンスになるからだ。すでにうまくやっていることを褒めると成功する。すでに持っているスキルや性格で、ほかから獲得する必要がないものを褒めるといい。字が上手だとか、ユーモアのセンスがあるだとか、おもしろい意見を言うだとか、言いまわしが上手だとか、褒めることはいくらでもある。あまり話さない人でも、おもしろいタトゥーをしていたり、服の色の組み合わせがすてきだったりするかもしれない。こうしたことはその人の深み、豊かさ、個人としての主体性を示しているので、コメントする価値がある。刑務所の世界では、トースト一枚のことで切りつけられることからもわかるように、ほんのささいなことに大きな意味がある。ちょっとしたやさしいやりとりを交わすだけで、だれかの最低の一日が最高の一日にがらりと変わることもあるのだ。

「とても字がうまいね」

ぼくが肯定的なことを口にした途端、それが何であれ参加者は本能的に話をそらして、なじみのある否定的な考えを持ち出す。

「あたし？　字がうまいって？　あっそう。あたしバカだから。ちゃんと書けないの」

けれどもよく見たら表情がぱっと明るくなっている。見られていると気づいていなければ、褒められるとはにかんだ表情を見せる。機嫌のいい日には、褒めてもらったことをあとになって反芻《はんすう》して、それが本当かもしれないと思うことだってあるだろう。こうしたささいなやりとりによって、参加者との間にいい関係を築き、グループ内で信頼と自信を浸透させるのに必要な化学反応を引き起こすことができる。

読み書き能力の低さなど教育面での壁にぶち当たったり、自尊心が低かったりする参加者は――絶対にではないが――たいてい能力を認めたり育んだりしてもらえない環境で育っていて、そのためにリスクを冒す行動をなかなか取れない。こういう人たちにとっては、ただ音読したり意見を口にしたりするだけでも大変であり、怖じ気づくことさえある。安全地帯から抜け出せるようにあと押しするには、その人に必要なことを直観的に察しなくてはいけない。刑務所に行きつく人たちは、きわめてひどい状況に置かれていることが多いからだ。才能は抑えつけられ、ばかにされ、積極的に成長を阻まれて、そこから気後れや恥の感情が生まれる。さらには、弱みを知られないようにしようと自分の一部を隠したり、自分はばかだという考えを強くしたりすることもある。レッスンの出だしがうまくいかなければ、みんなやる気を失う。自分と自分の頭が悪いせいだと思い込んでしまうのだ。実際には、ぼくみたいな準備不足のファシリテーターのせいでうまくいかなかったのだとしても、そんなふうに考える。自分たちは頭が悪いという、核にあるこの思い込みは、破壊的、反抗的、暴力的な態度として表に現れることが多い。刃向かうような行動を取るのは、多くの場合、自分の恐怖心、無力感、弱さが暴かれるやりとりから逃れるためなのだ。

このようなワークショップでは、ぼくはだいたいいつも雰囲気をほぐすために歌をうたう。その中の一曲が「ジャンプ」で、こんな出だしだ。「子どものころ、だれを信じればいいのかわからずに、スクールバスの窓から世界を眺め、口にはキャンディ。学校は嫌いじゃない、家から連れ出してくれたから」

自伝的な歌詞で、ぼくの学校時代のことと、母が突然死んだときのことを詳しく語っている。ただ、下層階級のコミュニティのイメージと言語も意識してたくさん盛りこんでいて、MD20／20やバックファストのような酒類やトゥパック・シャクールのようなラッパーも登場する。参加者たちも家庭崩壊、ネグレクト、アルコール依存症、身近な人の死を経験しているし、中流階級や警察をおもしろおかしくばかにしたことがある。歌にすることでこうした経験を振り返らせることができるし、さらに重要なことに彼女たちの経験を肯定できる。この歌は、彼女たちが触れる文化の多くと同じで下品、不快、洗練を欠くとみなされるけれども、それが彼女たちを引きつける。自分たちの経験の豊かさがわかるからだ。世間一般では怠慢で粗野だと思われている彼女たちの生活の詩。

罪に罰を与えるのは国の役割だ。ぼくの役目は、人間性を持ってしまったら殺されかねない環境で人間性を表現する手助けをすることにある。

刑務所でも、恵まれない環境から来た人が集まるほかの場所でも、ぼくが話している間参加者はじっとこっちを見て、ぼくが信用できる人間か、「まともな」人間か見定めている。話し方、ことばの選び方、そうしたことばを使うときのアクセントや言いまわしに注意を向けている。

本当のぼくと、ぼくの口から語られるぼくとの間に、どれだけ違いがあるか見きわめようとする。この環境では、ほんものであるかどうかがすべての人間を測る物差しになる。だから、このようなコミュニティで、高級なことばを使う高い地位の人間が活動することは——警備員に囲まれているか、何らかの法的な力を与えられてでもいないかぎり——めったにない。ここに働きに来ると参加者に好かれそうなペルソナをつくる人が多いが、刑務所には感情的な直感がきわめて鋭く、きわめて巧みに人を操作する者がたくさんいることをみんな忘れている。

人が刑務所に行きつく理由はさまざまだが、受刑者のほとんどに共通しているのは感情的、心理的、身体的、性的な虐待を何らかのかたちで経験していることだ。その経験は、たいてい罪を犯す前に起こっている。保護者による虐待やネグレクトが大きな役割を果たして、犯罪行為のもとになる要因がつくり出されているらしい。自尊心の低さ、成績の悪さ、薬物乱用、社会的排除といった要因である。

ワークショップが終わりに近づいたところで、それまでずっとおとなしかった女性がふと口を開いた。最近、路上で買った偽物のヴァリウムのせいで両親と姉が死んだという。それにもかかわらず、彼女は刑務所でヴァリウムを使い続けている。ここに入ったのは、恋人の男が犯した罪をかぶってのことだった。けれども、その男も結局この刑務所に入ることになった。自分の部屋で親友が殺されたのを目撃したあと間もなく、ヘロインを使い始めたからだ。ドラッグをめぐるいざこざからの殺人だった。一緒に作業に取り組む中で、彼女はすでに話したのを忘れたかのように、死んだ家族のことを何度も繰り返し語った。四週目には涙をこぼして、刑務所に入ってから人前で泣いたのは初めてだと言った。ぼくのことを信頼していると彼女なりに伝えているのだ。彼女が泣き出したとき、ほかの参加者たちは、愛情あふれた思いやりのある家族のように気づかいとやさしさを見せて彼女をなぐさめた。そこにいた人の多くは、そういう家族を持ったことがない。

この刑務所の受刑者は、多くが再犯者だ。たいていはしかるべき理由でここにいる。何の罪もない市民に対して罪を犯し、罰を受けるべくして受けている者も多い。この環境で仕事をしていると、被害者のことを忘れてしまいがちだ。ただ、もちろん被害者がいることをわかっておくのは大切だが、加害者の破壊的で社会に害をなす行動には、はっきりとした出発点があるのも事実だ。何らかの精神的な病を抱えている人を除いて、この刑務所でだれでもいいからひとり選んでその人が犯罪者になる前まで時間を巻き戻してみたら、子どものときに何らかの暴力の被害にあっている可能性が高い。

2 A History of Violence

ヒストリー・オブ・バイオレンス

一〇歳のときにはもう、ぼくは暴力の脅威にうまく適応していた。ある意味では、暴力の脅威よりも暴力そのもののほうがましだった。殴られたり追いかけられたりしたら、自分のどこかでスイッチが切れる。暴力行為を受けている間、身体は感覚を失う。解離状態になって、自分に向けられている暴力行為から切り離されるのだ。解離状態に陥ると、身体は感覚を失い感情は反応しなくなる。身体が自己保存モードに入って、脅威が去るのを待つ。幸い、怒った人はすぐにくたびれる。だから逃げたり反撃したりできない相手から暴力を受けているときには、大怪我をしないように願いながらそれに身を委ねて耐えるのが一番だ。

暴力行為も恐ろしいけれど、暴力の脅威がずっと続くのはもっと恐ろしい。家で暴力が起こっていたら、それが空気中に感じられる。そしてその脅威に対応するために、過度の警戒状態になる。意識が研ぎ澄まされた状態は、短期間に集中して起こるのなら効果的だ。けれども暴力の脅威がずっと続くと、過剰に警戒した状態が普通になって、リラックスしたり、いまの瞬間のことを考えたりするのがとてもむずかしくなる。

暴力や暴力の脅威が絶えない家で育つと、小さいときからそれをうまく乗り越える方法を身につける。暴力の危険を察知してそれを防ぐために、表情やボディランゲージを読みとったり、声の調子を感じとったりするのがとてもうまくなる。感情操作の達人になる。虐待する側が望んでいることを直観的に察してそれに合わせて振る舞うことで、相手の怒りを食い止められるようになるのだ。試行錯誤を通じてつくり上げたこの生き残り戦術が、やがて本能になる。多くの場合、これは性格に完全に組み込まれて、暴力の脅威がなくなったあともずっと残る。ただ、この戦術はしばらくは機能しても、いずれうまくいかなくなる。それに、恐怖の対象にこちらが合わせることで、警戒心のもとになる恐怖を長く続かせることになってしまう。板ばさみ状態だ。暴力が起こるのはいやだ。けれども起こるのはわかっているから、何とかそれを回避しようとする。

五歳のときに、こんな出来事があった。うちの家族は、ポロックのぼくが育った地域に引っ越したばかりだった。ポロックはグラスゴー南部のいわゆる貧困地域であり、一九九〇年代初めにはヨーロッパ全体の社会的剝奪ランキングで上位に位置づけられていた。新居はベッドルームが三つある一棟二戸建て住宅で、家の前後に庭があった。その夜は二階でベッドの中にいたのだけれど、リビングの音がうるさすぎて寝つけなかった。母が友だちを呼んでいたのだ。

みんな一階で酒を飲んで笑い声を上げ、音楽もかけていた。次に記憶に残っているのは、リビングの入口で客たちの前に立っていた場面だ。ぼくは、酔っぱらった母が夜ふかしを許してくれるのではと期待していた。何杯か酒を飲んだときの母がぼくは好きだった。いつもよりリラックスしていて、楽しくて、やさしかった。でもその日の母はそんなふうではなく、早く寝ろと言ってきたから、ちょっとした押し問答になった。ぼくは客の前で格好をつけようとしていたのだと思う。それに、母のことを挑発して鼻をあかしてやろうとしていたのだろう。すると母は声の調子と態度をがらりと変えて、二階に戻るように最後の警告をした。ぼくはそれに逆らった。

しばらくにらみ合ったあと、母は椅子から跳びあがってキッチンに突進した。引き出しを開けて、長くてぎざぎざの歯がついたパン切りナイフを取り出す。そして振り返り、ぼくを追いかけてきた。何をしでかすかわからない人間だと知ってはいたけれど、ここまでするのは初めてだった。ぼくは部屋から走って逃げ出し、何も考えずに階段に向かった。わずか数秒後に母もリビングから廊下に出てきた。必死で階段を駆けあがったが、どんどん距離をつめられる。ほかに隠れる場所はなかったから、自分の部屋に飛びこんでドアを思い切り閉めようとした。けれども、悪夢に出てくる化け物みたいに母がナイフを持って突っこんできて、ドアを撥ね返された。

玄関から外に逃げるだけの分別があればよかったのにと思う。少し前まで母はすごく楽しそうにしていたから、人前でおちょくっても大丈夫だと思った。それがいまは自分の部屋に追いつめられて壁に釘づけにされ、喉元にナイフを突きつけられている。何を言われたかは覚えていないが、憎悪に満ちた目はいまでもくっきり記憶に残っている。切り裂かれてたぶん死ぬんだと思った。ナイフが目の前に迫った瞬間、父が母をうしろから引っつかんで、部屋の反対側の壁に投げ飛ばした。父が母を取り押さえ、ぼくは客のひとりに連れ出されて車の後部座席に押し込まれた。

母やほかのだれかが、あとでその夜の出来事を口にしたことはないと思う。実を言うとぼくもずっと忘れていて、何年もあとになってフラッシュバックで記憶がよみがえってきた。

この種の経験が人に与える影響を測るのはむずかしく、長期的に人生に与える影響を測るのはさらに困難だ。ぼくに言えるのは、こういった出来事はそのときには不思議にも普通のことのように感じられるけれども、のちのち世界とそこに暮らす人々についてのものの見方に影響が出てくるということだけだ。自分のうちで自分の母親に世話をされているのに安心できないのなら、ほかのどこで気を緩めることができるというのか。

身体的な暴力の有無にかかわらず、この種の衝撃的な出来事のあとはいつも、加害者が後悔して振る舞いを改めるのではないかというかすかな希望が生まれる。そんなことが実際には起こりそうになくても、やはりむなしい希望を持ってしまうのだ。こういうときには、普段はめったに見られない弱さ、やさしさ、誠実さが垣間見え、それに心を動かされて虐待者のねじ曲がった論理に抗《あらが》いにくくなる。その人に愛されたい一心で、自分の正気と安全を犠牲にする。

うちでは日常的に暴力が振るわれていたわけではないけれど、母が何をしでかすかわからなかったから、ぼくはいつも怯えていた。動揺したり怖がったりしただけでも、大変な目に遭いかねない。あるときは、ぼくが泣きやまなかったから母はぼくの自転車を川に投げこんだ。息子のぼくには何が何だかわからなかったけれど、コミュニティ全体の状況を考えれば、酔っぱらった母の攻撃的で暴力的な衝動を理解するのはむずかしくない。

ポロックでは暴力は日常生活の一部だ。近所の店に買い物に行くだけでも、身の安全が——それにプライドも——脅かされる。ちょっとしたもみ合いから本格的な喧嘩まで、さまざまな程度の暴力が起こる恐れを考えておかなければいけないし、殴り合いから刃物を使った戦闘まで、ありとあらゆるかたちの暴力を警戒しなければならない。いずれにせよ、いつも暴力と暴力がエスカレートする可能性を意識していた。

このようなコミュニティでは、暴力の脅威があまりにも広く浸透しているので、怖がる理由がないときですら過剰な警戒心が解かれることはなく、緊張に満ちた日常を過ごすことになる。うちの外、たとえば学校では、暴力はみんなの前での示威行為になる。みんなほかのだれかに脅威を与えることで暴力から逃れようとするから、校庭は狂乱状態に陥り、やがて最初の一撃が加えられる。家でも路上でも暴力の脅威に直面して、考えられるかぎり最悪の恐怖を経験する。身体的な暴力を伴う喧嘩は本当にいやなもので、恐ろしくて危険だ。ぼくはまだ小さいうちから、暴力は避けられず自分に選択肢はないのだと悟った。だから、機会があればうまく喧嘩をふっかけた。小学生のときには、ある男子とあまりにも何度も喧嘩したから、しまいにはだれも見にこなくなった。

その子の家はうちと学校の間にあって、いつも前を通らなければいけなかったから、その子を避けることはできなかった。ある日、喧嘩のせいでぼくはくたびれ果てて恐ろしくなり、体調まで悪くなった。うちに帰ったあと、母にうっかりそれを話してしまった。母は慰めてはくれずに、ぼくの上着の袖を引っつかんでその子の家まで連れていって、向こうの母親のところに押しかけた。びびっていないことを証明するために、ぼくもまた喧嘩しなければいけなくなる。ほかにも何度か母がこんな反応を示したことがあって、相手がぼくより年上のこともあった。あるときには、教室にずかずかと入ってきて教師を脅した。やってもいないことを、ぼくがその教師に無理やり自白させられたからだ。どうやらぼくがだれかに怯えていると、母のスイッチが入るようだった。自分がびびっていると認めるのは、恥ずべきことだった。おそらく好意的に捉えすぎだったのだろうけれど、母はぼくを愛しているから、ぼくが怯えたり困ったりしているとがまんできなくなって過剰に反応するのだと思っていた。ただ、母が怒りを爆発させる本当の理由が何であれ、報復に燃える母の気持ちがそれを圧倒していた。暴力に対する母の解決策は、いつもさらなる暴力だった。

ぼくがいじめっ子たちの恐ろしさを乗り越えられたのは、母の恐ろしさと比べたら取るに足りなかったからだ。母が出ていっていなくなり、ティーンになって中等学校に入っても暴力の脅威は続き、学校では暴力があらゆるかたちで存在した。攻撃的で暴力を振るう教師さえ二、三人いた。だから、思考とエネルギーの多くを割いて、何も怖いものはないというふりをしながら、朝から晩までありとあらゆる脅威を念頭に身の安全を確保しなければならなかった。

あらかじめ相手が決めていた場所で喧嘩するのはばかげている。その場所を向こうが選ぶのは、戦術上、自分に有利だからだ。やむをえず喧嘩するときに一番心配だったのは、はじめにこちらが優位に立って相手を刺激し、嚙みつかれたり頭を蹴られたりといった極端な行動を呼んでしまうかもしれないということだ。ぼくには喧嘩で失うものがあった。ほとんどの喧嘩相手はそんな心配をする必要はなくて、明らかにそれが有利に働いていた。相手は母と同じことを心配していた。一番怖いのはコミュニティのほかの人たちの前で面目を失うことであり、この気持ちが彼らを優位に立たせていたのだ。正直になれば、みんな喧嘩はいやで仕方ないと認めるだろう。でも残念ながら、にらみ合いで引き下がったり喧嘩したくないと認めたりすれば、恥をかいたりもっと攻撃にさらされたりする。暴力がはびこるコミュニティでは、このようにばかにされたり、のけ者にされたり、攻撃されたりすることへの恐怖心が、目に見えないところで人の思考と行動を支配しているのである。

3 The Call of the Wild
野生の呼び声

多くの脅威が潜むそのまっただ中で、自分を表現するのはむずかしい——攻撃的な人ならば別だが。攻撃以外の感情表現はほぼすべて、笑いものにされたり暴力に脅かされたりして抑えつけられる。このため、いわゆる恵まれない地域で育つのは息苦しい経験だ。抑えつけられている感覚が、個性を表現するほぼすべての手段にまで及ぶ。だから、ほとんどみんな同じ服装をして同じ話し方をする。いま幅をきかせている規範に合わせなければ、日々厳しい攻撃にさらされて暮らすはめになるからだ。

ポケットが三つ以上あるズボンを穿いたら目をつけられる。同様に、会話に気取ったことばを投入したら、たちまち周囲はそれに気づく。ある夏の午後のことだ。週に一度のサッカー場への移動のために、教師に引率されて、騒々しい同級生たちと汗だくでスクールバスに乗っていた。二分後にはもう、みんな予想通りの振る舞いを始めた。鼻の穴からうなり声を上げて、男同士でじゃれ合うようにプロレスごっこをし、理解できないものはすべて「ゲイ」で片づける。こういうことをぼくはとっくに卒業していて、その日は新しい魅力的な髪型をしていたクラスの女の子について、ちょっとした発言をした。

「なあニコラの新しい髪型、見たか？　クソきれいだよな」

何の問題もない発言だと思えるかもしれないが、こういう環境ではしかるべき話し方をしなければいけない。いつ暴力に走るかわからない仲間たちの中で果敢にも発言するときには、これから口にすることを頭の中で事前にチェックしておくのが賢明だ。そうしなければ、対立を招きかねない。幸い、ぼくは言うべきことと言うべきでないことを直観的に判断できる感覚を身につけていたから、その状況で求められることをふまえて瞬時に決断を下せた。たとえば、職員室で権威ある大人たちを前にしたら、話のレベルを一段階上げて、おそらく政治や時事問題についての話題を放り込むのが自然だ——男子生徒がまわりにいなければの話だが。教師と話すときには、話し方を変えるのが自然だといつも感じた。自分は賢いと教師にわかってもらうことが、ぼくには大切だったのだ。学校では、ばかにされたり暴力を振るわれたりする脅威が常に空気中にみなぎっている。身の安全を守るためには頭のよさを隠しておく必要がある。そんな中で頭のよさを示すチャンスがあったら、それを逃すわけにはいかない。

学校の大人全員にこのやり方が使えるわけではない。これはぼくの個人的な考えだが、校務員や食堂のおばさんと話すときには、政治や時事問題の話題はあまりふさわしくない。その人たちが政治に関心がないからではなくて（関心がある人もいる）、単純にそういう人たちは知的なことを話し合うタイプではないからだ——少なくともぼくはそう判断した。

校務員の専門は校務員としての仕事だ。建物についての質問でもないかぎり、あまり話し合えることはなかった。ぼくらの学校の校務員は大柄で（ぼくらは陰でデブと呼んでいた）、あまりものを言わなかった。口を開くのは、ぼくらが何かおかしなことをしてそれを注意するときぐらいだった。意地の悪い目つきでこちらを見てきて、その男がいるだけで不愉快な感じがした。とても機嫌の悪い男だったからだ。ときどき校庭の入口に顔をしかめて立っていたり、まるで氷河のように学校の中を移動して、打ち砕かれた窓を板でふさいだりラジエーターから空気を抜いたりしていたけれど、それ以外のときは正面玄関脇の校務員室で椅子に腰かけて、お茶を飲みながら長い顔を大衆紙にうずめていた。ひょっとしたら政治に関心があったのかもしれない。地方議会選挙に出馬したいと熱意を燃やしていたのかもしれない。新聞で隠して読んでいたのは『ナショナル・ジオグラフィック』で、熱心に毎月購読していたのかもしれない。けれども物腰から、あるいは少なくともそれをぼくが解釈したところから感じられたのは、その男はぼくとは何についても一切話す気はないということだった。トイレに行きたいから鍵がほしいと話しかけても、新聞を顔の前からおろしもせず、不機嫌な声をちょっと漏らしてトイレの鍵を指さすだけのこともあった。

食堂のおばさんたちは、もっと温かくて陽気だった。昼休みに人とのふれあいを感じさせてくれて、食事を出すだけでなく「調子はどう？」と声をかけてくれた。ただ、社交のスキルははるかに高かったとはいえ、何かについて知恵を借りるのにふさわしい相手だとぼくには思えなかった。おばさんたちが店に行ったり、バスから降りたりと、ほかのことをしているのを見かけると、なんだか現実ではないような気がした。ぼくの頭の中では、食堂のおばさんはただ食堂のおばさんだった。当時は、価値ある知識を持っているのは教師だけだと思っていて、教師以外のだれかから何かを学べるとは思っていなかった。

女子と話す機会も多かったが、そのときにはまた別の世界が開けた。虚勢を張らなければいけないプレッシャーが小さくなるからだ。たいてい女子は同じ年頃の男子よりも大人で、男子の落ちつきのなさにうんざりしている。女子との会話は、ぼくの性格のまた別の一面を表現する機会になって、男の世界の社会的重圧からしばしば解放してくれた。

ただ、ホルモンを分泌させた男子でいっぱいのスクールバスでサッカー場に向かうとなると、そんなふうにはいかない。

そこでは自分自身でいられない。自分自身でいるのがどういうことか、それすらわからなくなる。女の子のきれいな髪型を褒めたいという単純な気持ちすら、実はまったく単純ではないのだ。奇妙なことに、この問題にはこの上なく慎重に考えて対処することが求められる。ただ単純に「きれいだ」と口にしてしまったらいけない。何かことばの回り道を経由させなければ、つまり緩衝材がなければ、このことばはその場の男子に違和感を覚えさせる。新しいことばや考えは警戒心を呼び起こし、その場とそこにいる人の数によっては予測できない反応を呼ぶ。「きれい」ということばを使うのが危険なのは直観的にわかっていた。だから、もっと強くて下品なことばをわざと前に置いて、衝撃を和らげたのだ。

「なあニコラの新しい髪型、見たか？　クソきれいだよな」

それでもこの受け入れられていないことばを使って、だれも気づかないと思ったのは甘かった。「きれい」ということばを口にした途端、その場が静まり返った。まるで初めて炎を目にしたサルのように、みんな戸惑い顔で互いの様子をうかがっている。こういう状況では、どう反応したらいいのかだれもわからない。どう反応すべきか感覚的にはわかっていても、群れのみんなから拒絶されるのを恐れて行動に移す勇気がない。ニコラの髪型がきれいだという考えに賛成しながらも、そう思っていいのかグループの様子をうかがっている子がいる。そんなことを口にするのはばかげているし、笑われてしかるべきだと思いながらも、ほかの子たちと同じように、自分の立場を示す前にそれで問題ないか確認したいと思っている子もいる。聞き間違えたか、おそらく男が使うのを聞いたことがなかったかで、ことばの意味がわからなかった子もひとりぐらいはいたかもしれない。タフな印象を与えたいという気持ちが根底にはあるのに、その瞬間はみんな自分の本当の考えや気持ちを明かすのを恐れていた。そんなことを恐れているると思われることにすら不安を覚えている。この不安感はいつもついてまわって、それが学校内外での振る舞いの多くを引き起こす。

最低でも一日一度はこういうばかげたことが起こる。あけっぴろげに異性に関心を示したがために、あたかもそれが犯罪であるかのように、ゲイだと責められかねないのだ。それだけでなく、おかしな非難をしてくる男子の集団は、サッカー場でじゃれ合ったり、ラグビーのスクラムを組んだり、共同シャワーで裸のケツをタオルで叩き合ったりしないと満足しない。このばかげた状態が、一九九六年から二〇〇一年までぼくの学校生活を支配していた。たとえ短時間でも、このバス移動をぼくがどれだけいやで恐れていたか、大げさに言っても言いすぎることはない。学校そのものと同じように、何もかもがとても息苦しかった。絶えず周囲からの社会的要求に抑圧されるので、単に現実を認めること、この場合には女子の髪型がきれいだと認めることが過激な政治行動になる。

「なあニコラの新しい髪型、見たか？　クソきれいだよな」

「きれい？」。だれかが答える。「ハハハ、〝きれい〟だってよ。ハハハ、おまえゲイだろ」

奇妙なことだが、どっとわきあがった笑い声にほっとさせられた。笑わそうと思っていないときに笑われるのはうれしいことではないが、ここで問題になるのはプライドだけではない。

みんなが一斉に笑ったのは屈辱的ではあるけれども、ぼくがみんなの耳になじまない考えを持ち出して場を乱す前の状態に戻ったしるしでもあった。ぼくにとっては単純だったこの考えが、みんなを脅かしたようだ。こんな出来事が頻繁にあって、その結果はさまざまだ。頭がいいとか気が利いているとか思われて称賛されることもある。こちらをばかにしようとする敵を痛烈なひとことでやりこめて喝采を浴びることもある。あるいは、激しい対立に行きつくこともある。ただ耳慣れないことばを使っただけで応酬がエスカレートし、だれも引き下がれなくなってさらなる暴力を招くからだ。この種のコミュニティでは、恥をかかされたり脅かされたりしたら、みんな極端に敵対的な——そして危険な——態度を取りかねない。

「きれい」ということばそれ自体か、「きれい」ということばに含まれる意味が緊張を生んだのだろうか。おそらく、このことばによって課される要求が緊張を生んだのではないか。何らかの反応をしなければいけないという要求を感じながらも、どう反応すればいいかわからずにプレッシャーを覚えたり、まわりに受け入れられない反応をしてしまうのではないかと恐れたりしていたのではないだろうか。反対すべきあるいは同調すべきという要求、反対したり同調したりすることで暴かれてしまう自分の何かのせいかもしれない。不意に笑みを浮かべたり、意図せずにうなずいたりすることで、ほかの人に知られたくない秘密の感情やおかしな癖、弱さがばれてしまうかもと感じていたのかもしれない。ぼくには想像しかできない。覚えているのはただ、ニコラの髪型があまりにもきれいだったから、ろくな目に遭わないとわかっていながらそれを口にするのを止められなかったことだけだ。それに、母みたいな人と一緒に暮らしていたから、ショック、攻撃、暴言に対する感情の限界はすでにいやというほど高くなっていた。

4 Gentlemen of the West
ジェントルメン・オブ・ザ・ウェスト

母が出ていったのは、ぼくが一〇歳ぐらいのときだった。ある日うちに帰ったら、二週間ほど姿を見なかった母と妹が家の前にいた。ふたりは少しの間うちの中に入って、母と父が言い争っていた。そのあと母は妹を連れて出ていき、二度と戻ってこなかった。父と母が喧嘩別れしたのはそのときが初めてではない。おかしなことだけれど、まだ幼かったにもかかわらずぼくは自分を責めた。希望的な考えと子どもっぽい自己中心的な考えが混ざりあって、もっと自分がちゃんとしていたら父と母はうまく折り合いをつけられたのではと思ったのだろう。その後、母とまともに会うことはなく、会ったときも一緒に過ごす時間の質はまちまちだった。母は酔っぱらっているか、酒を手に入れるのに必死かのどちらかだったからだ。ただそんなことは、それぐらいの年の子どもにはたいして気にならない。関心がないか、気にしないほうが対処しやすいからだ。母がいなくなったあと少しの間、生活は平和で順調だった。弟との関係も、サッカーとレスリングのおかげでとてもうまくいくようになっていた。数年後に中等学校に通い始めたころに、ようやく母に見捨てられた影響を感じるようになった。心がとても不安定になっていたのだ。

これはいろいろなかたちで表に現れてきて、最悪の場合には身体的に耐えがたい経験になった。まず、人に嫌われているのではないか、危険が迫っているのではないかといった不安が襲ってきた。あと、人とのつながりがほしくてたまらなかった。それが不安を和らげてくれると思ったからだ。だから、ほんの少しでもこちらに関心を向けてくれる人——とくに女の子——がいたら、深い愛着を覚えるようになった。けれども、ぼくは母に虐げられ拒まれるのにすっかり慣れていたので、愛着を感じる相手がいつかぼくを傷つけたり裏切ったりするのではないか、ぼくのもとを去っていくのではないかといつも警戒していた。見捨てられるということは当時のぼくにはとても大きなテーマだったから、自分でも気づかないうちにすべての人間関係にこのパターンを積極的に探し出そうとしていた。そして、感情的にとても不安定な状態を、人を愛している状態と混同するようになった。

こうしたやっかいな心の問題と攻撃的な社会環境とがあいまって、なかなか勉強に集中できなかった。頭の中にはいつも、いろいろな恐れや不安が駆けめぐっていた。いつもこれから交わすことになるかもしれない会話を予行演習したり、過去の会話を振り返ったりしていた。唯一集中できるのは不安だけ、そんな感じだ。そのせいで勉強ができなくなって、とくに苦手科目はひどかった。この学校には、勉強に取り組むのをむずかしくする理由がほかにもあった。あまりにも多くの生徒が、同じような問題を抱えていたのだ。

クロックストン・カッスル中等学校は、一九五〇年代初めにつくられた。必要に応じて軍の病院に転用できるように設計されている。冷戦初期の当時、学校自体がやがて戦場のようになるとはだれが想像していただろう。この学校の名前は、校舎が建つ土地にある中世の城に由来する。クロックストン城は校庭の端から五〇〇メートルほど先に位置していて、深い堀に囲まれ、ポロックで一番の高台に建っている。よく保存された歴史的記念物だが、訪問者はあまりいない。これはもったいないといつも思っていた。高台の一番上からは、この地域の全景が驚くほどきれいに眺められるからだ。大きな問題を抱えた地域ではあったけれど、目を見はる景色であることに違いはなかった――もちろん安全な距離から眺めていたらの話だが。

ポロックの中心には、ポロック・センターという一九七九年にできたちょっとしたショッピング・センターがあった。全長八〇〇メートルほどの建物で、さまざまなチェーン店やスーパーマーケットが入っている。一番目を引くのが大きな鳩時計で、一五分ごとに音楽が鳴ってからくりが動き、昔から子どもたちの目を釘づけにしてきた。時計の下には休憩スペースがあり、買い物客がものを食べたりタバコを吸ったりしてひと息つく。

ポロック・センターから八〇〇メートルほどのところには、ポロック・パークという別の名所もある。これは大きな敷地を持つ屋敷で、二〇世紀初めにマックスウェル家からグラスゴー市民に贈られた。城の上から見ると、この地域は郊外を切り拓いてつくられたことがよくわかる。数十年かけてグラスゴーの都市部は広がり結びついたが、ポロックはこの端に位置していて、郊外だった過去とのつながりを――少なくとも見た目は――いまなお強く保っている。緑豊かでサッカー場やレジャー施設がいくつもあるが、川の両側では住宅の質が明らかに違い、片側はもう一方よりもはるかに荒廃している。これは階級の印と思うかもしれないがそうではなく、住む場所はカウンシルからどの住宅をあてがわれるかの運に左右される。絶えず新しい住宅が建設されて古いものが改装されていて、「再生」されつつある場所もあった。

ポロックの住人はほとんどが公営住宅で暮らしていたが、実際よりも金を持っているように振る舞っていた。おそらく多くの人が貧しさを恥じていたから――それに貧しさを隠したいと強く願っていたから――ポロック・センターが大人気だったのだと思う。ここでは、現実の自分よりも金持ちに見せかけられるものが何でも手に入る。新しいスニーカー、トレーニングウェア、ネックレス、指輪、サッカーのユニフォームとスパイク。こういったみんながほしがるものやアクセサリーは値が張るが、貧乏だと思われるとその代償ははるかに高くつく。学期中は、〈リトルウッズ〉や〈ケイズ〉といったカタログ通販や、「プロヴィー・マン」（貸金業者の外交員）が、ひとり親家庭の親に救いの手をさしのべる。それに、見るからにうさんくさい男がいつも街角にいて、ちょっとした金を借りることもできた——期日までに返済できればの話だが。

豊かな地域もあったけれど、そういうところは街の端に位置していて、たいてい別の名前がついていた（あるいは残っていた）。たとえばポロックでは、「オールド・ポロック」と呼ばれる地域がポロック・パークの近くにあり、そこは明らかにほかより暮らしやすい。みんなあからさまに違いを口にして、そこと「恵まれない」地域とを社会的に区別する。

川の南側には、平屋根の住宅が長い列をなす。ねずみ色をした荒打ちのコンクリートで覆われ、青いベランダがついていて、そこが展望台と物干し場と灰皿を兼ねている。平屋根住宅では当然、湿気に悩まされる。屋根の傾斜をつたって樋に流れこむべき雨水が平らな屋根の上にたまって、そのうち家の中まで染みこんでくるからだ。川の反対側はもう少しこぎれいだ。広々としたスペース、サッカー場、林、公園、遊歩道があって、ところどころに一棟二戸建て四世帯の住宅が整然と並び、城の一番上から眺めると、コーンにのっかったアイスクリームみたいに丘にとぐろを巻いているように見える。

見晴らしのいいこの場所からは、進行中の開発のさまざまな様相を見ることができた。人口増加による需要を満たすために街が広がり続ける中で、建設中の建物、完成した建物、放棄された建物があった。急ごしらえできれいな新しい建物がつくられる一方で、崩壊寸前の建物も常にあり、まだ人が住んでいるものも多かった。こういう状況のせいで、ポロックには乱雑で完成されていない雰囲気があった。どこかほかにある現実の場所の試作品のような感じで、あまり誇りを持てるような地域ではなかった。町をきれいにしておこうと思っても無駄で、ごみはごみ箱ではなく道端に捨てられるのが普通だ。この地域では耐久性のある建物はあまりなく、比較的新しいにもかかわらず取り壊し対象に挙げられている住宅もたくさんあった。ただぼくの学校は例外で、まわりの何よりも――それに卒業生の多くよりも――長生きしようと固く心に決めているようだった。

学校はレヴァーン川の南岸にあった。川というよりはポリ袋をクライド川――ほんものの川――まで運ぶ意識の流れだ。ぼくらはただ「小川《バーン》」と呼んでいた。ぼくらにとってこの小川はもっぱら、昔から対立が続くギャングの縄張りを示す境界線だった。何世代も前から若者たちがこの小川にかかるあちこちの橋の両側に集まって互いに挑発し、やがて喧嘩が始まる。一九七〇年代にまでさかのぼる伝統だ。たいていの場合は害がなく、罵ったり、酔っぱらって脅し文句を叫んだり、追いかけあってそのうちにそれぞれの側に退却したりするだけだった。けれども過熱して怪我人が出ることもあり、ときには人が死ぬこともあった。

学校では、普通の生徒たちと一緒にこういう暴力的な集団がいくつも同じ屋根の下に集められていて、週に三五時間ともに過ごすことを強いられる。どんより曇った日には、学校というよりもまるで刑務所か工場のようだった。小高くせり上がった周囲は、とげのついたスチールフェンスで囲われている。つくられた当時は流行にのったデザインで、未来的でおしゃれな建物だったのだろう。道路をはさんで向こうにある取り壊し予定の住宅と同じで、学校も平屋根だった。あまりにも醜かったから、笑いものにするだけでなく、ある種のプライドまで感じるようになった。ぼくらは、周囲のものは全部荒れ果てているか、汚いか、壊れていると思っていた。必ずしもその通りというわけでもなかったけれど、「クソ汚ねえ」「クズだらけ」ということばがあまりにも頻繁に使われていて、それが正しいか否かはどうでもよかった。

ぼくは一九九六年に中等学校に入学した。アーヴィン・ウェルシュ原作でダニー・ボイルが映画化した『トレインスポッティング』が公開された年だ。四年間、ポロックから遠く離れたところに出ることはなかった。街の中心まで行くにはバスで四〇分ぐらいかかったからだ。政治家たちはこれを改善しようと新高速道路の建設にゴーサインを出して、多くの地元住民の怒りを買った。ただ、卒業が近づいてきたころには週に一度、ポロックの境界線を越えてクライド川を渡り、あの名高く神話的とすら言えるウェストエンドまで足をのばして、児童心理カウンセラーに会った。面談は楽しみだった。変わりばえのしない学校での日常から脱出できたし、だれにも縛られずに二、三時間、自由に街を歩きまわる時間ができたからだ。木曜の昼休みに学校を出てゴーヴァンまでバスで少し移動して、地下鉄に乗りヒルヘッドに向かった。

エスカレータを降りて人でいっぱいの通りに出ると、不思議な解放感を覚えた。人の見た目や話し方が明らかに違う。地元では有色人種を見るのは店のカウンターの向こうぐらいだったけれど、ここはとても多文化的で、現代社会の授業で教わった世界のようだ。地元ではきれいな舗道を見かけることはめったにないけれど、ここでは通りはどこもこぎれいで、ぼくが毎日通る犬の糞だらけの道とはぜんぜん違う。ここでは犬はリードにつながれて飼い主に連れられているが、ぼくの家の通りでは、首輪のない野良犬が店の前を走りまわっている。

ひと息つき、きらびやかな極彩色にいろどられた世界に目をなじませて最初にこう思った。

「刺される心配がないところだと、みんなこんな服装をするのか」

カウンセリングを受けるノートルダム・センターは、街の豊かな一角、バイアーズ・ロードから五分のところにあった。典型的な「お上品な」人のものまねをするとしたら、そのモデルになる人たちがいるのがバイアーズ・ロードだ。ここでは、前輪の大きなペニー・ファージング型自転車についたレトロな籐かごで流行の小型犬を待たせ、飼い主がカフェに入ってフェリックスという名のバリスタと話して、職人がつくったソーセージの値段が安すぎると丁重に苦情を言うといった場面に出くわすのも珍しくない。ぼくはここで、コーヒーの種類がひとつではなく、グラスでコーヒーを飲むこともあるのだと知った。果物は、ハリボーが買えないときの単なる代替物ではなくて、それ自体おいしいものなのだとも知った。ただもっと重要なことに、暴力の脅威の中で暮らすことが、自分が信じこんでいたような絶対の事実ではないという考えにここで初めて出くわした。この場所は異様だと思ったけれど、それでもぼくはここに心を奪われた。こんなに気楽でいられる場所が——とくにグラスゴーに——あるなんて思ってもいなかったからだ。この落ちつける場所に行きついたのが、アンガーマネジメントのカウンセリングを受けるためだったというのは皮肉なことだ。

唯一、文化的になじみのあるもの（パンの有名チェーン店、グレッグズ）を手がかりに、未知の領域に足を踏み入れる。ただし、いつものソーセージ・ロール、コーラ、ファッジ・ドーナツを買ってからだ。緑豊かな道をとても気分よくすすみ、生野菜をかじる地元の子どもたちを追い抜いていく。

人口密度の高い住宅街ではあるけれど、大きな木々が共同住宅にもたれかかるように植えられていて、まるでひょろりとした警備員みたいに舗道を横目でぎこちなく見おろしている。この種の共同住宅を目にするのは初めてではなかったが、これほど大規模なものは見たことがなかった。ここの建物は細部へのこだわりが見られて、ほかとは違う。古くなればなるほど、見捨てられるどころか価値が高くなるようだった。何でも長持ちするようにつくられていて、建築物の外観からそれがはっきりと感じられる。設計者はどの家庭にも車が二台以上ある未来を予見していたわけではないけれど、道の両側にところ狭しと車が並ぶ窮屈さが、ストレスを感じさせるどころかこの地域の格と高級感を際立たせていて、その延長線上でそこに住む人たちの社会的地位の高さも示している。

ただ、一番奇妙に感じられたのは、住宅に人が出入りしたり、住人が立ち話をしたりするのをまったく見かけないことだった。ここで育つ人はだれもいなくて、みんな金の力で移り住んでくるのではないか、そしてみんな仕事に出かけていて家にはだれもいないのではないか、そんなふうにすら感じられた。

嘘みたいな場所だと思った。

ノートルダム・センターを目指して歩いていると、地元の学校の生徒たちが道の反対側をこちらに向かってくる。危険な相手ではないとすぐに察した。その子たちが近づいてくると、会話が耳に入った。話の筋を追うことはできなかったけれど、その子たちが使っていたことばは、ぼくの頭にずっとあったのに口にするのを阻まれていたことばだった。みんな互いに遠慮なく自由に口をきいていた。その子たちのほうに歩いていって、会話に加わりたいと思う自分もいた。共通の話題がたくさんありそうだと思ったからだ。けれども、すれ違ったときに向こうは急に話すのをやめた。理由はすぐにわかった。不安を感じるもののそばを通るときには、みんなそうするものなのだ。

沈黙しておそらく顔を伏せる。これが潜在的脅威に対して服従を示す方法だ。やっかいごとは求めておらず、何ごともなく通り過ぎたいという合図なのだ。ぼくも地元でいつも同じ行動をとって対立を回避していた。この合図を送るのは常にギャンブルだ。こちらに喧嘩する気がないことがはっきりすると、相手がさらに攻撃的になることもよくあるからだ。いまはいつもと立場が逆転して、この子たちがぼくのことを危険なやつだと思っているらしい。これにはぎくりとさせられた。怖がられて得意に思う気持ちと、勘違いされて腹立たしい気持ちとをないまぜにした気持ちを抱えながら、目的地に向かって息を切らして坂をのぼった。

建物に向かいながら、頭の中でぼくとあの子たちの世界の衝突をリプレイして、別のシナリオを想像する。そのシナリオでは、自分が何者かを完璧に知らしめてから歩み去り、やつらの記憶に一生の影を落とす。あの集団がぼくとすれ違ったときに沈黙した理由を考えて煩悶しながら、空威張りの陶酔状態に陥る。気取ったやつらにひどい判断を下されたのだから、そいつらの横っ面をはたいて「現実世界」の洗礼を受けさせてやってもよかった。ぼくが暮らす現実世界のことを、やつらは何も知らない。復讐の考えが浮かんでくる。あのお堅いマザコン野郎どもの群れにまた出くわしたら、やつらをみんなゲイと呼んでやる、そう思った。

5 The Trial
審判

こんな出来事は、つまり自分より上位の社会階級の人たちと交わろうとして手厳しい判断を下され、そこを離れるという経験は、子ども時代にはめったになかった。けれども大きくなってときどきポロックの外に出るようになると、こうしたきまりの悪い交流がもっと頻繁に起こるようになる。一つひとつは取るに足りなくても、そういう経験が積み重なって、やがてその先ずっとぼくが持ち続ける世界観がかたちづくられていった。豊かな人たちとかかわろうとしたさまざまな経験が出発点になって、そのうちに自分が金持ちとみなす人間全員に対して強い不満を抱くようになったのだ。ぼくのコミュニティでは、サッカーのことで喧嘩する人もいれば、政治や宗教のことで諍いを起こす人もいる。けれども、ぼくの爆発寸前の憤りは母に向けられるか、そうでなければ社会でほかよりうまくやっている人間に向けられた。貧困や物質的な足かせから自由で、そこから生じる自信喪失に足を引っぱられることなくスムーズに生きる人間に対してだ。

こんなふうに言うと、ぼくは一夜にして階級闘争の闘士になり、ある朝、目が覚めたら革命の準備ができていたというように聞こえるかもしれない。ぼくもそう思いたいけれど、実際にはそんなことはなかった。本当は緩やかなプロセスで、ぼく自身の個人的な経験とぼくが浸っていたコミュニティの階級政治とが、一〇代の終わりに少しずつひとつにまとまっていったのだ。ぼくは若すぎて、問題の複雑さを完全に理解してはいなかった。けれども、まわりの人たちが本当に怒っていて、ぼくも怒らなければいけないことはわかっていた。それどころか怒らないのは失礼で、タブーですらあった。数ある公認ターゲットのどれかに怒りを向けているかぎり、その不満が正しいと認めてくれる仲間にはこと欠かない。コミュニティのことでも自分の人生のことでも、何かに怒りを感じてその怒りが正しいと思っていると、それを社会のほかの集団のせいにするようになる。ぼくの場合は、中流階級が完璧なターゲットになった。ぼくはずっと中流階級が悪いという考えに取りつかれていて、それがお高くとまった人間へのいらだちとして表に現れた。そういう人間の意見に、アクセントに、アクセサリーに、服装にイラつく。たぶんぼくが本当にいらだつのは、そういう人間がぼくらよりも豊かで特権を持っているからで、そのためにそいつらの何もかもがうさんくさく、むかつくようになる。ぼくらはすぐに階級を固定観念で捉えようとする。去年（二〇一六年）の四月にもひどい出来事があり、この感情が掻き立てられた。階級の固定観念化がぶり返したのは、いつものようにイギリスのテレビを何気なく見ていたときだ。

ニュースはある話題でもちきりだった。郊外に暮らす夫婦が、学期中に子どもを旅行に連れていったために罰金を科され、裁判所の判決に異議を申し立てているという。役所は娘を海外旅行に連れていったらルール違反になると事前に一家に伝えていた。それにもかかわらず、この不届き者たちは旅行を決行したのだ。罰金が科されると父親のジョン・プラットがそれに異を唱え、この論争は結局法廷に持ち込まれた。ばかげた話ではあるけれども、まあおもしろい。ぼくの気に障ったのは、この話そのものよりも、これがあまりにも広く取り上げられたことだった。新聞、雑誌、オンライン、テレビでは、子育てに口を出す専制的な過保護国家に勇気ある父親が闘いを挑む、ダビデとゴリアテ風の物語として、この話題がしきりに報じられていた。

サンデー・タイムズ紙の編集長はBBCニュースにまで出演して、分別ある法の適用が求められると五分以上にわたって熱弁を振るった。「分別ある」というのは、法律は各案件のニュアンスと複雑さを考慮に入れて慎重に解釈・施行されるべきであり、杓子定規に適用されるべきではないということだ。

あまりにもおかしくて、ぼくは危うくコーヒーを噴き出しそうになった。

つまるところこの意見は、罪を犯して有罪判決を受けた人がいつも口にする不満と同じだ。有罪になった人が、公正に法が適用されたと考えることはめったにない。連続殺人犯でもこそ泥でも同じだ。たいていの人は、ごくありきたりの法的責任さえ受け入れられない。駐車違反やスピード違反で法律通りに切符を切られたときに、ドライバーがどれだけ腹を立てるか考えてみてほしい。みんな自分は例外だと考える理由があって、すんなり罪を認める人はほとんどいない。たいていの人が、自分の状況は特別でルールは適用されないと考える。法廷で裁かれる人のほとんどとプラット一家が違うのは、ただ階級だけではないか。

階級の問題に移る前に、ひとつ言っておきたいことがある。「中流階級」が何を意味するのか、それを定義しておかないと失礼だと思われてしまうことがあるのだ。「中流階級」の人間の中には、実際に「中流階級」であるにもかかわらず自分では違うと思っていて、「中流階級」と呼ばれると気を悪くする人がいる。その種の人間は定義を求める。正確さや厳密さに特別に関心があるからではなく、そうすることで、批判の対象になりかねない「中流階級」から自分を除外できるからだ。こうしたニーズがあることをぼくはよくわかっている。それをまず理解しておいてもらいたい。この本では、スチュアート・リーを例にとって定義を示すことにする。

リーのコメディが二〇年以上も受け入れられてきたのは、彼がステージで演じる人物が中流階級であることを観客が暗黙のうちに認めているからだ。ぼくが知るかぎり、リーのショーに割って入って、まず「中流階級」を定義してから演技を続けろと求める人などいない。それには理由がある。スチュアート・リー自身が中流階級だから、みんな彼の言うことをそのまま受け入れるのだ。一方でぼくみたいな人間は、まず定義を示してご検討願ってからようやく意見を述べられる。もっともこの本では別だが。では、どうしてぼくには、学期中に娘を欠席させて罰金を科されたプラット一家が中流階級あるいは裕福だとわかるのか。いや、確実にわかるわけではない。けれども、それを示す徴候がいくつかある。ひとつは、サンデー・タイムズ紙が直接的にこの論争に関与していることだ。サンデー・タイムズ紙はこれを報じただけでなく、どうやら夫婦に味方するようにもなった。皮肉を言っているように思われるかもしれないが、あえて言うなら、このニュースは中流階級の人間についての話題だから、中流階級である同紙の読者の関心を引いたのだろう。ただおそらく、そう言ってしまうと、また話に飛躍があると思われるはずだ。だからサンデー・タイムズ紙の読者層を明らかにして、そこからプラット家の社会的地位についてわかることを確認しておきたい。

サンデー・タイムズ紙の読者は、ＡＢC1の集団に属する。イギリスの報道機関が視聴者や読者を分類するカテゴリーのうちのひとつだ。これは階級に基づいた分析だが、あまりにもあからさまでカール・マルクスですら不快に思うだろう。『ケンブリッジ英語辞典』では、ＡＢC1は「上位三つの社会経済集団のうちのひとつで、ほかの集団よりも高い教育を受け、賃金の高い仕事に就いている人たち」と定義されている。

この分類法は全国読者層調査によって開発されたもので、アルファベットと数字で示される社会階級を用いる。下位の分類に入っている者の多くは、愛読している大衆紙が自分たちのことをこんなふうに分類していると知ったら驚いて不快に思うだろう。

下位の分類にいる者たちは、文化的な洗練を欠き、関心の幅も狭いとみなされている。だから、ぼくら向けの新聞には大きなカラー写真がたくさん載っていて、記事や特集は読者が「衒言《げん げん》」や「縷説《るせつ》」といったむずかしいことばを知らないという想定のもとに書かれている。記者や編集長が、ぼくらのことをバカだと思っているわけではない。お子さま版のニュースを読まされているのに気づかない程度のバカだと思っているだけだ。ぼくらのことを愚か者だと思っているわけではない。下層階級として暮らすのに手いっぱいで、次に食べる冷凍のクリスピー・パンケーキのことしか考えられないと思っているだけだ。

ぼくらは階級のない社会に暮らしているとよく言われる。だとしたら、だれかがメディアに、階級はもう現実には存在しないと伝えたほうがいい。どうやらまだ知らないらしいからだ。左の表からわかるように、ＡＢC1というのは上位中流階級、中流階級、下位中流階級のことだ。サンデー・タイムズ紙のような新聞を味方につけるということは、プラット一家もその読者層と同じ中流階級の集団にいる可能性が多少なりともあるということになる。

階級	おもな所得者の職業	2008年の度数
A	上級の経営、管理、専門職	4%
B	中間の経営、管理、専門職	23%
C1	監督者あるいは事務職、 下級の経営、管理、専門職	29%
C2	熟練労働者	21%
D	半熟練・未熟練労働者	15%
E	非正規雇用労働者、最下級労働者、年金生活者、 その他福祉国家に収入を依存する者	8%

出典：原書執筆時のウィキペディア（イギリス版）より

まだ納得できない？　これでもまだ話が飛躍しすぎている？　わかった。それでは、問題になっているプラット一家の旅先がフロリダだという点はどうだろう。ご承知の通り、フロリダは世界の貧乏人に大人気のスポットだ。そこでは政治意識があまりにも高くて、アメリカ大統領選の勝敗が年中日焼けしたローラーブレーダー数千人の気まぐれで決まることがよくある。平均的な四人家族がフロリダのようなところへ行こうと思ったら、飛行機代だけでたいていのヨーロッパ旅行の総額より高くつく。とはいえ、プラット一家は生協のスタンプを四五年間集め続けていたのかもしれないし、高利貸しのウォンガ社から金を借りたのかもしれない。そんな中傷をする権利はおまえにはないと言われるかもしれない。プラット一家が「中流階級」だという主張を支える証拠はそれだけなのかと。

では、プラット一家が労働者階級である可能性をつぶしていくのはどうだろう。プラット一家が労働者階級でないことを示す第一の印は、ジョン・〝法廷よりも自分のほうがものをわかっている〟・プラットが、生徒の出欠についての教師の裁量を語るときに「足かせからの解放」ということばを使ったことに見られる。労働者階級の人間は、そんなゲイなことばを公の場口にする危険は冒さない。第二に、そもそもことの始まりは、ジョン・〝これは主義の問題だ〟・プラットが六〇ポンドの罰金支払いを拒んだことだ。たったそれっぽっちの金のために、自らすすんで法廷に行くのはどんな人間だろうか。労働者階級の人間なら、請求の手紙を無視するか、週ごとの分割にしてもらった上で罰金を払うだろう。

それにプラット一家はワイト島に住んでいる。そこに住む人がみんな金持ちというわけではないだろうが、かなりの人が少なくとも経済的にはそこそこうまくやっている。四一パーセントの世帯が住まいを現金払いで買っている。さらに二九パーセントが住宅ローンで購入している。つまり七〇パーセントが自分の家を持っている。イギリスで一番豊かな地域であるイングランド南東部では、この数字は六八パーセントだ。ジョン・〝これは恥ずべき事態だ〟・プラットが住む島には、全国で一番金持ちの地域よりもたくさん住宅所有者がいるのである。

ジョン・〝体制の犠牲者〟・プラットは、大衆紙を読み、ヘルメットをかぶり、工事現場で働き、仮設トイレに腰かけ、賭け屋で一攫千金を夢みて、鼻をほじるC2DEの庶民にしてはややスマートすぎる。その証拠はほかにもある。フロリダに旅行し、「足かせからの解放」というようなことばを口にして、イギリスでも指折りの豊かな地域に住んでいる上に、ジョン・〝これはみんなのためにやっているんです〟・プラットは、返済保証保険（ＰＰＩ）の請求会社を経営してもいる。ＰＰＩ請求会社は、労働者階級の悩みの種だ。ＰＰＩ請求会社は人を食い物にするビジネスで、金融の知識がない者たちに勧誘電話をかけて、銀行にだまされていると忠告する。そして一〇〇〇ポンドの手数料と引き換えに、客に代わって書類を整えて銀行に送ると申し出る。これでもまだプラット一家が労働者階級ではないと納得してもらえなければ、ジョン・〝過保護国家を解体する〟・プラットが、自分の意思で法廷に訴えたにもかかわらず、法的支援を請求したことについてはどうか。そう、プラットはわざとルールを破って自分の意思で法廷に訴えた――それなのに費用は国民が払わされるのだ。ジョン・プラットの面の皮の厚さは相当なものだ。

ここまでで、階級に基づくいらだちがどのようなものか、そしてそれがぼくにどう作用しているのかを理解してもらえたと思う。それに読者のみなさんにも、同じように非合理で強烈な反応を自分の中に呼び起こす集団があるはずだ。ひょっとしたら、露骨に上流階級に嫌悪感を示すぼくみたいな人間に怒っているかもしれない。そしてぼくと同じように、みなさんにも自分の思い込みが合理的だと考える理由が山ほどあるに違いない。だからぼくもここにひとつ示そう。

多くの人は見逃していたが、ジョン・〝でも子どもには学校よりフロリダ旅行から学ぶことのほうが多い〟・プラットに無駄な注目が集まる中、まさに同じ日に給付つき税額控除の新ルールが適用された。イギリスでは、国の優遇措置として低所得の職に就く者は児童税額控除を利用できる。給料に給付金が加えられて、子どもを持つ人たちに支払われるのだ。しかし二〇〇八年の経済恐慌以降は緊縮財政が常態化して、「赤字」を減らすために多くの給付金が減額や廃止の対象になったり、支給条件が厳しくなったりした。そしてプラット一家があちこちのニュースに登場していたのと同じ日に、税額控除に上限が設けられて、子どもふたり分までしか控除の申請ができなくなった。これだけでも十分議論を呼ぶ話だが、それで終わりではない。特免措置が取られる条件がある、つまり場合によっては三人分以上の給付金が支給されることがあるというのである。その条件のひとつが、現在「レイプ」条項として広く知られているものであり、三人目以降の子どもが性的暴力によってできた子の場合、給付金を申請できるというものだ。そう、その通り。父親がレイプ犯でなければならないという条件で、三人目の子どもの給付金申請が許可されるのである。

これは公共政策の中でもむずかしい領域のひとつだ。どこかに線が引かれなければならず、その線が期せずして社会の道徳的混乱を明らかにする。

しかし不思議なことに、メディアはこの問題にあまり関心を示さなかった。単純に、魅力的な話題でもはなやかな話題でもなかったからだ。あるいはただメディアのレーダーに引っかからなかっただけだ。おそらく、メディア人の多くはＡＢＣ1の集団に属していて、給付金制度変更の影響を受ける可能性が低かったからだろう。しかし、もしプラット一家のような豊かで社会的地位のある夫婦が同じような屈辱にさらされたら、全国のニュース編集室は大騒ぎになるに違いない。自ら招いた六〇ポンドの罰金だけで――自分の意思でルールを破ったにもかかわらず――イギリスのマスコミ全体が結集して一家の主張を支持したのだ。もしレイプ条項のようなものが非の打ちどころがないＡＢＣ1集団に影響するとしたら、どれだけ激しい怒りを呼ぶか想像できるだろう。プラット一家のような人たちが、レイプ条項の対象となる女性や生活保護受給者全般と大きく異なるのは、彼らが声を上げることだ。声を上げるだけでなく、声を聞かせられるだけの知識、リソース、手段を持ってもいて、決定的に重要なことに、その声を真剣に受け止めてもらえる力がある。裁判所では毎日、罰金、保全命令、拘留判決を受ける人が山ほどいるが、ニュースで取り上げられるのはほんのひと握りだ。その中でも大きく扱われるのはわずかにすぎない。

プラット家の事例と児童税額控除の事例には何のつながりもないという人もいるに違いない。

こんなふうにふたつを対比させるのは雑だという人すらいるかもしれない。けれども、まさにこんなふうに物事を結びつけることで、多くの人は意見を形成する。ぼくがいましたのは、ニュースを見たときにたいていの人がしていることにほかならない。複雑な問題を遠くから眺めて、社会の性質やその中での自分たちの場所について早合点する。こうして出した結論が、正しかろうが間違っていようが、新しい考え方の土台になる。毎日、テレビをつけたり新聞を手に取ったりするたびに、みんなぼくがここでしたのとまったく同じ論理の飛躍をしている。つまり、ほかの集団が自分たちよりもいつも特別扱いされていると考えるのだ。ほかの集団には、これとははっきり言えなくても目に見えない恵まれた点があって、それが有利に働いていると考える。ニュースをつくる人たちは――それにルールをつくる人たちも――ぼくらの生活の現実からかけ離れたところにいるのだから、正確にぼくらを描くことなどできないと感じる。さらにひどいことに、何か大きな陰謀の一部であるかのように、その人たちがぼくらのことをわざとねじ曲げて描くこともあると思っている。なぜ、どのようにしてこんなことが起こるのか、ぼくらはぼくらなりの結論を出して、そのフィルターを通して世界を見るようになる。

それが間違っているときもあれば、当たっているときもある。ただ、導き出した結論のせいで、そもそも政治に参加するのはまったく意味がないと思いこんでしまったとしたらどうだろうか。政治はあらゆる次元で自分を排除するようにできていると考えるようになったら？　下層階級は政治に無関心だとよく言われるが、その理由が検討されることはほとんどない。仮にあっても、貧しい人が無関心で偏狭なだけだと片づけられる。多くのコミュニティで政治への無関心が生まれるのは、ぼくのようにほかと自分たちを比べるからなのかもしれない。次々と流れてくるニュースからは、どうやら適用されるルールが人によって違うらしいことがわかる。生活に困った働く女性が子育ての負担を減らせるようにと設けられた給付金、それを申請するためにレイプの証拠を女性が提出するよう法律で義務づけられたまさにその日に、全国ニュースでもっぱら取り上げられていたのは、フロリダに娘を連れていって六〇ポンドの罰金を科され、それが不当だと主張する一家のことだった。どちらもそれぞれの状況で同じように不満を覚える権利はある。けれども当然、片方のほうがもう片方よりも世論の注目を集めるのに値するのではないか。

これもまた、ほとんど語られたり認められたりすることがない欠陥だ。下層階級と上流階級、それぞれの経験に見られる欠陥。その経験の表現のされ方、報じられ方、論じられ方に見られる欠陥。この欠陥はどんどん大きくなっているようで、多くの人が排除されている、孤立している、間違って理解されていると感じる文化が生まれ、その人たちは社会に敵対したり無関心になったりする。そしてこの文化の土台になっているのが、荒廃した社会状態のもとで暮らす人たちだ。金銭的に苦しい状態で、ストレスに満ちた暴力的なコミュニティに暮らしている人たちだ。彼らはテレビをつけて、ぼくがプラット一家に感じたのと同じような感想を抱く。世の中の仕組みは自分に不利にできていて、それに抵抗したり異議を申し立てたりしても、すべて無駄だと思い込む。自分の生活に影響を与える決定はどこか別のところにいる連中が下していて、そいつらはわざと物事を隠そうとしていると信じている。自分の暮らしを決める話し合いに参加できていないと思っている。多くのコミュニティにこの思い込みが深く根づいているが、それにはもっともな理由がある。そもそもそれは、思い込みではなく事実なのだ。

6 No Mean City
れっきとした都市

ニュースと文化の領域では、概して社会的不平等がはっきりと表に現れる。ただ、ほかにも社会での不平等が目に見える領域がある。各社会階級の生活水準だ。みんなが同じように質の高い家に住む権利があるとか、公営住宅がすべて民間の住宅よりも劣っているとか言いたいわけではない。これもまた持つ者と持たざる者の間にはっきりと隔たりが見られる領域だと認めておこうということだ。この種の隔たりがあるところでは、常にそれを認めておくのが重要だ。異なる社会的背景を持つ人が異なる考え方、感じ方、行動の仕方をする理由がそこからわかるかもしれないからだ。生活条件などが、長期的に各階級の人々の考えと人生にどのような影響を与えるのか、それを理解することが社会的不平等という微妙な点に取り組む鍵になる。微妙な点は論争の的になることが多い。階級間の断絶が広がる中、階級を超えてコミュニケーションを取ろうとすると、翻訳の過程で微妙なニュアンスが失われてしまうからだ。

建築学の教授でなくても、住宅の質にはずっと昔から階級間の隔たりがあると知っている。グラスゴーでは、高層公営住宅は貧困の象徴だ。恵まれないコミュニティについての固定観念の多くと同じで、高層住宅は暮らしにくい場所だというイメージは、間違ってはいないもののやや公正さを欠く。うまくいっている高層住宅コミュニティはたくさんあるし、すべての高層住宅が危険で、ドラッグの問題を抱えていて、犯罪の巣窟になっているわけでもない。生々しい固定観念を生んだ怪物のような建物も、それほど悪いことばかりではない。とはいえ、それなりにひどいものもそれなりにあったし、いまもある。十分ひどいので、評判が妥当でも不当でも、それが現実よりも力を持つ。

人類史上の不幸な時代の多くについて言えるのと同じで、あとから振り返って、この建設計画を考えなしに承認した人たちをあざ笑うのは簡単だ。都市の衰退と社会の荒廃を象徴することになった建設計画である。貧しい人たちを縦に高く積み上げるという考えは、二〇世紀半ばには名案だと思われたのだろう。産業の革命が立て続けに起こり、それにあと押しされて人口増加が続いていた時代だ。この時代には、その後数十年にわたって貧困を特徴づけることになるさまざまな新しい社会問題が現れ始める。

一九世紀終わりの経済発展の最中には、物資と仕事がふんだんにあった。二〇世紀に向かって西洋文明が自信満々に道を切り拓いていく中、靄《もや》がかかった地平線の向こうに社会的・文化的な反動が潜んでいるのを予見するのは（あるいは気にするのは）むずかしかっただろう。この経済成長の時代が近代世界をつくり出した。人類史上にこれに匹敵する時代はない。史上初めて生活水準と賃金が着実に上昇し、製造の機械化によって大量生産が可能になり、産業が変化して、当時現れつつあったグローバル経済にも影響を与えた。ただ、変化が一番はっきりと見られたのは一般労働者の生活だった。労働者の生活は、テクノロジーによって根本から変わったのだ。

帝国主義的な冒険心にあと押しされたこの成長期は、やがて行きすぎて減速せざるを得なくなる。第一次世界大戦後に大英帝国が世界のあちこちから撤退する中、急激な人口増加の影響が思わぬかたちで現れてきた。経済不況だけでなく、不吉なことに下層階級の社会状況、健康、行動にも影響が見られるようになったのだ。

大英帝国第二の都市グラスゴーでは、成長を遂げたゴーバルズ地区などの郊外工業地域で、一九世紀に地元住民と移民の数が激増した。その結果、文化的な緊張が生まれ、病気が蔓延して、住むに堪えない場所になった。生活水準の低さと労働条件のひどさにうんざりした労働者たちが一致団結して政府から譲歩を引き出し、これが雇用や住宅などの分野で人権保護の土台を築いた。たとえば週当たりの労働時間の短縮や、一九一九年に採択された最初の住宅法などだ。この住宅法によって、電気、上水道、水洗トイレといった、いまでは当たり前になっている最低限の生活水準が保障されるようになった。

こうした進歩は見られたものの、一九三〇年代までゴーバルズの生活条件は悪化の一途をたどった。この地区はやがて暴力の代名詞になり、イギリスで一番危険な場所とまで言われるようになる。高まる需要に応えるために、イギリスでは公営住宅が急ごしらえで大量につくられた。グラスゴーで五〇万人に住まいを供給していた公営住宅は、たちまち住むに堪えない場所になる。通りから通りへと並ぶ荒廃した共同住宅で、ひとつの部屋に五人、六人、さらに多くの家族が押し込まれて暮らしていることも多かった。

このような状況を受けて、さまざまな解決策が示される。そのひとつが「住宅団地」の計画・建設だ。街の中心から離れた外縁部の広い土地を活用して、そこに居住地区をつくろうという試みである。そうすることで、危険なまでに人があふれていたゴーバルズのような地区の状況を緩和できると思われたのだ。空き地を有効活用して最新の住宅に人々を移住させ、それと同時に余暇のための空間も整備されるはずだった。けれども、この計画は第二次世界大戦のために中断され、再開までに何年もかかった。政府の戦後計画では、スラムの一掃を目指して毎年五万戸の新しい住宅をつくることが掲げられた。けれども、グラスゴーの外縁部にあるポロック、イースターハウス、カッスルミルクのような住宅団地とは異なり、街なかには土地が不足していて、都市計画立案者は困難な課題と向き合うことになる。

一九五〇年代には、大陸ヨーロッパから導入された高層公営住宅が、こうした都市部の問題への解決策として盛んに持ち上げられた。一九六〇年代には、サー・バジル・スペンスら著名建築家がスラムの再生に投入される。ある新聞記者は言う。「狭い空間に人が詰め込まれているのなら、背の高い建物をつくらなければならない」。一九九三年のドキュメンタリー番組《高層住宅とその崩壊》(*High Rise and Fall*) のひとこまだ。この番組で鮮やかに描かれているように、実際に背の高い建物がつくられた。街を象徴する高層建築物がスラムの廃墟に立ち現れて、上昇を望む街の住人にふさわしい贈り物になったのだ。住宅団地は、少なくとも当初は成功を収めたように思えた。しかし一年半もしないうちに地元の人たちは、このクイーン・エリザベス高層住宅群を「アルカトラズ」「バーリニー」「カーステアズ」と呼ぶようになり、政治家と住民を閉口させた。ちなみにアルカトラズとバーリニーは暴力がはびこる刑務所で、カーステアズは精神障害のある犯罪者を収容するスコットランドの病院だ。

高層住宅の多くは、当初の期待とはうらはらに、地元住民から汚くて危険でとても住みたいとは思えない場所とみなされるようになった。構造上の問題から湿気がひどく、強風のときには窓が吹き飛ぶ。さらにドラッグの売人が周辺に潜んでいて、新規顧客の開拓を狙っている。鉄鋼や石炭など従来の産業が下火になり、失業率が高まって、多くの人が暇をもてあましてやる気をなくした。ここやほかの同じような場所で高層住宅が明らかに失敗に終わったのは、地元の役人にとって痛手だったが、それだけではない。住人へのダメージはさらに大きかった。スラムを抜け出して、未来の「摩天楼」で新生活を始めたばかりの人たちだ。

これら「空中の園」と、そこに体現された社会主義の理念は、ただ壮大だっただけでなく、労働者階級の生活水準を大幅に高めようとする真剣で野心的な試みでもあった。豊かで名高い歴史を持つ地元コミュニティを、建築物そのものに組み込もうとしたのだ。悪名高いクイーン・エリザベス高層住宅群は、のちにおぞましい固定観念の中心地となるが、それを設計したスペンスは、三つの棟が並んで建つ姿が、帆をいっぱいに張った大型帆船のような壮観になると構想していた。

悪くないアイデアではあるが、ある住人は船のモチーフについてこう語っている。「そんなふうに見えるのは、リッチモンド・パークまで歩いていったときだけだよ」。リッチモンド・パークは、この高層住宅から一・六キロ離れた緑地だ。ヨーロッパのユートピア主義に捧げる堂々たる建築物であるはずのこの建物、高級芸術と社会的ニーズが完璧に融合したこの建物が、遠くから見たときにだけ完成形を示すというのはばかげた話だ。もっと率直に言うなら、この住宅は遠くに行けば行くほどよく理解できる——住人にとってはおかしな話だ。このコミュニティに対するスペンスの見方には、どこか決定的におかしなところがあった。労働者階級が求め必要としているものとスペンスの想定とがあまりにも乖離していて、技術や芸術の才能や立派な思いがどれだけあっても、その溝を埋めることができなかったのだ。コミュニティと十分に話しあってニーズと願いを聞くことはなく、また設計段階では、善意に満ちながらも特権的な視点からさまざまな想定をしていた。そのせいでこの最先端の建物は、二〇年も経たないうちに多くが取り壊されたり、解体予定に組み込まれたり、少しでも見た目をましにしようと表面的に手が加えられたりすることになった。そしてゴーバルズのようなコミュニティでは、自分たちの歴史が完全に破壊されるのをみんなが集まって興奮しながら眺めるのが伝統になり、さらにはそれが期待されるようにすらなった。この状況はいまでも続いている。

ゴーバルズの高層住宅は、都市再生の惨めで手痛い失敗例だ。こうした失敗の文化的遺産は、いまでも街に長い影を落としている。すでに家計のやりくりに悪戦苦闘していた数多くの家庭が、あまりにも大きなストレスのもとで暮らすことを強いられ、そのせいで身体的にも心理的にも感情的にも変わってしまった。地元経済に残ったものが、コミュニティの新しい需要に応える。酒屋、パブ、フィッシュ&チップス店、ビンゴホール、賭け屋、それに最近ではドラッグの売人によって、住民は産業空洞化の厳しい現実からしばし解放される。けれども、一見無害に見えるこうした活動がそのうちに悪習になり、住民に広く蔓延して健康上の問題を引き起こす。このように虐げられた息苦しい社会環境のもとでは、みんな公的機関や権威を持つ人間を信用しなくなる。社会問題を片づけるために送り込まれる警察官やソーシャルワーカーといった人たちだ。

それに、こういう困難を抱えたコミュニティの中でもさらに問題の多い場所では、みんな社会の暗部に身を隠し、子どもを育てようとしながらアルコール依存と薬物依存の惨めな人生に陥っていく。

こうして育てられた子どものひとりが、サンドラ・ギャラガー、ぼくの母だ。

7 Nineteen Eighty-four
一九八四年

ぼくの母と父は、一九八三年の夏にグラスゴーのリハーサルスタジオで出会った。父は一九歳で、レコード会社との契約を目指す希望に満ちたミュージシャンだった。ある晩、練習後にほかのバンドのメンバーの彼女が友だちを連れて現れた。父とその子は意気投合する。それから間もなく、ふたりはキャンプをしにアラン島へ行くことにした。週末の愛の逃避行が終わる前にふたりは所持金を使い果たし、支払いをせずにキャンプ場から逃げ出した。ある意味ではロマンチックな話とも言えるが、未来の不吉な前兆だったとも言える。

本土に戻って間もなく、母は父をゴーバルズに連れていって家族に会わせた。その夜は普通に始まった。父は温かく迎えられ、フレンドリーな冗談が交わされて、食べ物と飲み物がたくさん出た。でも、酒が入るとその場の空気に緊張感がみなぎり始め、やがて母が自分の母親と喧嘩し出した。父もポロックのアルコール依存症一家の中で暮らしていたから、アルコール依存症家庭の日常にはすっかり慣れていた。それでも、母の家族はどこかが違った。普通よりもさらに何をしでかすかわからず危険な一家だったのだ。何が適切で何が適切でないか、その境目はあいまいだった。その夜が終わる前に大喧嘩になった。あまりにもひどかったので、父は母との関係を終わらせようと決意したという。

けれども、別れを告げるつもりでいた日に、母から妊娠していると告げられた。次の年の四月にぼくが生まれる。ぼくを「ダレン」と名づけたのは、「アラン」だと「響きがアメリカっぽすぎる」と思ったかららしい。母はぼくが一〇歳になるぐらいまで一緒に暮らしていた。その一〇年間、母が通ったあとには死体の山が築かれた。年々、行動がおかしくなって予想不可能になっていった。

母が去って間もなくのこと。ある晴れた日の午後に、ポロックで二、三人の友だちを連れてうちに帰ると、家財道具が前庭に出されて燃やされていた。

友だちにどう説明したのか覚えていない。そもそも説明する必要などなかったのだと思う。みんなうちの暮らしについて、ある程度のことは察していたからだ。問題を抱えた家庭で暮らしていると、その生活は路上に漏れ出る。やがて恥ずかしさときまりの悪さから逃れようと、機能不全に陥った家族のことは心の外に締め出す。コミュニティの人たちが状況をわかっていて、おそらくそれについて何か思っていることに慣れてしまう。プライバシーは手の届かない贅沢になる。

尊厳は上等な人たちのためにあるのだ。

貧乏でないふりをすることはできる。必要なのはクレジットカード二、三枚と通販カタログ、それにたくましい妄想の力だけだ。あと、人が訪ねてくるときには、貧困家庭に無料で配られるEUのシチューが入った大きな青い箱を見えないところに隠しておくと、評判を落とさずにすむ。けれども、家族が機能不全に陥っていることを隠すのはこれよりむずかしい。まず、親やきょうだいなどが原因で、自分でどうこうできる問題ではないかもしれない。それに、機能不全に陥っていることに自分では気づいていなくて、それを隠せないこともある。家族の機能不全も貧困と同じで、歪みはほかのみんなには見えるのに自分にだけは見えない。結局、機能不全の家族のもとで暮らしているときには、そんな状態にいるとは思ってもいないのだ。

自分の生活が普通ではないとわかったときには、もう手遅れでごまかしようがない。心配した近所の人たちが、壁ごしにトラブルを聞きつける。教師、医者、ソーシャルワーカー、精神医療の専門家も状況を把握している。心配したり手をさしのべたりしてくれる人がいる一方で、弱みにつけこもうと手ぐすねを引いて待ち構えている人間もいる。刑務所の食堂でトーストをめぐって切りつけ合う受刑者と同じで、さらなる暴力を防ぐには対決か服従、どちらかの態度を取るしかない。ぼくの場合、おもに母をめぐる家族の機能不全と、うちが貧乏だという隠しようのない事実があったから、学校に通っていたときにはそれを背負って過ごさなければいけなかった。何度か自分で服を着て学校に行ったときには、校庭で笑い者にされた。ある日の朝には、ちゃんとした服をぼくに届けるために父が職場を離れなければいけなかった。いったいぼくはどんな格好をしていたのだろう。保育園や学校の受付で、だれかが迎えにきてくれるのを放課後ずっと待っていたこともあった。

キッチンの調理台によじのぼって戸棚を開けて、自分で朝食をつくったこともある。ただ小さすぎてどうすればいいのかわからなかったから、ボウルに入れたオートに水を注いで食べて、学校に行く準備をした。そのときには、これは大したことではないと思っていた。母がぼくの面倒を見られるような人間ではないとすでにわかっていて、それに適応していたからだ。問題は、ぼく自身はほかの人と比べることができず全部まったく普通のことだと思っていたのに、ほかの人たち、とりわけ容赦ない子どもたちは、何かがおかしいと明らかにわかっていたことだ。

ありがたいことに神さまは、ぼくにたっぷりの赤毛と青白くてそばかすだらけの顔を与えてくれたから、大した事件もなく毎日無事に校庭を通り抜けられた。学校はたしかに大変な場所だったけれど、何が起こるかわからない家での生活よりはましだった。うちではたいてい、薄氷を履《ふ》むような思いで母の機嫌をうかがいながら過ごしていた。

ときどきぼくはうちの裏庭に走って、先のとがった鋼鉄の柵ごしに母が空にした酒瓶を投げ捨てた。ぼくの記憶が正しければ、まるでゲームのようにこれを指示された。もちろんぼくは意味をちゃんとわかっていたけれど、母を喜ばせようと調子を合わせた。アミューズメント施設で過ごした時間も同じような感じだった。〈トレジャー・アイランド〉で一日過ごしたときには、午後の間ずっと母がなけなしの金をスロットマシーンに次々と投入していて、ぼくは「コインを入れてください」という表示を見つめながら車のコイン式遊具でひとり遊んでいた。こんな日や、酒瓶を柵ごしに放り投げていたときが、母と一緒に過ごした最も充実した時間だった。何年もあとに、柵の外に出てうちのうしろの森を散策したときに、あまりにもたくさんの瓶が投げ込まれていて驚いた。瓶を投げていた当時、この高さ二・五メートルほどの柵は、侵入者を防ぐために通り沿いにつくられたばかりだった。ただ、うちに押し入るほどの間抜けが仮にいたとしても、大したものは盗れなかっただろう。うちにあった値打ちのあるものはすべて、母が質に入れたり売り払ったりしていたからだ。父が仕事に出ている間に、近所の人から金を借りてまでいた。母の酒とドラッグの問題はまったく手がつけられなくなっていて、ぼくらの面倒を見ることなどとてもできる状態になかった。ぼくらは危険な状況に置かれていて、そのうち庭で注射器まで見つかるようになる。

ある日の午後、ぼくは二階にある自分の部屋の窓から外に出て、窓台に腰かけていた。地面はコンクリートで、落ちたら死ぬ可能性もあったのに、そんなことは気にしていなかった。ぼくにとっては、いつもの冒険のひとつにすぎなかったのだ。けれども突然邪魔が入った。隣の住人が声のかぎりに叫ぶ。「ダレン・マクガーヴェイ、いますぐ部屋に入りなさい！」。窓にかかわる出来事があったのは、これが初めてではなかった。その二、三年前に、家族で暮らした二軒目のフラットで、ぼくは三階建ての最上階の窓からネコを外に放り出した。なぜだか、ぼくよりも動物が傷つけられたときのほうが、はるかに母の心はかき乱されるようで、泣きながら階段を駆け降りていった。そのネコはあとで安楽死させられた。母はぼくが開いた窓のすぐそばにいたことよりも、ペットのほうを気にかけていたのだ。母の優先順位はいろいろとおかしかったので、これもそのひとつだったのだろう。

このフラットで、母の飲酒問題に父が初めて気づいた。住宅ローン支払いのために父の小切手帳を預けられた母は、小切手を次々と現金化して酒やドラッグを買うようになったのだ。母のせいでうちは事実上破産して、ローンの支払いは滞った。結局そのフラットを手放してポロックに戻り、公営住宅に入居するはめになった。三年で三軒目になるこの新居にも、長くはいられなかった。父は引き続き働いて金を家に入れたけれど、母は引き続き飲んだくれながらも、それを隠そうとしていた。一九八七年に妹が生まれたあと間もなく、母は転売するためにヘロインを買った。けれども結局、友だちと一緒に吸ったり注射したりして自分で全部使ってしまった。その結果、母は巨額の借金を抱えることになる。それから数週間のうちに父は家の前で襲われたり、借金を返さなければ一家皆殺しだと脅されたりするようになった。一時的にゴーバルズに戻っていた母は、この話を聞いて地元のギャングに連絡を取り、ポロックの売人が父に手を出さないようにさせた。その後、ぼくらはまたポロックの別の場所に引っ越すことになる。今度は夜逃げだった。それでも父は、売人がぼくらの居場所を知っていていつ仕返しに来るかわからないと思っていた。ぼくらはただ、毎日の暮らしを続けていくことしかできなかった。父にできるのはただ待つことだけ。幸い売人が来ることはなかった。母もたまには役に立つことがあるようで、ゴーバルズの「友だち」を使って売人を説得し、借金を帳消しにさせて絶望的な状況を脱したのだ。

父がこの悲惨な状態から逃げ出したくなったのも無理はない。

08 A Question of Loyalties

忠誠の問題

当然、こんなことが普通に起こるコミュニティで暮らしていると、楽観的になるのはむずかしい。ポロックみたいな地域では、この種の機能不全が蔓延している。みんながその影響を受けているわけではないかもしれないけれども、コミュニティ全体の士気と評判に腐食作用を及ぼす。暴力事件の話を聞いたり、地元の政治家が問題に対処してくれないとみんなが不平を口にするのを聞いたりしてばかりいると、社会から忘れ去られた衰退した場所に暮らしている感覚が強くなっていき、そのうちに何かとんでもないことが起こって、自分たちの住宅団地が新聞の一面に載る。

貧しいコミュニティには、状況は変わらないという思い込みや、権力や権威を持つ人間は自分のことしか考えていなくて信頼できないという考えが浸透している。これは自滅的なものの見方のように思われるし、いろいろな意味で実際その通りだ。ただ、典型的な恵まれないコミュニティで数週間過ごしたら、何が恵まれていないのかすぐにわかる。問題はすぐ目にとまる。むずかしいのは、それをどうにかしようとしたときに、何枚もの壁にぶち当たることだ。こうしたコミュニティでは、政治参加の意欲が人々から奪われてしまっている。貧困は政治的無関心の副産物だと思われることが多く、貧しい人が貧しいままなのは、自分たちの暮らしを積極的にどうにかしようとしないからだと考えられている。けれども、実際にはその反対のことが多い。地域の民主主義が自分たちを念頭に設計されていないとわかると、コミュニティに参加して積極的に活動しようという熱意がたちまち消えてなくなるのだ。地域の民主主義は、もっぱら外部の人間が住民の頭ごしにコミュニティを支配してそれを維持するように設計されている。

同じ考えと共通の目的を持つ人たちが地域で行動を起こすには、グループを立ち上げるのが王道のひとつだ。労働者階級のコミュニティでは、目的はかなりシンプルで、たいていは自分たちが楽しんだり、自分たちの役に立ったりする活動のためのスペースがほしいというようなことである。けれども、そのグループを立ち上げるのが意外とむずかしい。グループや組織を立ち上げるには、まず「役員会」が必要になる。役員会には最低三人の役員と文書化されて役員会が承認した規約、それに銀行口座が必要だ。役員会がないと資金調達ができない。規約がないと銀行口座を開けない。銀行口座がないと建物を借りる資金を調達できない。これは氷山の一角で、自治体の事務手続きの煩雑さを考えると、さらにハードルは高くなる。勘違いしないでほしい。もし望むのなら、ルールなど無視して自分で勝手に役員会なしのグループをつくることもできる。ただ、運営資金の補助は得られない。法的に認められるのに必要な正式な体制を整えることで、ようやく資金調達ができるようになるのだ。

特定の目的を持つグループには資金が提供される可能性があるが、コミュニティ・レベルの人たちは、どのような分野に資金提供するかを決める際に口を挟むことはできない。結局そのせいで草の根レベルの人たちは、中央政府の意向に間接的に従うグループを立ち上げるしかない。そうしなければ、資金をもらうのがむずかしいからだ。労働者階級の人たちは、自分たちのグループの大きな目的は何かと尋ねられると、ごく単純な答えを口にして怪訝な顔をされる。お年寄りのためにお茶やコーヒーを淹れられる場所がほしい。一〇代の子たちの遊び場がほしい。ひとり親のための料理教室を開く場所がほしい。サッカーや釣りができるところがほしい。労働者階級の人たちがほしがるものはあまりにも単純で、中流階級の人には不可解に聞こえることが多い。政府の華々しい社会工学の取り組みと、地域の人たちのはるかに単純で地味な希望や要望との間には、大きな隔たりがあるのだ。それに地域の人たちの多くは、専門用語を使いこなすことができない。

制度では、労働者階級の人たちが「ファシリテーター」や「メンター」と「協働」する仕組みになっている。これらの人たちが、労働者階級の人たちの望むものをすべて骨抜きにする。

コミュニティの希望を、影響力や権力を持つ人間の意向に合わせるためだ。グループが身のほど知らずな行動を取り始めたら、役員会の仕組みが機能してそれを抑えつける。グラスゴーの詩人でエッセイストのトム・レナードは、中流階級が事実上、貧困者の暮らしのお目付役になっているこの現状を「リエゾン・コーディネーター」（連絡調整官）という作品で風刺している。この詩は、階級の問題を取り上げて、それがいかにことばを通じて助長されているかを示す。「リエゾン・コーディネーター」ということばだけでも、うさんくささを感じさせる。これはある種の人間が口にする専門用語だ。この詩はまた、貧しいコミュニティの人たちが、分断された階級の反対側の人たちをどう見ているのかも示している。自分たちのことを搾取して上から目線で接してくる人たちと考えているのだ。こうした見方が正しいこともあればそうでないこともあるけれども、いまの一番の課題は、この大きな隔たりの間に橋を架けることにある。

社会的不平等が広がって、経験の隔たりがどんどん大きくなると、ぼくらは分断の向こう側にいる人間について臆測を立てるようになる。その人たちの生活スタイル、考え、相手がこちらに望んでいることを想像する。こうした空想の産物は、人間の暮らしが複雑で深みがあることを考慮に入れてはいない。そのせいで、階級のことを語るのがとてもむずかしくなっている。

どちらの側にいても、人は無意識のうちに階級問題について思い込みを持っている。自分たちについても、反対側にいる人間についてもだ。ぼくの場合、中流階級の人間はのんきに暮らしていて、生まれつき金持ちで、ぼくにはない目に見えない強みをありあまるほど持っていて、その恩恵をこうむっていると考えていた。中流階級の人はおそらく、貧乏人が貧しいのは一生懸命働かないからだとか、仕組みは公平なのに態度に問題があるせいで豊かになれないのだとか考えているのだろう。人間の思い込みは、焦点をはっきりさせて世界を見るためのレンズのようなものだ。人間は、思い込みをもとに結論を導き出し、この結論がこの上なく重要な意味を持つ。それがものを考えるときの基礎になるし、さらには考えていることはその後の行動にもつながるからだ。思い込みは、それが正しくても間違っていても、政治参加の領域にまで影響を及ぼすことが多い。政治参加は、下層階級と中流階級がいまでも意味ある接点を持つ数少ない領域のひとつだ。

問題は、それぞれの側で固定観念と誇張が何世代にもわたって強化されてきて、それが間違った思い込みの土台になっていることにある。このために、政治の領域で対話をするのが極端にむずかしくなっている。さらに悪いことに、対話の試みがうまくいかずに対立が起こると、そこからさらなる憤りと誤解が生まれる。ポロックでは、労働者階級の人たちと、影響力や権威を持つ豊かな人たちとの間に関心と文化の対立があって、ぼくは若いころにその中で揉まれて政治の経験を積んだ。ただ、こうした対立によって階級についての思い込みが揺らぐことはなく、分断はさらに深まった。そしてこの対立が頂点に達すると、ぼくらのコミュニティのかたちと表情は文字通り変化した。

07 On the Road
オン・ザ・ロード

「この土地は開かれた森林地として永久に保存し、近隣地域およびび可能なかぎり遠くまでの美観を確保して、グラスゴー市民のために用いること」。これは、サー・ジョン・マックスウェルが、ポロック・パークとして知られる地所を一九三九年に市民に遺贈したときのことばだ。それにもかかわらず、この土地を委ねられたスコットランドのナショナル・トラストは、一九七四年にこの公園についての当初の申し合わせ条件を緩めることにした。高速道路をそこに通したかったからだ。

活動家で研究者のポール・ラウトレッジは、論文「抵抗の創出――ポロック自由州とポストモダン政治の実践」（'The Imagineering of Resistance: Pollok Free State and the practice of postmodern politics'）で、この高速道路建設への反対運動につながった最初期の出来事を描いている（本章全体を通じて、この論文を引用・参照している）。

一九七八年、高速道路（M77）への抵抗運動が一斉に始まり、この問題に関心を寄せるコーカーヒル地域評議会などの地域集団が参加した。

一九八八年、高速道路問題についての公聴会が三か月にわたって開かれ、さまざまな反対意見が提出された。そこには、グラスゴー州区議会からの反対意見もあった。M77の影響を受ける地域コミュニティである。ほかにも、〈人民のためのグラスゴー〉など、さまざまな地域コミュニティから反対意見が出た。しかし、住民が抵抗を示したにもかかわらず、一九九二年には高速道路の準備段階の工事が始まる。ポロック・パークの西側でひと筋の木が刈り込まれて、道路の基礎が整えられた。

地域住民が結集して声を上げたにもかかわらず、およそ三〇年にわたって事実上その声は無視された。建設を正当化するありとあらゆる理由が示された。高速道路ができたら経済発展の助けになる。ドライバーは時間を節約できる。公共交通機関の信頼性が高まって、環境は改善され、交通事故も減る。道路建設反対派はこうした主張に異を唱えて、自分たちの議論を展開した。M77は騒音と大気汚染を悪化させ、ポロック・パークの森林地と野生動物に害を与える上に、交通量が大幅に増えるといった具合だ。

反対派は、M77の建設費用を既存交通機関の改善にあてるべきだと論じた。また、高速道路ができても、便利になるのは豊かな地域に暮らすドライバーだけで、地元コミュニティの役には立たないとも主張した。ラウトレッジはこう論じる。

それに加えて、道路ができると、子どもたちの安全な遊び場であるポロック・パークへ地元住民が足を運べなくなる。また、騒音と汚染を生む高速道路が小学校と中等学校のすぐそばにできることになる。政治的には、高速道路建設によって緑地帯が商業開発され、その結果、この土地への立ち入りが制限されることになる。

この計画を受けて、〈ポロック自由州〉を自称する環境保護活動家の集団がポロック・パークにキャンプを設営した。彼らが住民の財産だと主張していた場所だ。一九九〇年代初め、職人で環境保護活動家のコリン・マクラウドが高速道路建設に反対して現場の木にのぼって抗議運動を始め、彼が率いるポロック自由州がたちまち抵抗、コミュニティ・エンパワーメント、民主主義の旗印になった。

この活動の目的は、望ましくない道路建設を阻止することだけでなく、民主主義について問題提起をすることにもあった。公共空間の使い方と開発の仕方に地域住民が発言する権利があるという問題提起だ。当時はM77建設に反対して数多くの集団が抵抗運動に参加していた。ポロック自由州もその一部であり、ほかにも〈スコットランドの戦闘的労働者〉〈地球第一〉〈人々のためのグラスゴー〉といった集団がいた。

このキャンプ地は、共通の目的のもとに団結した人々がわずかなリソースで大きな成果を挙げた一例だ。地元に暮らすマクラウドは、道路の建設予定地に常設のキャンプを設置した。木が切り倒されるのを防ぐために九日間樹上で過ごしたあと、抵抗運動を率い、貧困と政治的無関心によって引き裂かれたコミュニティに目的、連帯、意味を持ち込んで、抵抗運動の精神を体現する存在になった。

キャンプは抵抗運動の目に見えるシンボルになり、この抵抗運動によって人々は地域計画の担当者や役人の正当性に疑問を抱くようになった。さらに重要なことに、抵抗運動は反体制文化を体現する生活スタイルにもなった。それを通じて、自尊心の低さ、怠惰、依存症に苛《さいな》まれていた地域住民が、技能を高めて力を取り戻していったのだ。

とはいえ、このキャンプに問題がないわけではなかった。キャンプのメンバーは流動的で、あらゆる社会的背景を持つ人が参加していた。地元の問題に声を上げたいと加わった地域住民のほかに、もっと大きな環境や経済への関心を持つ活動家や研究者もコミュニティの外から群れをなしてキャンプに集まってきて、これが摩擦を生んだ。地域の人たちは、研究者と学生がいきなり現れてその場を乗っ取り、環境保護主義という中流階級の問題関心を押しつけてきて、自分たちの関心が無視されたり矮小化されたりしていると感じたのだ。さらに酒とドラッグの問題もあり、最終的にどちらも禁止された。利害対立による緊張を和らげようと、中立的で開かれた態度を求める厳しいルールもつくられる。マクラウドは名職人としてすばらしい技術を持っていたが、それがかすむほどの天性の才能を対人関係において発揮した。いつも直観的に人の力を捉えてそれを最大限引き出し、コミュニティの役に立てることができたのだ。みんなに尊敬されていたから、いろいろな派閥の間を取り持って理解を育むこともできた。

とはいえ、この地域には運動がたくさんあり、それぞれ小さいながらも影響力を強めつつあって（それゆえ政党や大企業にいやがられていた）、ポロック自由州はそのひとつにすぎなかった。たとえば、のちにスコットランド社会党を結成する社会主義者の若者集団が、ポロック自由州ができる前から人頭税（地域社会税）反対運動に携わっていた。この運動は、活動家と地域リーダーからなる若くて活気ある腕白者の集まりだった。

これらの運動の結果、コミュニティが力をつけ始め、政治に無関心だった人たちが新しい政治感覚を育んで、それを信じるようになった。そもそも、自信喪失が多くの人の足を引っぱっていたのだ。だれも耳を傾けてくれないのだから何をしても意味がないという考えは徐々に薄れ、コミュニティには新たな自信が見られるようになった。社会主義の活動家が地元住民の一部をうまくまとめ上げて、政府のさまざまな政策に反対する数多くの運動を展開した。コミュニティ・センターや学校の閉鎖、差し押さえ物品の売却、つまり政府の役人を派遣して税金滞納者の家財道具を押収するやり方などへの反対運動だ。

ポロック自由州や、のちにスコットランド社会党になる集団など、性質の異なるさまざまな運動が文化的に結びついて、コミュニティの精神を復活させ、力を持つ存在になった。市庁舎での市民集会のことを覚えているが、保守党の政治家が地元住民に恐れおののいていて、震えをごまかそうと紙に無意味な落書きをしていたほどだ。

地元住民は当局に屈することなく、公有地やコミュニティ・センターを占拠して、学校閉鎖に反対の声を上げた。ぼくが通っていた小学校も取り壊しの対象になり、そこからたった五キロほどのところにある別の小学校も対象になった。それに、三キロほどの圏内で三つの中等学校が壊されることになっていた。

地域での反対運動に勇気づけられて、協議に参加した教職員と児童たちも声を上げた。どちらの小学校もただ改修が必要なだけで、閉校されたら地域にとって大打撃になると論じたのだ。そして、閉校になると、子どもはコミュニティの外にあるいまよりずっと小さな建物に詰め込まれることになると指摘した。ぼくの学校と同じように、隣のペニリー住宅団地で一番大きな小学校も閉鎖される予定で、それに先だってこのふたつの学校は合併させられることになっていたのだ。計画の中には、およそ五キロ離れた学校で授業を受けさせるために、休み時間に児童をタクシーで移動させる案も含まれていた。教育の大きな妨げになりかねない、ばかげた案だ。こんなごたごたがなくても、教育は十分に大変なのだから。地元住民と教職員は、自信を持って計画に反対し、協議に参加した。自治体から譲歩を引き出せると確信していた。

大きなコンテクストで見ると、活動家たちは自治体から少しずつ責任を奪っていき、権力の梃子《てこ》を支配するようになったのだと言える。これは選挙を通じて民主的なやり方でなされることもあれば、占拠を通じて非民主的なやり方でなされることもあった。ポロックで新次元の政治意識を生み出し、若者と高齢者の両方に刺激を与えて、さまざまな夏のイベントも企画した。たとえば地元のアーティストが出演するライブを開催したり、サッカー・トーナメントを催して地域の隔たりを超えて若者をひとつにしたりといった具合だ。突然、ポロックでは前向きなことがたくさん起こり始め、どの政権にもずっと見捨てられていたコミュニティの若者たちが、また地域の活動に参加するようになった。生活の質は大きく向上する。これは金が増えたからではなくて——金はやっぱりなかった——みんなが自分のコミュニティに責任を持つようになったからだ。物質面の状況は変わらなかったけれど、目的を共有する中で人生が新しい意味を持つようになり、生活の質が上がったのである。

ただ、およそ三〇年にわたって人々が一致団結して反対したにもかかわらず、M77の建設は強行された。対立するふたつの勢力がやがて衝突する。一方は、大企業に支えられた強力な地方・国レベルの政府。それに対するのは、ベジタリアン、環境保護論者、社会主義者、無政府主義者、快復しつつあるアルコールとドラッグの依存症者からなる正体不明の一団。迫りつつある決戦は、コミュニティの魂をかけた闘いになると考えられていた。

「この辺りのコミュニティへのメッセージなんだ」とコリン・マクラウドは言う。「みんながぼくらのことを見ているのはわかっている。だから注目を集めて、何が起こっているのか、ぼくらが何を守ろうとしているのか知らせたい」

ショベルカーの到着前夜、ポール・ラウトレッジは日記にこう記している。


ドレッドヘア、スキンヘッド、モヒカン刈りの人たちが、キルト、絞り染め《タイダイ》の服、インドやネパールやグアテマラなど世界各地の民族衣装を身にまとった人たちと肩を寄せ合っている。ミュージシャンのグループが、即興でケルトの民族音楽を演奏し始める。燃える木から立ちのぼる煙と冬の風のただ中に期待感が漂う。自由州に車が四台到着して、埋葬されることになっている。エンジンを止め、すでに埋葬されているほかの五台とともにM77の建設予定地に埋められる。穴に入れられたあと、車は火をつけられて抵抗の象徴として燃やされ、黒こげになった骨組みに高速道路建設反対のスローガンが描かれる。クラクション、口笛、集まった群衆の歓声が響く中、車が到着する。スコットランド王室の紋章

〈ライオン・ランパント〉が掲げられた木の横に車が並べられる。埋葬地に群衆がすすむ中、バンドがバグパイプ、管楽器、太鼓、笛、叫び声の不協和音を奏でる。

みんな建設予定地に歩いていって、このために掘られた墓穴に車が入れられる。エンジンが切られ、車は縦向きに穴に入れられて、周囲に土と石がつめられる。近所のポロックにある住宅団地から来たティーンエイジャーが、運転席側の窓に石を投げつけてガラスを粉々にし、大歓声があがる。自由州の住人がひとり、大きなハンマーを振り下ろしてフロントガラスを破壊する。また歓声があがる。腹に響く太鼓に合わせて動く、リズミカルな群衆。お祭り騒ぎで車を埋葬する。車の使いすぎとM77高速道路建設が環境に与える影響に抗議する意味がそこには含まれている。車を穴に入れると、ガソリンをかけて火をつける。祝福の声が空気を満たし、そのアクセントはグラスゴー、ロンドン、オーストラリア、スウェーデン、アメリカとさまざまだ。火の明かりのもと踊り、みんなの影が道路に祝福のアラベスクを描く。火のように舞い、火になって、炎の動きと一体になる。

M77のポロック・ジャンクション建設工事が始まる日、ショベルカー、ロードローラー、トラクターの行列がポロック自由州にゆっくりと近づくと、その行く手に燃やされた車が墓石のように埋められているのに出くわした。これは強力なシンボルであるだけでなく、闘うことなく屈しはしないというきわめて明確な警告でもあった。当局は抵抗があるのを予想していて、警察と警備会社と手を組んでやってきた。衝突が始まったとの知らせが広がると、抗議運動に触発されて活発にコミュニティで役割を果たすようになっていた地元住民が、自分にできることをしようとキャンプへ駆けつけた。

けれども午後には、警備員の手によって、ポロックの住民は自分たちの土地から文字通り引きずり出された。多くが警察のヴァンのうしろに放り込まれて、留置場に連行される。こんな生意気な振る舞いは許されないというわけだ。彼らの生活や経験のすべて、信じるもののために闘うこの日に至るまでのすべてのことは、多数派にとっての発展を妨げる乱暴としか理解されなかった。多数派というのはもちろん、主流政党に投票し、郊外に住んでいて、毎日の通勤のときに渋滞や裏道を嫌う人たちのことだ。

その日、ポロック自由州は敗北した。憎き敵にではなく、こちらのために最善を尽くしていると主張する者たちに負けたのだ。道路建設でも、コミュニティ・センターや学校やその他サービスの閉鎖でも、自治体は（そんなことはないと言うだろうが）地元住民の望みをことあるごとにわざと無視してきた。自分たちのほうが物事をよく知っていると思っているからだ。地元住民の関心と中流階級の望みがぶつかったとき、勝つのはいつも中流階級だ。

それから一〇年もしないうちに、ポロックから始まったスコットランドの社会主義運動は崩壊する。数多くのコミュニティ・センターが閉鎖されたり、取り壊されたり、謎の火災に見舞われたりした。地域に三つあった学校、ベラーマイン、ペニリー、クロックストン・カッスルもすべて閉校になる。ただその前に、ぼくの母校はペニリー分校と改称された。意味なく無神経な決定で、悪意からなされたとしか思えなかった。ぼくらの文化は保存するには値しないということらしい。あるいはもっとひどいことに、そもそも文化などないと思われていたようだ。ぼくらの考えは、地域の運営方法から、はたまたものの呼び方まで、悪意はなくても見当違いだと思われていた。政治参加とは、コミュニティの声に耳が傾けられるようにすることではなかった。密室であらかじめ決められた目的地に、群れを囲い込むことにほかならなかったのだ。

残る粛清対象はポロック・センターのみ。これはコリン・マクラウドたちが的確に予言していた通り激しい商業化の拠点になり、低賃金と劣悪な労働条件の仕事と引き換えに、コミュニティから利益を貪っていた。やがて、ある計画が持ち上がっていることがわかった。ポロック・センターを完全に閉鎖して、高級衣料品店、宝石店、レストラン、カフェが並ぶアメリカ風の新しいショッピング・モールをつくるというのだ。

地元住民は、ポロックがきらびやかで高級で立派なものと連想されるようになることに心惹かれた。ポロックはずっと、社会的剝奪の見本のような場所だったからだ。小さな町ほどもの広さがあるこの新ショッピング・モールが、数百万ポンドを投じられて新高速道路ジャンクションの真横、かつて学校があった場所につくられる。その結果、ひょっとしたら世間の人はポロックに新しいイメージを持つようになるのではないか。この最新の目玉施設のおかげで、ポロックはひどい過去と決別して無限の可能性を持ち、またきれいで安全で前向きな場所と思われるようになるだろう。みんなびくびくして通り過ぎるのではなく、ここで少し時間を過ごそうという気になるかもしれない。ここを訪ねた人が、それを人に話しても恥ずかしくない場所になるのではないだろうか。

新ショッピング・モールは〈シルヴァーバーン〉（銀の小川）と名づけられた――かつてショッピング・カートが川岸に並んでいたことに皮肉を込めてつけられた名称かもしれない。シルヴァーバーンは、かたちを歪められたぼくらの土地に上から押しつけられたフィクションのような消費者村で、自由に使える金を持つ郊外住民の買い物ニーズを満たすことになる。郊外の住民は、ポロックにいると知らないまま（あるいはポロックに行ったと言う必要なく）ぼくらの住宅団地を訪れることができるようになった。再開発による高級化（ジェントリフィケーション）は、安全な距離から見ているぶんにはいいけれど、自分たちの文化の歴史が解体されると苦い後味が残る。

この新しい消費の大聖堂には、多くの地元住民が金を稼いだり使ったりしに行くようになって、街中の話題が集まった。以前はポロック住民が夢に見ることしかできなかったことだ。わずか数年後にはマルチスクリーン映画館が加わり、駐車場も拡大される。シルヴァーバーンは、ポロック最大の功績になった。ただ残念なことに、ポロックとそこに住む人たちは、このサクセス・ストーリーからのけ者にされている。二極に分かれて対立していたこの地域の政治は、一〇年も経たないうちに完全に風向きが変わった。かつて道路建設に反対して結集した地元住民は、その横にシルヴァーバーンが建つと、今度はマクドナルドを求める署名を集めるようになった。

地域文化の名残として見られるのは、シルヴァーバーンのトイレの外壁にあるポロック・センターについてのちっぽけな写真展示だけだ。コリン・マクラウドには触れられていない。

10 One Flew Over the Cuckoo's Nest
カッコーの巣の上で

ここで描いているようなコミュニティで育ったら、いろいろな次元で影響を受けざるを得ない。あからさまな影響もあれば微妙なものもある。一番大きな影響を受けるのは感情面で、中でも感情的ストレスの影響は大きい。これが考え方、感じ方、行動の仕方をかたちづくるのに重要な役割を果たす。感情的ストレスというものが存在し、それが人に影響を与えて、人はそれと生涯つきあっていく。こういうことは、貧困の中でも最も見過ごされがちだ。ストレスは偏った食生活、依存症、心の問題、慢性的な健康障害につながる生活スタイルの選択や行動の元凶になっていることが多い。死につながるとわかっている悪弊をやめようとしてもうまくいかない。せっかくの気持ちをストレスが台なしにしているのに気づかないからだ。

背景にストレスがあることと、ストレスがさまざまなものを引き起こす要因になっていることを考慮に入れずに、貧しいコミュニティに暮らす人の行動について何かの結論を出したり、ましてや法律をつくったりするのはおかしくないだろうか。ストレスは、やけ食い、喫煙、ギャンブル、大量飲酒、薬物乱用、そのほか攻撃と暴力のさまざまな文化を呼ぶ。下層階級の生活を本当に知らない人には理解しにくいのかもしれない。ぼくはこういうことをほとんど全部死ぬほど経験したけれど、それでもやっぱり理解できない。ただ、感情的ストレス、不安、恐れにとらわれて生きている人には、こういう行動は、長期的には破滅的でもつかの間の解放感を与えてくれる——それに、気持ちをコントロールできているという錯覚も得られる。心理的緊張を強いられていると、この解放感を求める欲求、衝動、強迫観念が襲ってきて、それになかなか抗えない。たしかに階級とは関係なく、だれもがストレスを感じる。この点はいくら強調してもしすぎることはない。ぼくは上流階級の人たちのストレスを矮小化したり無視したりする気はないし、中流階級の人たちはストレス関連の問題や病気に苦しめられることがないと言いたいわけでもない。けれども、ストレスが前進を阻み、健康と社会的流動性を損ねて、社会での態度と価値観を形成する度合いは、労働者階級の場合極端に大きい。これは認めておかなければならない。

いい環境のもとでは、ストレスは行動を促す動機づけとして働くこともある。あるいは、少しの間不快感を覚えさせるだけだ。けれども、劣悪な社会状態のもとに暮らし、おそらく暴力や虐待のサブカルチャーの中で育った人たちには、ストレスの力は圧倒的で、常にストレスの海の中を泳いでいるような状態だ。みんなストレスというレンズを通して生活全体を見ている。医学ではストレスの具体的な定義は存在しない。単純に言うと、ストレスは心理的あるいは感情的緊張に対する身体の反応だ。身体が攻撃されていると認識すると、差し迫った脅威に対処しようと生理学的な設定が変更されるのである。これは無意識のうちに起こる自動的な反応で、ホルモンと化学物質が分泌されて、身体が動くように準備が整えられる。ストレス反応は原始的なものなので、何千年もの間、ストレスを感じる対象は変わっても、身体の基本的な反応は変わっていない。血液が筋肉に供給されて興奮し、通常の意思決定プロセスが妨げられる。ストレスは身体がエネルギーを蓄える方法も変化させる。ストレスの度合いが高まると、脅威が消えたときに使うために内臓のまわりに脂肪が蓄えられるのだ。貧困に絶えずついてまわる緊張にさらされて暮らしていると、精神的にも肉体的にも常に極度の警戒を強いられる。そしてストレスによって、生理的な状態が変化し始める。

この破壊的な感情の状態とそれが心身に与える影響について、ぼくが初めてきちんと理解したのは、グラスゴーのウェストエンドにあるノートルダム・センターに通い始めたときだった。ノートルダム・センターは、感情的・心理的な苦しみを抱える子どもや若者の複雑なニーズに対処すべく、保護者、教育者、その他専門家の求めに応じて一九三一年に設立された。セッションは一時間弱だけれど、時間はもっと早く過ぎるように感じる。入口に到着すると、モイラというフレンドリーで温かい女性が出迎えてくれる。学校の食堂のおばさんと同じで、モイラからはぼくに会えてうれしいと思っていることがいつも伝わってきたし、受付を済ませたあとも話を続けることがよくあった。ぼくの（カウンセリング以外の場での）活動で目にとまったものがあれば、それを褒めてもくれた。たとえばメディア出演だ。徐々に機会が増えて、ラジオに呼ばれて貧困について語ったりしていた。モイラに出会ったことでウェストエンドを訪れる理由がふたつになって、ぼくは街のこの場所に来るのを楽しみにしていた。

待合室ではラジオからヒット曲が流れていて、家族や支援スタッフに連れられた子どもたちが雑誌をめくって時間をつぶしている。けれども、普通の病院とはどこか様子が違う。何が起こるかわからないのだ。職員らしい大人が建物のまわりで子どもを追いかけて説得しているのに出くわすこともある。叫び声や何かを叩く音が隣の部屋から聞こえたり、取り乱した人が建物から駆け出ていくのを目にしたりすることもある。いつものことではないけれど、こういうことが起こっても特別おかしいとは思わなかった。スタッフはこの種の環境に慣れていて、トラウマを抱え複雑な心の問題に悩まされる子どもを扱うのも、当然ながら仕事の一部だった。

待合室でぼくはつま先をとんとん鳴らしながら、担当の臨床心理士マリリンに呼ばれるのを待った。セッションはたいてい、建物の二階にあるうす暗い静かな部屋で行われた。マリリンは中背で、茶色のショートヘアが肩のところで巻き上がっていた。明るい目をしていてユーモアのセンスがあり、初めて会ったときにすぐに心地よさを感じた。ぼくの記憶が正しければ、最初のセッションにはおばが付き添っていたはずだけれど、その次からはひとりでノートルダム・センターに通った。

マリリンが最初に原因究明を手助けしてくれたのは、どうしてぼくが激しい怒りを感じるのかという問題だ。身体のどこにこの怒りがあるのか、身体的な感覚があるのなら、それはどんな感じか。そう尋ねられて、ぼくはためらうことなく右手を胸にあてて、それをはっきり「火の玉」と説明した。ぼくにとって二〇〇一年はとてもつらい年で、うちでの生活に耐えられなくなっていた。父とはずいぶん話していなかったから、三月の初めに電話がかかってきたときには驚いた。緊張をはらんだこの短い電話で、母の調子が悪くて入院したと知らされた。父との関係はこじれていたので、それ以上の情報を聞き出すのはむずかしかった。さらに、母は息を吐くように嘘をつく人間で、自分のおかしな行動を正当化するためによく謎の病気やドラマをでっち上げていたから、いっそう話がややこしかった。母はごくまれに電話をしてくるときには酩酊状態で、ぼくはやがて母と話すのを拒むようになってもいた。年齢を重ねるにつれて母に対する態度はほんの少し和らいだ。母と話すように父に勧められたおかげだが、そう言われても拒むことが多かったし、弟と妹にも母と話させないようにしようとした。ただ、ぼくが実家を出る少し前に、母が突然電話をかけてきたことがある。数年ぶりにしらふの声だった。

ぼくは父の部屋にいて、偶然にも母についての歌をつくって録音していた。母はぼくがしていることに興味を示した。めったにないことで、これだけ中身のある会話を母としたのは初めてだった。歌について質問までしてきた。ぼくは、まだ内容をばらしたくないけれど、完成したら聞かせると答えた。母の飲酒とともに育った経験を歌にしたもので、共感と赦《ゆる》しの気持ちを込めて書いた曲だ。母を悪人ではなく病人と見られるようになったのは、ぼくにとって飛躍的な一歩だった。子どものときはずっと母の名を呪って、死ねばいいのにとまで思っていた。だから、ようやく母のアルコール依存症と折り合いをつけられて、関係を改善できるのではと希望に満ちていた。実は母の快復を助けたいとまで夢見ていた。けれども、その月が終わる前に母は死んだ。

母の症状をめぐって混乱があり、ぼくと父の関係も悪かったせいで、ぼくらは病院に母を見舞うことができなかった。母は進行した肝硬変のために譫妄《せんもう》状態にあったので、ぼくらが行ってもわからなかっただろうとあとで言われたが、そんなことはほとんど慰めにならなかった。個人的には、たとえつらい思いをしても母に会いたかった。死ぬ前にひと目見るだけでもよかった。息子としてぼくにはそうする権利があった。死ぬ前に母の手を握るチャンスを奪われて、とてつもなく心を乱された。

そのせいでぼくは怒っていたのだ。

マリリンは、ぼくに必要なことを直観的に悟って、怒りのような強力な感情が表に現れてきたときに、それを避けずに対処する方法を教えてくれた。そういう感情が生まれたら、それに向き合うようにあと押ししてくれた。情緒が不安定になって混乱したときに、それをコンテクストに位置づけて理解する手助けをしてくれて、原因を知る手がかりを与えてくれた。それに、頭に浮かんでくる考えを――とくに自分の命を絶つという考えを――すべて自分と重ね合わせる必要はないのだと教えてくれた。ノートルダム・センターに通い続けるうちに、自分の感情に対処する術を学んだけれど、同時にかなり小さいときの記憶がよみがえってきたり、フラッシュバックを経験したりするようにもなった。中には記憶があやふやで、はっきりと確かめられないこともあった。たとえば、夜遅くに脚をつかまれて窓の外にぶら下げられたときの記憶などだ。マリリンと過ごす時間は無意識への旅になり、そこで発見したたくさんのことを忘れるために、ぼくは酒を飲んでそのあとの一〇年を過ごすことになる。

すさまじい暴風の中、母に言われて高層住宅の向かいの住宅に暮らす母の母（祖母）のところへタバコをもらいに行ったことも思い出した。嵐が来ているから怖くて外に出たくないと言ったのを覚えている。その次に覚えているのは、建物の下にいるところ。天気のいい日でも風が集中する場所で、建物の角から通りをのぞくと、強風が車の下を吹き抜けて車体が少し傾くのが見えた。それでも使い走りをしないわけにはいかないから、暴風に立ち向かって二棟に挟まれた空間に足を踏み出した。けれども、歩いていると足もとにも風が吹きつけてくる。すさまじい威力に怯えて、怪我をするのではないかと怖くなった。でも先にすすむしかない。早く済ませようと思って走ったのが間違いで、風に足を払われてコンクリートの上に転がった。ようやく止まったときには上着が破れていて、母が住む棟のほうを向いて助けてほしいと身振りで伝えると、母は彼氏と一緒に顔を出してぼくのことを笑った。長年ずっと、このつらい記憶は脳のどこか暗い片隅に隠れていた。それが突然、さまざまな出来事の断片や、こういう強力なフラッシュバックが、意識上にあふれ出てきたのだ。まるで夢みたいに感じる記憶のあれこれが目を覚ましているときに心に入りこんできて、やっかいな問題を起こし、情緒もとても不安定になった。

昔飼っていた犬についてのフラッシュバックもあった。ケリーという犬で、バイクに轢かれて死んだ。その日の夜、父がケリーを庭に埋めた。母は相当なショックを受けていた。ひと晩ずっと酒を飲んでいた母は、次の日、酔っぱらって悲しみに暮れていた。そして二階から降りてきてわけのわからないことを口走り、リビングをふらついたあと裏庭に出ていって、恐ろしいことに素手でケリーを掘り返そうとしたのだ。こっちを向いて両腕を広げ、お願いだから手伝ってとぼくに頼んだあと、また長い指を土に突っこんだ。近所の人たちが、信じられないという顔でそれを見ていた。どうしてぼくは、これほどのことを忘れていられたのだろう。これを文章で読むだけでもかなりの衝撃なのだ。実際に目撃したらどんな感じか想像できるだろう。子どもの心にはそもそも処理できないことがあって、こうした記憶はあとでアクセスするように倉庫にそのまま送られる。

やがてはっきりした。ぼくの心理状態は、母の突然の死によって直接もたらされたのではなくて、母が死ぬ前に起こったすべてのことの結果だったのだ。一年間、ぼくはマリリンに途切れ途切れに会った。そして二〇〇二年にマリリンはぼくに〈ファイヤーステーション・プロジェクト〉を紹介してくれた。「若くて困難を抱えた一六歳から二五歳までの大人で、ホームレス状態にあるかホームレス状態に陥る危険のある者に対する住宅支援」を提供するサービスだ。住まいをめぐるぼくの状況は不安定だった。友だちや家族の家を転々として、新しくできた彼女のうちで過ごすことも増えてはいたけれど、その彼女との関係もすでにうまくいかなくなっていた。ファイヤーステーション・プロジェクトの施設で暮らせば、ぼくが感情面の問題に集中して向き合えるようになるとマリリンは考えたのだ。ホームレスになる不安に悩まされなければ、昔の経験のせいで現れつつあった問題にもっとうまく対処できるようになって、大人のぼくに与えつつある影響にもっとよく向き合えるようになるだろうというわけだ。

マリリンはぼくの人生の針路に根本的な影響を与えてくれた。その影響はいまも続いている。マリリンの助けがなければ、自分の混乱した考えを一歩ひいた視点から見て、ストレスを大きなコンテクストの中に位置づけて理解できたとは思えない。マリリンは、ぼくが自分の感情を理解して制御できるように、洞察力と、瞑想などの実際的なツールを授けてくれた。それに加えてマリリンは、混沌とした暮らしの中でぼくがおおいに必要としていた連続性も与えてくれた。マリリンと祖母だけが、ぼくが頼りにできて信頼できる人だった。ぼくはいろんなことにいいかげんになっていたけれど、マリリンとの面会予約をすっぽかすことはほとんどなかったし、セッションのあとはいつも気分がよくなって元気が出た。正直に言うと、マリリンのことがとても好きになっていた。ぼくの味方だと感じていた。支えられていて、話を聞いてもらえて、理解してもらえていると感じていた。マリリンと接することで、人間同士の結びつきを育んでいる感じがして、そのおかげでストレスと不安が抑えられ、ストレスと不安のせいで起こる孤立や破壊への衝動も鎮まるようだった。ぼくに欠かせなかったこの手助けを得られたのは、大部分がマリリンのおかげだ。ぼくはそう思っているけれど、現実には彼女も公共サービスを提供する組織に雇われたひとりの職業人にすぎない。

とはいえ、以前は公共サービスを使うのは必要なときだけだったが、いまぼくは、ホームレスになろうかというところで、公共サービスのもとで暮らし始めようとしていた。

11 A Tale of Two Cities
二都物語

人はさまざまな理由でホームレスになる。とはいえ、刑務所に行きつく人と同じで、住まいに困る人たちの生活によく見られるのが、家庭の崩壊や機能不全だ。子どもの虐待、依存症、ホームレス状態といった問題はそれぞれ個別に論じられることが多いが、ホームレスや依存症患者や虐待被害者とかかわる人ならだれでも、問題がしばしば互いに結びついているのを知っている。

ぼくは一八歳でホームレスになった。母の死後、精神状態が崩壊したあとのことだ。母が若くして死んだのは、酒とドラッグの依存症のせいだった。それに、母も三六歳で死ぬ少し前にはホームレス状態だった。ぼくらはふたりとも、家庭の機能不全から生じた問題のためにホームレスになったのだ。こういうとてもストレスの大きな状況のもとで、困難を抱えた家庭は崩壊し、みんながわが家と言える場所を失う。世界に放り出されたあとどこに行きつくかは完全に運まかせだ。ぼくは運よく支援つきの住宅プロジェクトを紹介されて、そこで三年ほど暮らしたから、野宿せずにすんだ。ファイヤーステーション・プロジェクトの施設での生活は、一般市民としての生活と大きく異なる。まず、絶えず職員のサポートがある。一階のオフィスには、だいたいいつも最低ひとりはスタッフがいて、ときにはチーム全体が同時に仕事をしていることもあった。この三階建ての共同住宅は、高層住宅の陰に潜んで建つ。ぼくの部屋は最上階で、人通りの多い道に面していた。窓からは、道路の反対側に建つほかの共同住宅の向こうに街の空の輪郭が見える。一階には談話室があって、そこでぼくは面接を受けて部屋をあてがわれた。大きな談話室なのに、月に一度の入居者ミーティングのほかにはほとんど使われない。ミーティングのときにはみんな自分の部屋から追い出されて、その談話室に二五分間閉じ込められる。談話室のドアの外には公衆電話が一台あったが、使われることはまずなかった。みんなが怒りにまかせて打ち壊したり、小銭を盗ろうと破壊したりしたからだ。長くて曲がりくねった階段の下の左手には、スタッフのオフィスと居住者の部屋があった。

当時は福祉制度の資金は潤沢だったようだ。少なくとも、いまほど厳しく抑えられてはいなかった。ぼくは、いろいろな給付金を受け取る権利があると聞いて驚いた。そこに入居する前は派遣で調理補助の仕事をしていて、そのあとはポロック・センターでビンゴの番号を読み上げる仕事をした。けれども精神状態が悪くなるにつれて仕事を続けるのがむずかしくなっていた。あまりにも不安でいっぱいで、人と話すことを考えただけで隠れてしまいたくなる日もあった。

ファイヤーステーション・プロジェクトの施設に入居してまずしたのは、支援スタッフと面談してぼくが抱えている問題を話し合い、最初のチェックをすることだった。心身の健康から収入と支出まで、すべてが記録された。ファイヤーステーション・プロジェクトの施設への平均的な入居期間は二年未満だが、ぼくはそこで三年近く過ごすことになる。支援スタッフの最初の仕事は、受け取る権利のある給付金をリストアップして、ぼくの収入を安定させること だった。受け取れる可能性があるものはすべて申請した。数週間のうちに、所得補助と住宅給付金をもらえることになり、それ以上の申請は必要なくなった。それに、手続きにかなり時間はかかったけれど、障がい者生活手当の申請もしていた。申請書に記入をした覚えはない。持ってこられた書類にサインしただけで、あとはスタッフがすべて代わりに処理してくれた。

ここのスタッフもマリリンと同じだった。みんな仕事に情熱を持っていて、ぼくは大切にされている感じがした。支援スタッフは、ぼくの人生にプラスの力になってくれた。自分の才能をのばし、問題を乗り越えられるようにあと押ししてくれて、必要なときにはいつも叱ってくれたのだ。入居者でごった返していた時期もあることを考えると、スタッフがぼくにとても充実した時間を過ごさせてくれたことにいまでも驚かされる。入所してわずか一か月後に、ぼくはプロジェクトが企画した海外旅行に参加した。費用をまかなえたのは、祖母が一部を負担してくれたからでもあったけれど、自分で出せる額の倍をノートルダム・センターが払ってくれる仕組みだったからだ。ほかの人よりは金を持たずに参加したが、ぼくにはそれで十分だった。そのときはまだほかの入居者はだれも知らずに、新しい環境に慣れようとしている最中だった。たしか参加者は一〇人ほどで、初日の夜の終わりには喧嘩して明け方にビーチを転げまわったり、ホテルやプールサイドで怒鳴りあったり、死ぬほど暑い中酒を飲みまくったりしていた。プロジェクトの施設で暮らし始めた一週目の終わりには、もううちに帰りたくなった。すぐに面倒なやつらと一緒にいるとわかったからだ。けれども、自分も同じぐらい面倒なやつかもしれないとは思いもしなかった。ぼくはほかのやつらよりもましなふりをしてやり過ごした。でも数週間後には最初のタバコを買って、一年後には一日おきに酒を飲んでいた。

毎週何百ポンドもの給付金をもらうようになっていたし、さらに申請に一二か月かかった障がい者生活手当の多額の未払い分が二度に分けて支払われた。未払い分の支払いだけでも五〇〇〇ポンド近くあったのだ。こんな額の金を見るのは生まれて初めてだった。家族には嘘をついて、この金はファースト・アルバム（皇太子財団の助成金を受けてつくった）の売り上げだと説明した。障がい者生活手当をもらっていると知られたくなかったからだ。恥ずかしかったのだ。家族と会うときはいつも、自分がやっているクールなことばかりしゃべって、抱えている問題は大したことではないように振る舞った。初めて酒を買って家で飲んだのも、たしかファイヤーステーション・プロジェクトの施設でのことだ。そのときは一線を越えてしまった気がしたけれど、そんな気持ちは心の外に追いやった。当時は気づいていなかった。これは依存症の特徴だ。真実を矮小化して、行動を先のばしにする。その日に酒を買ったのは、飲むためですらなかった。友だちのようにただそばに置いておくためだった。のちにその部屋でぼくは、エクスタシーの禁断症状を初めて経験し、マリファナを初めて巻いて、ヴァリウムを初めて試すことになる。

そこを去るときには、一日おきに酔っぱらっていて、エクスタシー、コカイン、スピードといったアッパー系のドラッグに加えて、ジェリーズ（ベンゾジアゼピン）、ニトラゼパム、ケタミンといったダウナー系のものも使っていた。あれだけの給付金をもらい、家賃も払ってもらっていた（家主に直接支払われていた）にもかかわらず、ガス会社や電力会社への五ポンドの支払いにすら困るようになった。プロジェクトのスタッフのおかげで、当初は金銭面と生活面は安定していたのに、酒とドラッグのせいでぼくの生活はたちまちカオスに陥った。奇妙にもその間、スタッフや医療専門家はぼくの飲酒問題に気づかなかった。自分自身ですら気づいていなかったのだ。その時点では、酒と薬物の乱用を隠そうとはしていなかった。これがどんな問題かよくわかっていなくて、それがぼくの状況の中で果たしている役割を考えてみることすらなかったからだ。現実から目をそらしていて、酒やドラッグが問題だと思ってすらいなかった。ぼくは精神疾患の症状を示していたので、世話をしてくれていたさまざまな分野のスタッフは、みんなそこに目を向けていた。

ぼくには臨床心理士、精神科医、認知行動療法のセラピスト、サポート職員ふたり、神経言語プログラマーがついていた。重度の鬱病から、双極性障害、さらには統合失調症まで、さまざまな精神疾患に似た症状を経験してはいたけれども、はっきりとした診断が下されることはなかった。ときどき幻覚や幻聴に襲われたり、金縛りにあったり、金縛り状態で生々しい悪夢を見たりするようになった。障がい者生活手当をもらって専門家に囲まれているうちに、ぼくは自分のことを、自分ではどうしようもない深刻な心の問題を抱えた病人だと考えるようになった。これはファイヤーステーション・プロジェクトの施設を出たあともずっと同じで、飲酒とドラッグをさらに一年続けて再びホームレスになってからも続いた。酒とドラッグの問題を抱えているとは認めずに、自分は心を病んでいると思いこんでいたのだ。もちろんぼくは心を病んではいたけれど、自分で思っているような意味で病んでいたわけではない。

結局、ぼくは友だちのところに転がりこんだけれど、そこはとてもまともな部屋とは言えず、空き部屋に勝手に住みついているようなところだった。友人はソファで寝ていて、実質使っているのはひと部屋だけ。ほかはほこりとゴミにまみれていた。ある晩、リビングで二、三人の友だちと酒を飲んでいると、別の友人がやってきた。少しコカインをやってはいたものの、ぼくがうらやましく思っていた「高機能」ドラッグ使用者のひとりだ。二、三グラム鼻から吸って、翌朝はちゃんと起きて仕事にいく。何の問題もない。鼻から吸引するのに飽きて別のやり方を試したいと思ったのだろう、数グラムの塊を持ってきて、そこにいた友だち――元ヘロイン中毒者――にどうやってクラック［訳注：パイプで吸引できる状態にしたもの］にすればいいか教えてほしいと頼んだ。その友だちは言われた通りにやり方を披露した。驚いたことに、ハードドラッグはやめたと思っていたのに、その友人はそれを吸いもした。いつの間にかパイプがまわされて、みんなクラックを吸っている。パイプが近づいてきて、ぼくはうろたえた。いままさにまた別の一線を越えようとしている。今度はこれまでにやったどのドラッグよりもハードなやつだ。クラックがどれだけ気持ちのいいものかは聞いたことがあったが、中毒性の強さも聞いていた。砂糖からケタミンまで、ぼくはそれまでに試したものは全部乱用していたから、クラックを吸うのがこれっきりになる可能性はとても低かった。

友だちはみんなぼくよりずっと年上だった。びびっていることを悟られないように、ぼくはしきりにボトルから酒を飲んだ。でも恐ろしくて仕方なかった。恐ろしかったのは自分の無力感だ。それがまわってきたら、本当はやりたくなくても断れないとわかっていた。母のことを考えた。昼間に部屋で椅子に腰かけて、酒を飲んだり注射したりしていた姿。あの惨めさを考えて、あの暗い日々に多くの人が越えていった一線に思いをめぐらせた。突然、いまの状況はそれと同じだと気づいた。ほとんどの人がハードドラッグにこうして出会うのだ。暗くてネズミがはびこる高層住宅ではなくて、友と呼ぶ人の部屋で。みんなクラックやヘロインを自分から探しに出かけるわけではない。個人的な問題を抱えているときに加わった社会集団を通じて、たまたま出くわすことが多いのだ。大好きな友だちから渡されたドラッグに殺される、そんなことがよくある。こういう状況では、ドラッグが問題だと考えられることはない。ただ悲しいだけだ。仲間からのプレッシャーと単なる好奇心から一度だけと思って試してみて、多くの場合それが習慣になる。そこで起こっていること、その場の深刻さがわかっているのに、それに抗うことができない。それはどこか現実離れした感覚だった。けれども、パイプがぼくに手渡されようかというまさにその瞬間に、ドアのチャイムが鳴って、みんな慌ててものを隠した。

その日はなんとか危険を免れた。けれども、免れることができない人もたくさんいる。こういうドラッグにそれほど惹かれるのは、それを目の前にしたときに貧しくて惨めな状態にいるからだ。ホームレスやドラッグ使用者についてありきたりの意見を口にするのは簡単だが、間近でこの問題を見るとそんなことはできなくなる。ホームレスだったとき、ぼくは身のまわりの危険から自分を守る術を持たなかった。どれだけがんばっても、貧困がぼくをしっかり捉えて放さなかった。支援つきの住宅で三年近くも暮らしたのに、貧困の重力場からは妄想か薬物によってしか逃れられなかった。二〇代半ばになり、ポロックを出てからほぼ一〇年の月日を経て、ぼくは少しずつ自分が子ども時代に嫌って恐れていたものになりつつあった。どこへ行っても、高層住宅とゴーバルズがぼくの人生に長く不吉な影を落としていた。

12 Wuthering Heights
嵐が丘

　雨の二〇一六年五月八日、ぼくはまだクラックを吸っていなかった。天気予報に反して太陽はまだ姿を見せず、グレーの雲の厚いカーテンの裏に不安げに隠れている。そんな中、その日の昼のショーを見ようと群衆が集まり、ゴーバルズにぽつんと建つノーフォーク・コート高層住宅を見上げている。再開発された地域に招かれざる客のように突っ立つこの目障りな建物は、かつて公営住宅に革命を起こすニューヨーク風の摩天楼だと喧伝されていたが、いまはそんな時代があったことを想像するのはむずかしい。

「ジェントリフィケーション」（再開発による高級化）とは、ぼくらよりは金を持っているけれども金持ちよりは金を持っていない人間を地域に呼び寄せ、安いコストで店を開かせて、それによって貧民街をちょっとましな場所にしようとする企てだ。スラムのど真ん中で、〈ソイ・ディヴィジョン〉などという名前の小洒落《こじゃれ》たベジタリアン・カフェでワグナーなんて名前の赤ん坊が豆腐を食べていたら、それがジェントリフィケーションだ。地域再生のことを示す新しいことば、というよりは地域再生のジェントリフィケーションを示すことばである。

その日、ぼくらはジェントリフィケーションの一部を目撃しようとしていた。地域がかつて労働者階級のコミュニティだった証拠を取り除こうとする恒例行事だ。そうすることで当然、もっと金を持った人間が引っ越してくる可能性が増える。恨みがましく、あるいはシニカルに言っているつもりはないが、実際に恨みがましくシニカルに感じているからそんな表現になってしまう。間もなくノーフォーク・コートは爆破される。この地域にあった四棟の最後の一棟で、ほかも過去数年間で取り壊された。左に数百メートル行ったところには、ノーフォーク・コートの姉妹棟、スターリングフォールド・プレイスとスターリングフォールド・コートがあったけれども、何年も前に取り壊されて、いまでは遠い昔の思い出になっている。ぼくは街のこの地域と個人的につながりがあった。母がここで育ったのだ。一九九〇年代前半に家を出たあと、母はここに戻ってスターリングフォールド・プレイスの部屋に暮らした。母が住んでいたのは、固定観念をそのまま再現したような部屋だった。高層住宅を見ると、ぼくはときどき母のことを考える。

爆破の合図が送られる直前、取り壊しを見に集まった地元住民の間には静かな感情が広がっていた。子ども時代の最後の名残が地平線からまるで虫歯のように引き抜かれ、ひとつの時代が終わるのだと感じている人もいる。また、これは社会発展の新段階の幕開けを告げる手のこんだ見世物、ライブのアート・インスタレーションだと思っている人もいる。ほかの人にとっては、珍しくておもしろいイベントがあるカレンダーの中の一日。最後のときを迎えても、この棟には反抗的なプライドが見られる。頑として屹立する姿は、まるで近代に中指を立てているかのようだ。見た目は醜いけれども、この廃墟には尊厳がある。他人の罪をかぶらされながら、雲に囲まれて穏やかで優雅に揺らいでいる。自分たちの生活のシンボルが地域の記憶からあまりにもあっさりと消し去られてしまうのだ、多くの人が「地域再生」ということばを聞いて目をぐるりとまわすのも無理はない。自分が育ったわが家、子ども時代にそのまわりで遊んだわが家が、どうしようもない失敗としてしか記憶されないことも多い。恥ずべき汚点で、街の景色から消してしまわなければならないとみなされるのだ。

数秒後に爆発が起こって、集まった人たちが息をのみ、それから歓声があがった。骨格だけ残っていた建物がまるで雪の粉のように砕けて、すさまじいスピードで崩れ落ちていく。それを観衆は驚きの表情で見守る。すべて崩れ去り、分厚い煙になった粉塵が見物人のほうへ押し寄せる。ここを故郷と呼ぶ人たちが、何世代にもわたってこのコミュニティがはきだめだという否定的な考えと都市伝説を内面化してずっと持ち続けてきたのも不思議ではない。多くの人が、状況は変わらないと信じきっている。二〇世紀にこのコミュニティはしきりに破壊されて瓦礫と化した。それを考えると、こういう見方を覆すのはむずかしい。

この土地に思い入れを持たない人たちにとって、これらの住宅は社会発展の過程で見られた一時的な逸脱にすぎない。不幸ながらも必要な過ちで、そのおかげで次にうまくやるにはどうすればいいのかを学ぶことができた。これが失敗したことで、学びとイノベーションと発展の機会ができたというわけだ。ただ、そうした考えを軽率に語ったら、ここで暮らす人には無神経だと、あるいは侮辱的だとすら感じられるだろう。地域再生によって深い溝が明るみに出る。このコミュニティを「プロジェクト」や「計画」として見る人、つまり進行中の事業や解決すべき問題とみなす人と、実際にここに暮らす人との間にある深い溝だ。もちろん、感傷的になりすぎずに客観的にものを見るのは大切だが、この種の地域に暮らす人たちの現実は凄絶だ。彼らには、生活から一歩ひいてこの荒廃したコミュニティを社会発展の大きなコンテクストに位置づけるなどという余裕もなければ、それをするための手がかりもない。

地域再生の無機質な専門用語で話す役所や組織に長年無視され、軽んじられ、威張りちらされて、多くの人は怒り、幻滅し、物事に関心を失った。これはかなり控え目な表現だ。これらのコミュニティの中でも積極的に参加を望む人たちは、いろいろなことがコミュニティとともににではなく、コミュニティに対してなされてきたと感じている。学校での評価と同じようなパターンがコミュニティでの意思決定にも見られ、そこでは思考力と論理力だけでなく、従順な姿勢が重んじられる。実際に力を持つ人間が設定した枠組みの中で参加しなければいけないのだ。さもなくば、のけ者にされる恐れがある。少なくとも地元住民はそう感じている。だれもこんな状態を望んでいなくても、意思決定者の多くと住民たちの間には、あまりにも大きな社会的隔たりがあるので、互いの考えをひどく誤解してしまうのだ。幸い、ノーフォーク・コートの瓦礫から八〇〇メートルほどのところでは、もっと前向きな未来の兆しが見られる――それを見ようとしさえすれば、はっきりと目に見える兆しだ。

13 The Outsiders
アウトサイダーズ

アスファルトの上に整然と集まった一五人ほどの子どもが、地域コミュニティ・センター〈ザ・バーン〉の前で辛抱強く待っている。月曜の夕方にしてはみんな元気だ。手をこすり合わせているのは冬の寒さのせいかと思うかもしれないけれど、それよりもやがてドアを開けるユースワーカーが現れるのを心待ちにしているからだろう。

「ザ・バーンに来たら安心できるんだ。うちから脱出できるからね」と一二歳のベンジーが言う。うらやましいほど自分のことをよくわかっている。

ドアが開き、子どもたちがわれ先にと中へ入ると、ユースワーカーたちが笑顔を見せる。「みんなずっとドアの前にいるんです。学校が終わったらすぐにここに来て。でもずっと開けていられるだけのスタッフがいなくて」

ゴーバルズでの暮らしは過渡期にある。グラスゴーのほかの場所では、変化は起こっているとしても緩やかだが、ここクライド川南岸では劇的な変化がはっきりと感じられる。「地域再生」ということばは、ご都合主義、不始末、搾取の代名詞になり、聞こえだけよくて実際の成果を伴わないものとみなされるようになった。けたたましい鳥たちが地域を偵察し、空高くから糞を落として、見つけたガラクタを何であれ持ち去るのと同じで、ゴーバルズのような場所での意思決定も汚らしいトップダウンのビジネスであり、住民の頭ごしに行われる。このようなコミュニティは憤りの温床になり、そこから怒りと無関心が育っていく。

ただ、この子たちと話してもそんな気配は感じられない。

ザ・バーンの中は明るい照明がついていて、内装はカラフルだ。壁には人生を肯定するいろいろなスローガンが掲げられている。たとえば、「成功したいなら、それを狙ってはいけない。ただ大好きなことをやって、それを信じていれば、成功はおのずとついてくる」。メインホールの真ん中には派手な色のソファがいくつかあって、自分たちの委員会を立ち上げたばかりのティーンエイジャーたちがおしゃべりしている。もっと小さい子どもたちは、エアホッケー、卓球、ビリヤード、スヌーカー、お菓子づくり、サッカーと忙《せわ》しなく遊んでいて、Ｘｂｏｘで遊びたければ、ほかから区切られたコンピュータ・ルームまである。

ザ・バーンでは、あらゆる年齢のさまざまな能力を持った地元の若者が、安全で協力的な環境のもとで遊び、経験を分かち合い、自分を表現する方法を学ぶ。けれどもこれにはすべて費用がかかるので、一二か月ごとに数量化し、効果を測定し、費用を正当化しなければならない。さもなくば「効率化による経費削減」の対象になりかねない。

リーダーのジョー・マコーネル（管理者《マネージャー》と呼ばれるのをいやがる）は、政治家がこういうコミュニティについて口にすることは、実際の彼らの行動と正反対だと考えている。「若者の成長と、いわゆるソフトスキルの開発に長期的な目で投資しようという気は、いまでもあまりないようです。ぼくらが暮らしたいと思う社会と、その実現を支えるために配分されるリソースとその配分先が、政府のレベルでかみ合っていないのです」

ある種の問題に蓋をしてしまう文化があるセクターにあって、ジョーのコメントはとても率直だ。地域再生は、貧しい人の生活を改善する善意で心の広い社会プログラムでもあるかもしれないけれど、それだけではない。出世の道がたくさんあるひとつの産業でもある。ビジネスでは利己心が決定的な役割を果たす――たとえ地域再生に携わる人の多くがそれを否定していてもだ。これには、ある種の批判に対する冷却効果がある。実のところ、コミュニティのほかの多くの側面と同じで、批判自体も念入りに管理されている。批判は「評価プロセス」にまわされる。ここでも計画プロセスと同じで地元住民は締め出されていることが多い。あるいは、あらかじめ仕組まれた通りに、もしくは形式的に参加させられるだけだ。そこから外れたかたちで住民が批判的な態度を示すと、たいていコミュニティの外部のだれかに「もっと建設的に」

なれと言われる。大したことではないと思う人もいるかもしれない。けれども、リソースとちょっとした権威を持つ他人がいきなり地域に現れて、住民が自分たちのコミュニティの問題について語るのにけちをつけ出したら、住民たちは侮辱されていると感じるはずだ。

もちろん建設的であることは大切だけれど、この常套句はときに逃げ口上として使われる。だからこのことばが使われると（意図していてもいなくても）権力を振るっているとみなされて、対立の真ん中で大きく口を開けた階級の傷をさらに広げるだけだ。もっと建設的になるようにと言われた人は、こんな疑問を抱かざるを得ない。「ここはぼくらのコミュニティだ。だとしたら、建設的なこととそうでないことを決める権限はだれにあるのか」

ジョーほど率直にこのセクターの問題を語る人は珍しい。というのも、この種のコミュニティで仕事をしていて、食物連鎖のはるか上からやってくる資金に依存していると、言うべきことと言うべきではないことがたちまち直観的にわかるようになるからだ。こうした自己保身の直感が、集合的には職業上のしきたりとして現れる。受け入れられたやり方というやつだ。そのうちに、このセクターで働く人たちの利益となぜか一致するこのやり方が、コミュニティにとっていいやり方だと勘違いされる。これを見て見ぬふりをする人は、指摘する人よりも出世する。コミュニティの経済学に不満を覚えているのはジョーだけではない。一時的なヒエラルキーが外から持ち込まれると、恵まれないコミュニティでは、絶えず憤りの声があがる。ないがしろにされている、無視されている、権利を侵害されていると感じている人たちがそうした声を上げるのだ。地域に入り込んでくる組織は、独立機関の体裁をとってはいるけれど、たいてい中央政府のために動く。芸術、メディア、慈善団体、NGOからなるこのセクターは、まるで帝国主義宗主国のように振る舞う。貧しいコミュニティは文化が未開なので、近代化し、再編して、能力アップをはかる必要があるというわけだ。必ずしも悪いことではないが、このアプローチの前提には、この種のコミュニティの人たちは自分たちの考えを持っていないという想定が往々にしてある。過去も未来もない文化と政治の空白地帯にいると考えられているのだ。そうしたことから、参加を望む地域住民には、こちらの関心をほとんど理解していない特権的な人間が送り込まれてきて、自分たちの価値観をこちらに押しつけてくると感じられる。こうやって展開されるプロジェクトは、コミュニティで共有された願いをくみ取るのではなく、コミュニティに何が必要かを決めつけて、そこに向かって住民を追い立てたり、操作したり、無理やり動かしたりする。

実のところ、貧しいコミュニティで実行される仕事のほとんどは、地域のニーズと同じぐらい、仕事を管理する組織の狙いと目的にも向けられている。何より、地域住民を自立させることが目的になることはまずない。むしろ反対で、取り組みや介入がなされるたびに、住民は外部のリソースや専門知識に依存するようになって、セクターの役割を徐々に減らしていくどころか、それにずっと頼り続けることになる。

こういう前提が実施事業のほとんどに染みわたっていて、数百万ポンド規模のプロジェクトが権力闘争の場になり、地元住民は進行中の出来事とつながりを感じられなくなる。これが、コミュニティが無関心に陥る条件をつくり出しているのだ。その結果、人々の生活を変える可能性のある事業が、草の根レベルのニーズや望みとまったくかみ合わないものになる。上層部で考えられた事業で、コミュニティの人たちにはほとんど理解不可能なものはとくにそうだ。これは貧しいコミュニティの公営住宅でも、芸術や演劇のプロジェクトでも同じだ。政府から紐つきで資金が提供されると、このセクターはこれまでやっていたことを全部放り出して、手っ取り早く成果の出せる仕事をやるようになる。コミュニティのニーズや望みが本当は何であろうと、そんなことは関係ない。こういう地域では、貧しい人は資本の一形態とみなされる。貧困者の生活を管理する仕事を与えられた組織の役割を正当化して維持するために、データと物語を取り出す容《い》れものとして扱われるのである。善意の学生、研究者、専門家が絶え間なく行列をつくって貧困の奥深くにまで分け入って、必要なものを取っては自分たちのところに戻り、サファリで集めてきたものを吟味する。

産業が衰退したせいで社会問題が生じ、それに取り組むためにさまざまな機関からなる巨大構造が現れて、今度はそれ自体が問題ある産業と化した。さらに悪いことに、この構造は本来であれば権力の集中を抑止する働きをするはずなのに、どんどん政府に従属しつつある。このセクターが政府の政策を批判することはなくなって、子どもの貧困などの問題についての議論は幅が狭められる——ただし幅を広げるのが政治的に好都合なときは別だ。政府に依存して生きのびるこうした組織は、多くが巨大な官僚機構になり、柔軟性を失って、コミュニティで実際に起こっていることに対応できなくなっている。そのコミュニティに役立つために、多額の金をもらっているにもかかわらずだ。

ゴーバルズの〈ザ・バーン〉、カルトンの〈ピーク〉、シェトルストンの〈フューズ〉といった組織は、首尾よく運営されている草の根グループで、地元の人たちに知られて親しまれている。豊富な経験と高い専門性を持っているのに、これらの組織はそのときどきの政治の気まぐれに合わせて絶えず軌道修正と再定義を迫られる。しかも、自分たちが何をしているのかまったくわかっていない議会などの大きな組織や機関と競争しながら、それをしなければならないのだ。

ジョーは、ザ・バーンの仕事が重要である理由をたびたび説明しなければならないことにうんざりしているようだ。一部で誤解されたり、道楽でやっていると思われたりすることも多いとはいえ、若者支援の仕事は「若い人たちにプラスになる大きな影響を与えることができて、魅力的でとてつもなくやりがいのある仕事なんです」とジョーは言う。「けれども、資金提供組織や公共部門にある程度広くこれを理解してもらって受け入れてもらうまでには、まだまだ道のりは遠いですね。特定の目的、成果、問題のための助成金はあるんです。けれどもその多くは、わたしたちが取り組んでいる仕事とは関係ありません。セクター内でのアイデンティティの境界線はあいまいになってはいますけれども、それがこの状況の改善に役立っているわけではありません」。明らかにジョーは、官僚が黙らせておきたいタイプの率直な人物だ。

「わたしたちは、格差と貧困が若者の生活に与える影響と闘っています」とジョーは言う。「不安、不信感、順応性のなさ、自尊心の低さと自信のなさが環《わ》になってつながっているんです。包括的で長期的で多面的な仕事ですね」

ザ・バーンの元ユースワーカーで二八歳のバリー・マクローリンは、若者の自信と順応性を育むには、ただ仕事を得られるようにするだけでなく自尊心を高めることが鍵になると感じている。ゴーバルズのような地域では、あまりにも多くの若者が自尊心を欠いている。若者は、周囲にたくさんある荒廃した建物と同じように、自分のことを欠陥品で不良品だと思いこんでいるのだ。気持ちいいほどあけすけにバリーは言う。「ぼくらにとって一番大切なのは、若者との間に前向きな関係を築くことです。信頼がなければ、何もできませんから」。そしてこう続ける。「ゴーバルズでは住民に相談なく意思決定がなされていて、そのために無関心が広がっています。ゴーバルズには〝うちらはダメだ〟という否定的な考えがあるんです。ぼくらは、ゴーバルズはすばらしい場所だと言うことで、これを変えようとしているところです。この場所をよくするツールは、すでにここにあります。地域のことをわかっていない政府の取り組みをわざわざ持ち込む必要はありません。政府は見た目と聞こえのいい仕事をさせたがりますが、それは必ずしもいい仕事ではないんです」

ぼくと話すことで若者たちをなおざりにしているのではと明らかに気にかけながら、バリーは言う。「資金提供者からは効果のことをよく聞かれますが、これを数量化するのはむずかしい。ここに来たらすぐに効果はわかります」

数十年にわたるお粗末な計画とかたちばかりの住民参加が、社会的・文化的な遺産を残した。ジョーたちのチームは、それに対処する数多くの小規模組織のひとつだ。この遺産のせいで、何世代もの住民が社会的剥奪とそこから生じるあらゆる不利益の中で育ち、自分たちの生活に何の関心も影響力もないという深い思い込みを抱えてきたのだ。しかし過去の教訓は活《い》かされていない。政府は地域住民を信頼して参加させようとはせずに、対話をいまだに中央がコントロールしているのを隠そうと、さらなる管理者や指導者を送り込んでいる。けれども、どれだけ見た目をとりつくろっても、住民は自分たちが見下されていることを感じ取る。だれが本当の力を持っているのかわかっている。だから多くの人が、初めは参加しようと熱心でも、そのうち懐疑的になって活動から離れていくのだ。

何についても主導権も関心もないというこの感覚が、ストレスの絶えない社会環境と結びついて、無益で自滅的な行動を引き起こす。こういう行動が積み重なると、生活が蝕まれて社会的排除につながる。ジョーやバリーが提供するサービスは、この無用の必然性の流れを断ち切る可能性を秘めている。マリリンがぼくにしてくれたように、彼らは若者の生活に連続性の感覚を与えることができるのだ。ザ・バーンは、若者たちが道を踏み外す前につながりを築くチャンスを提供している。けれどもこの仕事は妨げられ、脅かされてすらいる。若者に力を与えて解放しようと資金提供する、まさにその組織や機関に足を引っぱられているのだ。残念ながら、このセクターの人たちに動揺や不快感を与えることなく、建設的にこの話題を持ち出す方法はない。

これが貧困産業だ。そこでは、善人ですら社会的剝奪を使って大もうけする。成功とは、みんなのキャリアを維持できるだけの社会問題が残っている状態だ。成功とは、貧困を撲滅することではなく、どこからともなくいきなり地域にやってきて「遺産」を残すことだ。仕事が終わり、リソースと専門知識を引きあげて立ち去るときに、遺産がまだかたちになっていなかったら、それをでっち上げる。こんな状況であるにもかかわらず、そんなことは起こっていないと否定するのがこのセクターのやり方だ。見て見ぬふりをするのが普通。失敗したりうまくいかなかったりしても、だれも認めない。資金が断たれることをみんな恐れているからだ。こういう状況なのに、それをぼくらが遠慮なく指摘すると、一部からは恨みを（それに怒りすら）買う。

ホールにいる子どもたちのところへ戻る前に、バリーはため息をついて言った。「若者と信頼関係を築くことで資金がもらえるのが理想の世界です」。いずれはそういう日が訪れるのかもしれない。ただ、きっとこの課題はそれほど簡単でも単純でもない。

14 The Trick Is to Keep Breathing
こつは息をし続けること

夏の盛り、地域の図書館はその日のプレイグループへの参加を待つ子どもでいっぱいだ。五歳から一二歳までの子どもが二〇人ほどいて、男女は半々。活動が始まって少しすると、見るからに不安げな女の子がひとり、グループから離れてぼくの隣に来て座った。新しい子だ。ほかの子たちから離れたのは人見知りだからかと思ったけれど、子どもたちがあちこちではしゃいで歓声を上げると、その子は音を怖がって手で両耳をふさいだ。ほかの子たちが楽しんでいる音に、明らかにストレスを感じているのだ。

その子が化粧をしているのに気づいた。危険信号とは言えないが、まだ一〇歳だから普通ではない。どこから来たのかと尋ねて世間話をすると、すぐに自分のまわりで起こっていることを話し始めた。ぼくのことは知らなくても、自分の生活についてあらいざらいだれかに話したくて仕方ないのだ。この衝動は、虐待やネグレクトの被害者によく見られる。トラウマを抱えていて、耳を傾けてくれる人がいたら、それがだれであっても自分のことをぶちまける。そうすることで、つらい記憶や出来事を追い払おうとするのだ。進化論の視点から見れば、これは子どもが危険な状態にあるときに作動する生存メカニズムでもあるのかもしれない。

その子は、とても淡々と事情を明かしていく。父親はすぐに怒るからいまは刑務所にいる。その子と母親は、ずっと父親から逃げようとしてきた。父親は声が大きくて恐ろしいという。その子は話しながら同時に絵も描いていた。けれども化粧は下手で、おそらく自分でやったのだろう。「学習アシスタント」としてのぼくの役目では、その子の発言を記録して児童保護の担当者に伝え、状況が何らかのかたちで記録に残るようにすべきだ。けれども、ぼくは仕組みをよく知っているから、そうすることでその子の一家にさらにストレスがかかり、生活状況をいっそう悪化させる可能性があるのもわかる。どうするのが一番いいのだろうと頭の中で考えながら話を続けていると、ほかの女の子が泣き出して会話が中断された。どうしたのかとその子に尋ねると、「ママに会いたい」と涙を流しながら言った。

座るようにその子に言った。洟《はな》をすすりながら言われた通りにする。さっきの子は塗り絵を始めた。ぼくは泣いている女の子のほうを向いて、どこから来たのか尋ねた。「ベアーズデン」と上品なアクセントで返ってきた。ベアーズデンはグラスゴー郊外の豊かな地域だ。その辺りの子がここに来るのは珍しい。ぼくらがおもに接するのは貧しい地域の子どもたちで、無料だからとサービスを利用する子らだ。だから、その子が慣れない環境にいて怖がっているのも不思議ではない。

「どうしてここに来たの?」と尋ねる。

「いとこたちのところにいたの」と女の子は言って、子どもの群れの中にいるその子たちを指さす。呼吸が落ちついてきた。

この子もストレスを受けてはいるけれども、その理由はさっきの子とは異なる。この子がストレスを感じているのは、母親と離れることがあまりないからだ。母親はたった二〇分前にここから出ていったばかりだった。その子が動揺して怖がっているのは、自宅での虐待のせいではなくて(ぼくの勘違いかもしれないが)、おそらく安心できる状態にすっかり慣れているからだろう。母親に構ってもらうのがあまりにも当たり前になっているから、三〇分弱離れているだけで涙が出るほど恐ろしくなるのだ。

一方で、塗り絵に夢中の化粧をした子のほうは、不安にすっかり順応している。自分の生活は恐ろしいという現実に、すでに適応しているのだ。最低でもことばと心の虐待を受けていて、感情的ネグレクトも受けているにもかかわらず、明らかにストレスを感じながらも涙は見せない。片方の女の子は危険な状態を普通と考えていて、もう片方の子は安全な状態が普通と考えている。どちらも、それぞれの人生経験に基づいた正しい考えだ。けれども、どちらもそのせいでいまの状況では居心地の悪さを感じている。一方の子は安全な場所にいるのに怖がっていて、もう一方の子はほかの子たちが楽しんでいるのにストレスを感じているのだ。

主観的には、このふたりは同じく居心地の悪さを感じている。けれどもより大きなコンテクスト、社会環境と感情面の歴史は大きく異なる。このふたりの生理学上の違いは、この若さですでに社会的格差に根ざしていると考えられるだろう。化粧をした子は、彼女が抱えるトラウマのせいで、リスクを判断して感情を制御する力がすでに蝕まれているのかもしれない。警戒心が過剰で子どもたちが遊ぶ音に敏感になり、それを脅威と誤解しているのだ。この間違った思い込みが、すでに彼女の社交と人間関係構築の能力に深刻な影響を与えていて、ひとりになりたいという気持ちを生んでいる。カナダの医師で依存症、トラウマ、神経学を専門にするガボール・マテは、トラウマやネグレクトのせいで世界が危険で恐ろしい場所だと感じられるようになり、それが犠牲者に影響を与えると説明する。著書『飢えた亡霊の世界で』(*In the Realm of Hungry Ghosts*, 未邦訳)で、マテはこう論じている。

ネグレクト、トラウマ、喪失感によって生じる最大のダメージは、それらが直接引き起こす苦しみではない。成長中の子どもが世界とそこでの自分の状況を解釈する、その見方に生じる長期的な歪みである。このように歪められた潜在的な考えが、人生の自己達成的な予言となる。知らず知らずのうちに、われわれは過去の物語に基づいて未来の物語を書くのだ。この心の状態とそれに条件づけられたパターンと訣別できたときに、ようやく選択が始まる。その瞬間に、あなたは現在に生きるようになる。

これはもちろん、どちらの女の子にも生きていく上で同じように当てはまる。ぼくらはみんな、自分自身と世界についての誤った考えを未来に投影する。けれども、恵まれない社会的背景を持つ化粧をした子は、もっと大変な思いをする。彼女の誤った考えが、不安定な社会状況と相互に作用して、絶えず感情的ストレスにさらされることになるからだ。安全な環境で遊ぶ子どもたちにすら恐れを抱くのだから、どんな状態ならリラックスして安心していられるというのか。遊んでいる子どもの集団から離れたのと同じように、思春期や大人になってもひとりになりたがるこの気持ちを持ち続けるかもしれない。思春期や大人になると、子ども時代とは異なる要求やストレスにさらされる。重要なことに、子ども時代と異なるさまざまな解決策も使えるようにもなるのだけれど、それでも孤立を求め続けるかもしれない。

プレイグループを離れた瞬間から、このふたりの女の子は、生まれた日からこれまでと同じように別々の人生を歩んでいく。それぞれの社会環境とその心理的、感情的、社会的、文化的影響から、まったく異なる人間になるはずだ。こうした違いは、ありとあらゆる面に現れる。行動、心身の状態、教育、人生におけるチャンス、社会的な価値観、政治についての見解、文化的な関心と好み、それに話し方にまで。こうした違いは、どういった人間関係を築くのか、どんな生活スタイルで暮らすのか、どれぐらいの頻度で旅行するのか、のちにどんな健康問題を抱えることになるのかといったことにも影響するかもしれない。この格差は寿命にまで反映される可能性が高い。

二〇年もすれば、ふたりの経験は大きく隔たって、おそらく再びかかわりを持つ可能性はほぼなくなるだろう。ふたつの異なる文化の中でそれぞれ生きる。そのふたつの文化の間を移動するのはとてもむずかしい。賭けてもいいが、仮に将来どこかでふたりが出会うことがあって、何か中身のあることについて一定時間コミュニケーションを取ろうとしたら、いろいろな次元で対立するに違いない。互いに相手を見た目、声、アクセント、ことば遣い、口調で判断する。意識下でこうした判断をしながら会話を続けて、やがて意見が分かれるポイントに行き当たる。自分独自の経験と、そこから生まれた社会的・文化的なものの見方と予想に基づいて、すでに意識下で互いに相手に判断を下しているので、相手を根本から誤解して喧嘩別れになる可能性が高い。相手の発言の意味を自分流に解釈して、ひどく気分を害したり侮辱されたと感じたりするからだ。

相手は了見が狭く、下品で、攻撃的かつ威圧的だと結論を下し、相手からは弱虫で、批判的で、甘やかされているとみなされる。同じプレイグループに参加したふたりの女の子は、大きな経験の隔たりによって分断され、ただ会話するだけでもおおいに混乱と嫌悪感と怒りを生む可能性があるので、なじみの場所に引きこもっているほうが楽ということになる。

自分の階級というなじみの場所に引きこもるのだ。

15 The Cutting Room
カッティング・ルーム

さて、ここでちょっとした実験をしてみよう。これまでぼくの個人的な体験や恥知らずの告白にがまんしてつきあってもらった。みなさんの感情に強く訴えかけようとして語ったものだ。ここまでで、ぼくの家族とぼくの物語に深く入りこんでくれていたらうれしい。ところで、ここですべてをひっくり返してみたい。ぼくが自分の経験を証言して、それを研究者や専門家が分析して高尚な知の集積場に送るのではなく、ぼくが少しの間専門家になってみたらどうだろうか。もちろん、自分が専門家でないことはわかっているし、読者のみなさんがぼくが専門家でないと知っているのもわかっているが、ともあれこれはぼくの本だ。悲惨な回想録のベールを少なくとも一部はまとわせなければ、ぼくみたいな人間がこんな本を書くチャンスをもらえるわけがない。というわけで始めよう。まずは客観性の錯覚をつくり出す必要がある。一番の方法は、うちの家族とぼくを数量化して、統計のレンズを通してぼくらの経験を見ることだろう。個人的な告白をたくさんしたので、ここからは理性的に考察してもらうために、ぼくと四人の妹と弟を数量化したデータを示したい。そうすることで、問題を科学的に検討するのに必要な客観性が確保できると思う。では始めよう。


五人のうち四人が、アルコールや薬物の乱用をどこかの時点で経験している。

三人に前科がある。

五人が多額の負債、債務不履行、事故歴のあるクレジット・ヒストリーといった長期的な金銭問題を経験している。

三人が破壊的・暴力的な行動のために学校を停学あるいは退学させられた。

ふたりが一度以上、自殺未遂をしている。

ひとりがドラッグ関係の犯罪で服役した。

三人が総選挙で一度も投票したことがない。

五人が保護者から虐待やネグレクトを受けた経験を持つ。

五人が若いときから本格的に喫煙を始めた。

五人がパートナーと機能不全の関係にある。

五人が栄養や生活スタイルの偏りから生じる健康問題を経験している。太りすぎたり痩

せすぎたり、栄養についてまともな選択ができなかったり、自分の気を紛らわせるために
カロリーが高く栄養のない食べ物を食べたりといった問題である。

五人が集中力を欠いていて教育に影響が出た。

五人が社会不安を抱えている。

五人が感情面と精神面の問題を経験して、ストレスを感じやすくなっている。

だれも大学に行っていない。

だれも不動産のはしご［訳注：徐々にいい住まいに引っ越していくこと］をのぼっていない。

だれも貯金をしていない。

だれも母や父の銀行口座にアクセスできない。

だれも活動家団体には参加していない。

だれも政党のメンバーとして活動していない。

だれも図書館や文化的な場所を定期的に訪れることはない。

だれも年に一度海外旅行に行くことはない。

だれもＢＢＣラジオ２やヨガやベジタリアン用の代替肉に関心を示さない。


こんなふうに考えたら、もっとわかりやすいだろう。一人ひとりに固有の具体的で個人的な

経験の下には、完全に必然によって定められた道があって、人がその道からはずれることはめったにない。これがみんなに同じく当てはまるのなら、そこまで驚くことではないだろう。けれどもどうやら、貧困は生まれたその日から人の一生の方向を決める決定的要因になるようだ。研究によると、子どもが中流階級になる可能性は、生まれたときの体重を量るだけで予想できるという。貧困がひどい地域に暮らす親から生まれた子は、貧困の度合いが平均的か低い地域に暮らす親から生まれた子よりも出生時体重が軽い傾向にある。貧困の度合いが平均的か低い地域では通常よりも五、六パーセント軽いのに対して、貧困がひどい地域では八パーセントも軽いのだ。

こういうことを客観的に語っていると、行動を先のばししていると思われるようになる。それに、実際に経験したことがない人間に貧困を乗り越えるようにしきりに言われると、口で言うだけなら簡単だと感じる。

貧困の問題が論じられるとき、それがあたかも物理的なものであるかのように語られることが多い。何の前ぶれもなく行き当たりばったりにコミュニティを襲うもの。自律した存在で、ぼくらには制御できないもの。一部の人にとって貧困は、そこから逃れようと最善を尽くしても呑み込まれてしまう流砂だ。抜け出そうともがけばもがくほど深く沈んでいく。ほかの人たちにとって貧困は、けっして訪れることのない遠くの山腹に暮らす怪物だ。自分が経験しないでいるのはありがたいと思うもの。

この容赦ない捕食者が次のあわれな犠牲者のところに向かっていく中、ぼくらにはただ流れ出ている血を止めることぐらいしかできないように思われる。正直なところ、こんなふうに感情的に距離を取るのは理解できる。自分になじみのない問題については、ぼくも同じことをしてしまうからだ。たとえば、戦争や飢饉の映像をテレビで見ると、最初は苦しんでいる人たちのことを思ってショックを受けたり悲しんだりする。けれどもこういう感情は、身のまわりの問題に目を戻すとたいてい薄れていく。地球の反対側の人たちの命にも、近所の人たちの命と同じだけの価値があるのはわかっている。でもどうやらぼくは、思いやりがないか自己中心的な人間のようだ。ひょっとしたら脳のどこかが未発達で、遠くの人たちの苦しみを完全には認識できないのかもしれない。だから、いやなことだとは思うけれど、貧困の中で暮らしていない人が貧困に苦しむ人から距離を取るのは理解できる。社会的、文化的な溝があまりにも大きいので、普段ほとんど接することがない人たちについては、ただ臆測を立てて不正確な結論を導き出すことしかできないのだ。

こんなふうに断絶があって、それが貧困問題を考えて議論する力に影響を及ぼしている。貧困がなくならない大きな理由がここにある。階級の隔たりを超えるだけでなく、イデオロギー、政治、個人的・集合的な関心の違いも考えなければならないのだ。左派のぼくらは、貧困は政治の問題であって、社会の富を再配分してみんなから集めたリソースをそこへ向けたら、その影響は緩和されると考える。右派は、個人と家族に力を与えて繁栄させることで国家の役割（とコスト）を減らすのが、結束力ある社会をつくる一番の道だと考えている。この論争の背後には、選挙の周期やマスコミ、さらには途方もなく複雑な世界があって、リーダーたちはぼくらの生活のあらゆる側面を単純化して、短いコメントにまとめてしまうことが多い。そのせいで、問題を党派的、対立的にしか考えられなくなっている。ただ、貧困の仕組みを知らない人だけが悪いわけではなく、政治家だけのせいにすることもできない。

感傷的、煽情的、メロドラマ的になっても何の役にも立たない。道徳的な怒りを爆発させたところで、さらなる混乱を生むだけだ。自分は貧しい、あるいは貧困と闘っていると思っていても、だからといって貧困問題についての自分の思い込みや想定を検討しなくてもいいわけではない。多くの人が考えるよりも、貧困ははるかに複雑な問題なのだ。実際、この複雑さを無視して自己利益と都合よく一致するドグマにしがみついているほうが楽なことも多い。

ドラマティックな例を持ち出すことで、雑音に惑わされずに問題の核心に直接触れることができるときもある。問題があまりにも複雑化されたり、単純化されたり、無害に仕立て上げられたりしているときには、その醜い真実に向き合うとショックや怒りを感じて、社会としてこの問題に取り組もうと行動に駆り立てられることがよくあるからだ。団結して政治的な圧力をかけたり、苦しみを和らげるためにリソースを蓄えたりといった行動だ。また、醜い真実に向き合うと、ある種の謙虚さが呼び起こされることもある。この謙虚さは、警戒心を解いて、これまで論争の種になっていた問題について合意形成を目指すために必要となる。だから、次のことを心に留めておきたい。貧困は相対的なもので、イギリスではボリビアほどひどくはないけれど、これがなかなか当てはまらない領域がある。貧困が子どもに与えるリスクだ。

16 Great Expectations
大いなる遺産

　貧困状態に暮らす子どもたちは、世界のどこにいても同じようなリスクにさらされている。暴行、ネグレクト、虐待、搾取。アテネの路上での児童売春、南アメリカのストリートキッズの薬物中毒、ヨーロッパの海岸に流れついた孤児や乳児の組織的な性的虐待。貧困状態にいると、無防備な子どもたちがさらされるリスクは大きくなる。これは第三世界で生まれても先進国で生まれても同じであり、トラウマを経験することで人生の方向が大きく変わる。たしかに、西洋の子どもはルワンダの子どもより餓死したり赤痢やマラリアで死んだりする可能性は低い。けれども、アルコール依存症の家庭でことばの虐待を受けたり、殴られたり、性的暴行を受けたりしているときには、そんなことを言ってもあまり慰めにならない。貧困と子どもの虐待が結びついていて、それがあまりにも多くの社会問題につながっていることをぼくらは直観的に悟っている。けれども、残念ながらまだこの関係をはっきりと捉えられてはいない。意見の対立から離れて、目の前の重要問題に集中できていない。社会的剝奪が子どもの虐待を招いているという問題だ。

これがいまだに続いているのは、この問題についての現在の考え方と議論のあり方のせいによるところが大きい。子どもの虐待がニュースやメディアで取り上げられるときによく使われるイメージをみんな見たことがあると思う。たいてい五歳から一〇歳ぐらいまでの子どもが、どうやら自宅らしい場所の階段に座っていて、顔は画像処理か自分の手で隠されている。このイメージは、慈善団体の広告や、ニュースでアナウンサーが「次は子どもの虐待についてです」と紹介する映像でよく使われる。子どもの虐待を報じるときには、視聴者が動揺しないように細心の注意が払われている。苦痛を与える映像が含まれていると放送前に警告されることもある。ほとんどの人は、子どもの虐待やネグレクトといった深刻で繊細な話題に触れると、自然と犠牲者に感情移入して、犠牲者の親や保護者に怒りや嫌悪感を覚える。

心の中でみんな、無力な子どもたちに心から共感する。なんとかしなければいけない、そう思ったところでニュースは次の話題に移る。次の話題は、どうしようもない若者たちがさまざまな犯罪や迷惑行為に手を染めているニュースかもしれない。あるいは、コミュニティでの暴力と依存症の蔓延についてのニュースかもしれない。それを見てぼくらは思う。「最近の若者はどうなってるんだ」「親の顔が見たいもんだ」。こんなふうに考えるのは単純な理由からだ。きれいにまとめられたイメージ、つまり視聴者に動揺を与えずに子どもの虐待やネグレクトを描くために使われるあのイメージが、問題の本質を歪めるのである。ああいったイメージは、犠牲者は永遠に子どものままだという誤った印象を与える。時間は止まったままで、その子たちは、ぼくらが写真の中に手をさしのべて危害が加えられないところに逃がしてくれるのを待っている、そんな印象を与える。子どもであるその子たちは、無限の同情とあわれみを注がれる。

けれども、この子たちが法律を犯すやいなや、みんなの態度は一変する。受け入れにくいことかもしれないが、実際には、ネグレクトされて虐待された子ども、どうしようもない若者、ホームレス、アルコール依存症者、ジャンキー、無責任で暴力的なひどい親は、人生の異なる段階にいる同じ人物であることも多いのだ。

貧困とほぼすべての社会問題の間には相関関係がある、こんなことを指摘するのはほとんど陳腐ですらある。ここで言う貧困とは経済的困窮だけのことではなく、虐待の文化を助長する貧困のことだ。これは左右の政治パラダイムを超えた問題で、これに取り組むのを拒む社会はやがて問題に悩まされることになる。こうした根深い社会問題への解決策を探るには、広い視野と客観性を保っておくのが大切だが、苦しんでいる人の現実から距離を取りすぎてもいけない。そうでなければ、こうした問題は単なるディナーパーティーの話題、パワーポイント・プレゼンテーションの題材、政争の具になってしまう。貧困のもとで暮らす子どもの人生がみんなあらかじめ決められているわけではないし、大人になったときにみんなが主体性を持って行動できないわけでもない。それに、貧困のせいだからといって自分の行動に責任を取らなくていいわけでもない。ただぼくが言いたいのは、この問題の解決を政治的にこれ以上先のばしにすべきではなく、耳をふさぐのをやめて互いの話を聞かなければいけないということだ。というのも、こういう家族の問題が燃えあがるときには、家庭やコミュニティの中だけで完結することはめったにないからだ。

問題は社会にあふれ出て大きくなり、みんなに多大な負担をかける。

問題は超満員の集中治療室や救急病棟にあふれ出る。臨床心理士との面談や精神科のカウンセリング施設利用のための六か月の順番待ちリストにあふれ出る。手いっぱいの福祉事業や、ぎりぎりでやり繰りする満室の支援つき住宅プロジェクトにあふれ出る。ストレスフルな住宅紹介オフィスや、ひっきりなしに電話が鳴る緊急相談センターや、時代遅れの依存症患者支援サービスにあふれ出る。そして中には警察署、州裁判所、児童養護施設、保護施設、少年院、刑務所にあふれ出る者もいる。

経済状態や仕事が不安定だったり、非人間的な状態で暮らしていたりする無力な家庭は、予想のつかない逆境が訪れたときに、それを受けとめて処理し、実際的に対処する力を欠いていることが多い。あまりにも多くの制度が、貧困をきわめて単純にしか理解していない人たちに仕切られていて、彼らの誤解を反映したものになっている。たとえば、いまのイギリスの福祉制度がそうだ。そこでは恥の感情を利用して人々が仕事を探すように仕向けている。こんなやり方を考えられるのは、貧しい家庭に生まれるのがどういうことか何もわかっていない人間だけだ。貧困が心、身体、精神に与える影響を何もわかっていないのだ。貧困はただ仕事がないというだけの話ではない。絶えずストレスにさらされて予測不可能な環境のもとに暮らしながらも、失敗する余地がまったくない状態なのだ。そしてこういうカオスの中で育つ子どもは、この経験のせいで感情面を歪められて、周囲のありとあらゆるものと反目するようになる。

階段に腰かけて手で頭を抱える子どものイメージは、この複雑さを十分に表現してはいない。この問題やほかの多くの問題は、あまりにも単純化されて表現され議論されているので、子どもの虐待とネグレクトを本当に引き起こしているものについての誤った印象が世論に植えつけられている。犯罪、暴力、ホームレス状態、依存症など、いまの社会問題の多くを引き起こしているものについても同じだ。

すべては、社会的剝奪のもとに暮らす子どもから始まる。子どもの虐待について言えば、貧困がその生産現場だ。

17 Children of the Dead End

袋小路の子どもたち

母はちょっとした放火魔だった。謎の発火があって、みんなが必死にそれを消そうとしたことが一度ならずあったのをかすかに覚えている。火事のことを電話で知った祖母から聞いたこともあるし、ぼく自身、現場から逃げ出したこともある。母は火に魅せられていたのか、それとも何か火の恨みを買うようなことでもしたのか。母と火はあまりにも頻繁に出くわしていたから、とても偶然とは思えなかった。そのせいで、高層住宅の母の部屋で過ごす週末には、さらなる不安がつきまとった。

ある土曜の午後、ぼくは公園で遊んでいた。その公園は、スターリングフォールド・プレイスとスターリングフォールド・コートという二棟の高層住宅の間にあった。ひどく荒らされてはいたけれど、それでも悪くない公園で、大きくて入り組んだジャングルジム、渦を巻く滑り台、キツネ型の滑り台があった。母のうちを訪れたときは、ほとんどの時間をひとりで遊んで過ごした。建物の下のこの公園は、それなりに安全な遊び場だった。

ぼくは滑り台をよじのぼっていた。上までのぼって、また滑り降りようと思っていたのだ。それまでにも何度も同じことをして、とくに問題はなかった。けれどもそのときは、だれかが滑り降りてくるのと同時にのぼってしまい、滑り台の途中で衝突した。向こうのブーツのかかとがぶつかって、ぼくの親指の爪がはがれた。見るからにひどい怪我で、血もたくさん出ていた。

ぼくは母を呼んで大声で泣きわめいた。その年頃の子どもならみんなそうするだろう。けれどもこの種の環境では、助けを求めてもいつもそれを得られるわけではない。

ぼくはもだえ苦しんで涙を流しながら母を探して近所を歩きまわったけれど、母はどこにもいなかった。母の部屋にも入れない。部屋にいるけれども意識を失っているだけなのか、それともほかの人のうちに酒を飲みにいっているのか、それすらわからなかった。

最終的に、向かいの建物で母を見つけた。母のところとあまり変わらない汚くて暗い部屋で、年配の男と酒を飲んでいたのだ。母に怪我を見せた。何の反応も示さない。酔っぱらっていたからかもしれないし、大したことはないと思ったからかもしれない。そもそも母自身、子どものときに自分の家に入ろうとして指を一本断ち切られたことがあった。窓枠に手をかけてよじのぼっていたところで、不思議なことに窓が勢いよく上から下に閉められたのだ。

ぼくの怪我を目にしたあとも、母はただ父に電話しろとだけ言って、そのまま酒を飲み続けた。母のまわりでどれだけ恐ろしいことや危ないことがあっても、おかしなことに当時はすべて普通のことのように感じていた。

真夜中に暗い部屋に弟・妹たちといて、ドアの郵便受けから男が殺してやると叫んでいたときも、恐ろしかったけれど珍しいことだとは思わなかった。うちに入ったら母がトイレで胃出血を起こしていて、外に駆け出て救急車を呼んだときも、びっくりはしたけれど珍しいことだとは思わなかった。生意気だと子どもが椅子に縛りつけられていたり、母がときどき連れてくる正体不明の酔っぱらい男が、泣きわめく赤ん坊を床で蹴りまわしていても、奇妙にも普通のことのように感じた。母がセックスしているところを目にしても、ショックは受けなかった。

娯楽が少ない「恵まれない」地域では、ゴシップが一種の通貨になる。不幸にも目に見えて問題を抱えた家庭に生まれたら、ふたつのうちのどちらかを選ばなければいけない。まわりの人たちにその問題について語らせておくか、あるいは自分で物語をつくって語るか。ぼくがしたのは、まさに後者だった。

家庭の機能不全がどんどん表に出てきて隠しておけなくなると、ぼくはそれに適応して、そうすることで人生の針路が変わった。ぼくは機能不全を受け止めて、それを創作と社会生活の推進力として使うようになったのだ。母について心ない冗談を言われるのを聞く側でいるのではなく、校庭でみんなを前にして、自らそれを披露するようになった。ぼくの悩みをいじめっ子たちにばかにさせておくのではなくて、お株を奪って、いじめっ子たちの母親についての冗談まで口にするようになった。こうすることで、トラウマを受け入れて処理することができるようになったのだ。自分の問題をあけっぴろげにしたことで、人生を自分で引き受けられるようになった。

少し大きくなって新しい問題が表面化してくると、うちの家族が抱える問題の構成要素が一部わかるようになった。アルコール依存症、暴力、生活スタイル、ドラッグ依存症などだ。母が死んで妹がゴーバルズから戻ってきたときには、生前の母の姿と自分が目撃したり経験したりしたつらい出来事とが一種の燃料になって、取りつかれたようにものを書くようになった。急いで学校からうちに帰って、そのときに書いている作品に取りかかり、ことばの世界に没頭する。耳を傾けてくれる人に何もかもを吐き出して、自分の中からトラウマを追い払った。

そのうちにぼくは、自分の個人的な経験をもっと大きな家族のコンテクストで理解できるようになって、うちの家庭のことをもっと広いコミュニティのコンテクストで見られるようになった。数か月ごとに理解の幅が大きくなり、地平が広がって、模索できる新しい可能性がたくさん生まれた。ティーンになって、何もかもわかっていると自信に満ちていたぼくは、自分の物語にちょっとした聴衆と読者を得られるようになった。そうやって人に認められると、ほかにもいろいろな不安が解消された。この高揚感と自信のおかげで、ほかの人との結びつきを深く感じられるようになって、未来への不安と過去の強迫観念にとらわれた現在に苦しむことはなくなった。

書き、話し、パフォーマンスをする経験を積むうちに、ぼくの物語はさらに洗練されていった。そして新しいことを学んで、自分の来し方を新しいコンテクストで捉え直すことができるようになった。何かに取りつかれたように作品に取り組むようになって、何をしていても、いつも一刻も早くうちに帰って作業をしたいと思っていた。

しばらくするとぼくは、ぼくのような若者を「社会参加させる」ために設立された地域組織に目をとめられるようになった。ぼくはそういう組織が求める条件をすべて満たしていたようだ。まわりに人がどんどん増えていって、物語を語る場を提供してくれた。場が大きくなればなるほど、コミュニティの人たちもそこにつながりを感じるようだった。自分の経験を語ることで、カタルシスを得られただけでなく、地域での知名度も獲得した。何もないところから、いきなり価値ある何かを手に入れたのだ。それから間もなく、ぼくはウェストエンドに呼ばれて、貧困について考えや意見を述べる機会を与えられるようになる。

18 The Stranger
異邦人

BBCに初めて出演したのは、グラスゴー南部ゴーヴァンヒルのおばのフラットでのことだった。おばはそこでぼくのいとこふたりと、強制送還されそうになって闘っていた亡命希望者の母子の居候と一緒に暮らしていた。ポロック自由州に参加して、のちに地域の環境活動家になったおばは、最終的に選挙で選ばれてスコットランド議会議員になっていた。ぼくは中等学校卒業を目前に控えながら、仕事をなかなか見つけられずにいた。服屋の〈ネクスト〉で臨時雇いの仕事をしていたけれど、クリスマスの繁忙期のあとは契約延長を打診されなかったのだ。一部の企業が従業員候補者を住まいの郵便番号でふるいにかけているのではとの噂が取りざたされていた。郵便番号は社会階級を示す目印だ。BBCラジオ・スコットランドがこの問題を取り上げていて、ぼくはそこで話すように声をかけられた。出演はうまくいって、その年にまた何度か出演依頼を受けた。

慈善団体、芸術団体、ユースワーカー、それに政治家までが、ぼくのことを知るようになった。祝日などのイベントで、前向きなことに取り組んでいる若者として紹介される。自分の経験についてパフォーマンスや話をする時間をもらい、これが生活の一部になって、ホームレスになったあともそうした活動は続いた。

ＢＢＣは、ゲスト司会者としてぼくに看板ニュース番組のホストを務めさせたあと、《ネッズ》(*Neds*)という四部シリーズの番組の司会をするよう依頼してきた。スコットランドの「ネッド」(ned)は「チャヴ」(chav)と同じようなことばだ。反社会的な行動によってコミュニティに迷惑をかける貧困者のことで、たいていは若者である。当時はニュースで盛んに取り上げられていた。ＢＢＣで仕事をするようになって、ぼくの生活はある種の分裂状態に陥った。ホームレス状態でアルコールやドラッグへの依存を深め、自尊心を欠いていた一方で、ラジオ番組の司会者としていっぱしのジャーナリストのように国内を旅してまわった。現実世界に自分をつなぎとめる本当の自己意識がなければ、人はその日その日をまわりの世界に左右されて過ごす。得意になり、まがりなりにもキャリアを築きつつあって家族は誇りに思っているだろうと感じる日もあれば、二日酔いや鬱状態で時間通りにＢＢＣに到着できない日もあった。

シリーズが終わったときに、また別のシリーズへの出演依頼を受けた。今度の番組はシェトルストンについてのもので、三部構成だという。シェトルストンは、健康の面で国内最低レベルの統計値を出している住宅団地だ。ぼくは世間に注目されるようになっていて、ボランティアとしていくつかの組織に参加しながら、地元のラップ・アーティスト「ロキ」として名をなしつつあった。それでも自尊心が低かったせいか、インポスター症候群〔訳注：自分を過小評価する傾向〕のせいか、ただ自己破壊的な本能のためか、ぼくはみんながぼくに手をさしのべる動機を疑い始めた。すべてのことの根底でぼくが求めていたのは、ただ人とのつながりだけだった。理解されていて、耳を傾けられていて、支えられていると感じたかった。尊敬されていて、安心できて、愛されていると感じたかった。称賛の声と活躍の場を得たことで、すすむべき方向へ向かっているとはもちろん感じていたけれど、新鮮さが薄れて自分の状況についてもっと深く考えるようになるにつれて、気になることがいくつか出てきた。その時点でぼくが大きな矛盾を感じたのは、ぼくに手をさしのべてくれて、ぼくがつながりを求めてやまない人たちが、みんな金をもらってそこにいるということだった。だから、もし金をもらわなければどこか別のところに行ってしまうはずだと考えたのも、それほどおかしいことではないだろう。

それに、ぼくが語る物語は、どの形式のものでもみんないつも熱心に読んだり聴いたりしてはくれたけれども、その中でも好まれる部分があるようだと気づいた。子ども時代のことを話すのはいい。けれども、貧困とその原因や影響についてぼくが理解を深めて意見を述べるようになると、あまりいい顔をされなかった。人生でずっとそうしてきたように、ぼくは成長し、学び、進化していた。だから、いますぐに追及したい新しい問題がいろいろとできていた。それを追及した結果起こることは何も考えていなかった。「予算を決定するのはだれですか？」「貧困があるからこそ、あなたたちの仕事が全部成り立っているんですよね。だとしたら、どうやって貧困を解消できるんですか？」。こういう質問をすると、まわりの人たちは落ちつかない様子を見せた。

この種の話は、死んだ母の話ほどユースワーカー、慈善団体職員、ジャーナリストの受けがよくないようだった。これに気づいたぼくはすぐに、死んだ母の話をトロイの木馬として使うようになった。それがなければ、ぼくが口にすることにあまり関心を持ってもらえないと悟ったからだ。ぼくの意見として認められるのは、ずっと貧しかったという事実だけ、まるでそんな感じだった。その話題から少しでも離れると、たちまちみんな書類をめくり出して気まずい雰囲気になる。ぼくの批判は、あまり建設的ではないと言われることが多かった。エンパワーメントや、声なき者に声を与えるといったことがしきりに語られるわりには、みんながぼくの考えに関心を示すのは、明らかに「貧しい」人間としての経験を語るときだけだった。ぼくみたいな人間は、ほかのことには大した考えを持っていないと思われていたのだ。これにはがっかりして混乱した。みんながぼくとかかわりたいのは、ぼくが賢いからなのか、それともぼくを利用したいからなのかわからなくなったのだ。自尊心がとても低かったから、自分自身についての感覚が大きく揺らいだ。自分の考えには価値があると感じるときもあれば、自分に都合よく考えているのではという気の滅入《めい》る考えに押しつぶされそうになることもあった。自分は価値のないばかな人間だと思うこともあった。ただ、この混乱に屈するのではなく、むしろ怒りに火がついた。恐怖と同じように葛藤のおかげで集中力が高まって、トラウマ的な経験と同じで動揺がある種の燃料になったようだ。

心の病気や生活上の問題があっても、問題を追及して目標を追求する妨げにはならなかった。正しかろうが間違っていようが直感に従って動き、発信するメッセージに抵抗する人がいるのを感じても関係なかった。やがて、教師がぼくに読ませようとした本や詩に反発したのと同じように、こうした問題についてぼくの考え方や話し方に指図しようとする人や組織には、反抗的な態度を取るようになった。批判を抑えつけるために、あるいは思い通りの話やデータを引き出すためにこちらを操作していると感じる相手には、反撃を加えるようになった。

まるでパーティーでやる得意ネタのように繰り返し同じ話をさせられるうちに、ぼくはかなり踏みこんだ話をするようになった。するとみんなぼくを警戒するようになり、そのせいで拒まれ排除されているという感覚がさらに強くなった。貧困について語るときには、発言できることに制約があるのだと学んだ。子ども時代にこの上なく過酷な経験をしたからといって、身のまわりの仕組みを自由に批判できるわけではないとも学んだ。ただ、貧困の中で育ったために受けた心の傷のせいで、せっかく自分に手をさしのべてくれている人たちとの関係がむずかしくなっていることにも気づいた。自分の苦しみ、不信感、疎外感を、本当に善意の人たちにぶつけてしまうことが多かったのだ。自分の直感が正しいのか、それとも躁状態にあるのか、よくわからなかった。

すぐに学んだのは、自分がどんな背景を持つ人間であれ、自分に力を与えようと支援してくれる相手の気分を害することをした瞬間に、その人たちから見捨てられるということだ。相手は人のこともあれば、組織のこともある。運動のこともあれば政党のこともある。いずれにせよ、相手の問題意識ではなく自分自身の問題意識で語り始めたその瞬間に切り捨てられるのだ。おまえの批判は非建設的だと言われる。怒っているのは精神的に問題を抱えているせいにされて、以前は褒めたたえられていたものすべてが、逆に叩かれるようになる。こんなやつらに気をつけなければいけない。労働者階級に声を与えると立派なリップサービスをしながら、ぼくらが口を開いて話そうとすると、いつも落ちつかない様子を見せるやつらだ。

ぼくは、子ども時代のことを人に話したときの相手の表情を見るまで、自分がつらい子ども時代を過ごしたとは思っていなかった。人に言われるまで、ぼくの人生やぼく自身におもしろさや意義があるとはまったく考えてもみなかった。貧困について語るように繰り返し促されるまで、話せる有意義なことがあるとは思っていなかった。ただ、台本から離れた途端、なぜかカーテンが閉まり、照明が消えて、マイクが切られる。ＢＢＣは仕事の打診をしてこなくなった。反社会的行動についてのニュースの関心は次へ移ったのだ。ぼくが新番組の提案をしても、返事すらなかった。《ネッズ》のシリーズが放送された週に、サンデー・メール紙に「ネディ・バーンズ」という記事が掲載された。サンデー・メール紙はその週、ぼくにインタビューをして、番組を宣伝するためにカメラマンもよこしていた。その記事で使われたぼくの写真では、かぶっていた帽子が風に吹き上げられて、ちょうど典型的な〝チャヴ〟と同じような角度になっていた。社会的剝奪の話題がメディアで枯渇すると、たちまちぼくは必要とされなくなった。ぼくは、みんながぼくの考えに価値を見出して出演依頼をしてくれるのだと思っていた。ぼくには発言すべきことがあるからだと。そしてある日、そもそもどうしてぼくが《ネッズ》の司会をするように依頼されたのかわかった。みんなぼくがネッドだと思っていたからだ。

いまではもっと分別がついた。いまでは、ぼくが語る貧困の物語は、多くの人にとってはただ利用価値があるだけで、それ自体に本質的な価値があって読書人がそこから何かを学ぶ類のものではないとわかっている。誤解しないでほしい。意図せずにそういう印象をぼくに持たせた人たちを批判しているわけではないし、貧困産業で働く人たちが善意で仕事をしているのを否定する気もない。問題はぼく自身の考えにあった。おそらく極左コミュニティにルーツがあって急進的な考えを持ち、たぶん若くて世間知らずだったからだろう、ぼくはずっと貧困を解体するのが目的だと思っていた。けれども貧困産業の仕組みを間近で見ると、この産業は成長を続けていて、危機状態にある個人、家族、コミュニティがなければこの巨大産業の役割がなくなってしまうのだとわかる。

ぼくはいろいろな組織や政治グループに駆り出され、「力強く」「正直で」「胸のはり裂けるような」証言をして、貧困に対処するには社会が変わらなければいけないと論じた。けれども成長して理解を深め、新しい目標を持って問題関心が変わると、活動家や慈善団体や政治家など、ぼくの物語を自分たちの関心に合わせて利用する人たちに批判的な目を向けるようになった。するとぼくは「傲慢」「攻撃的」「危険」「不幸自慢」「甘い」「自己中心的」「偽インテリの取るに足りないやつ」「裏切り者」「いつも自分のことばかり考えているやつ」として追放された。全部もっともな批判だ。もちろんぼくは完璧な人間ではない。とはいえ、ぼくは貧困について語ってきただけだ。そして伝えたいことに耳を傾けてもらうには、自分の意見を述べる前に、アルコール依存症の亡き母や、つらい子ども時代について話すしかなかった。ぼくが自分のことを書くのは、自分が重要な人間だからと思っているからではない。話を聞いてもらうために、そうせざるを得なかったからだ。お偉方や善人に下層階級の人たちのことをきちんと受けとめさせようと思ったら、こんなふうに体裁を繕う必要がある。

三三歳になったいまも、貧困というテーマはぼくの人生の中心にある。さて、ぼくの来し方については全部書いたから、ここからは本当に言いたいことを書きたい。

ぼくはもう、貧困は政治家が解決できる問題だとは思っていない。政治家がそれを望んでいないからではなくて、貧困解決に必要なことを正直に話し合うのが政治的にむずかしすぎるからだ。もし権力の座にある人たちが、貧困問題への取り組みに何が求められるかを率直に話したら、ぼくらはそれを聞いて心底ショックを受けるだろう。社会が向き合う課題がとてつもなく大きいのに加えて、個人が一定程度、責任を負うことも求められるからだ。これを認めるのは、左派の間ではタブーだった。ぼくら左派は、根本的な変化と抜本的な行動を求める。けれども、同じことが自分たちにも当てはまると言われると、かっとなって気分を害する。本当のところは、好むと好まざるとにかかわらず、貧困については――政争の具としてではなく、みんなが積極的な役割を果たす地球規模の現象としての貧困については――確実に非難の対象となる単独のアクターやグループがあるわけではない。

ぼくらが教えられてきたのとは違って、貧困の問題はあまりにも複雑すぎて「保守党員」や「エリート」のせいだけにはできない。そしてまさに複雑で捉えにくいからこそ、みんなわかりやすいスケープゴートを探すのだ。左派が金持ちを非難するときにも、右派が貧乏人を非難するときにも、自分たちが責任を逃れられる偏った筋書きにだけ関心を示しがちだ。ただ、選挙で当選を狙う政治家は、こんなことを正直に有権者に言うわけにはいかない。

貧困は、いくつかの競合する政治チームの間で行われるゲームになった。チームは国によっていろいろだけれど、ゲームのルールはたいてい同じだ。貧困の責任はいつもほかのだれかに押しつけられる。貧困をつくり出して利益を得て、さらに貧しい人を見て喜んでもいるという外部の集団のせいにされる。このゲームはあまりにも不正だらけでシニカルだから、真実自体、ある立場の人たちがそれを私物化し、武器にし、利用して、ほかの立場の人たちを攻撃することによってようやく真実になる。どうすればいいのかだれもわかっていなくて、せいぜい部分の微調整をするぐらいしかできていないのに、あわれな政治家たちはそれを認めず、自分たちの差し迫った政治のジレンマで手いっぱいで、状況はうまく処理されているというふりをする。怒りをなだめようと慌てて示した空約束は、必然的に破られる。でも、それはほかのチームがわざと邪魔をしているからだと言う。このゲームには、左右のありとあらゆる党派が参加している。そしてぼくらはこのナンセンスを、子どものように鵜呑みにする。

このゲームが社会にどんなダメージを与えているか、きちんと考えてみよう。

ある政党が貧困問題をほかの政党のせいにすると、この複雑な問題をひとつの政治アクターやグループが解決できるという誤った印象が世間に植えつけられる。これはあまりにも単純化された危険な考えだ。このように単純化すると、昔からずっと続く貧困物語の中で一方をヒーロー、もう一方を悪者と必然的にみなすようになる。この土台にあるのが、無意識の偏見、間違った考え、それに最近では憤りの感情だ。貧困の複雑さに真剣に向き合おうとしないのは、ストレスを酒、食べ物、ドラッグで解消しようとするのと同じようなものである。人をみんな戯画化して、問題をすべて単純化する未熟な政治的見解を生む。こうした党派対立がいまはあまりにも大きな害を及ぼしていて、敵と同じテーブルについて誠意をもって話し合うのはばかげたことだとすら感じられる。そんなことを提案しようものなら、たいてい世間知らずと思われる。それに、合意形成を目指したり、ましてや政治的に見解が異なる相手のいいところや高潔さを認めたり、相手の考えにも理があると認めたりしたら、仲間から公の場で攻撃されたり制裁を加えられたりする。

児童虐待の厳しい現実、犯罪の容赦ない増加、暴力の遍在、家庭内暴力の恐怖、ホームレス状態の苦しみ、アルコール依存や薬物依存の免れがたい悲劇。これらが貧困の問題をはっきりと示しているのに、ぼくらは謙虚に反省することがない。これだけ大きな問題に意味あるかたちで取り組むには、政治的立場の違いを超えてさまざまな意見に耳を傾けなければいけないとはっきりわかっているにもかかわらずだ。それでもみんなゲームに興じる。残念ながら、政治家がこの問題の実態を正直に語る動機はまったくない。それに正直に認めよう、実態を正直に告げられたところで、ぼくらもそれを受け入れないだろう。みんな責任をなすりつける相手を必要とする。それが銀行家の場合もあれば、貧困者自身のこともある。みんなあまりにも党派的に考えるようになっていて、政治家たちもその要求に応えるしかない。みんなが求めるのは、手っ取り早い非現実的な解決策、わかりやすく単純化されたコメント、スケープゴート、嫌いな相手に都合よく責任をなすりつける虫のいいきまり文句だ。これは本当にひどい状態だ。責任がきちんと分配されたら、当然一人ひとりが一定の責任を負うことになる。

このように党派が対立し、誠実さを欠き、政治的に不安定な状態では、問題は悪化する一方だ。そろそろこの現実と向き合わなければいけないが、問題を解決しようと意を決している者たちにとって、いまの状況は手強《てごわ》い。党をまたいだ合意形成に向かう意欲は見られず、根源的な変化を求める気持ちはさらに乏しい。数年ごとに抵抗が盛りあがりを見せはするものの、貧困者を（あるいは自分たちを）助けたいと思う人たちは、いまの体制とそこに含まれるあらゆる矛盾がこの先しばらく――この本を二〇一七年に読んでいる人たちが生きている間はずっと――続くことをふまえて、それに対処していかなければならない。

二〇世紀にさまざまな問題で見られたように、反体制派の政党や社会運動が権力者から無理やり譲歩を引き出していく可能性はある。けれども、貧困を根本から解消するのに求められる根源的な変化が、ぼくらが生きているうちに起こるとは考えにくい。とはいえ、自分が信じるもののために闘うのをやめるべきではない。それに、自分たちの利害に明らかに反する行動を取る勢力に服従すべきでもない。ぼくが言いたいのはただ、資本主義が崩壊したり新しい国ができたりしたら問題がすべて解決するという考えは捨てるべきということだ。そんなことで問題は解決しない。

不当な経済体制よりも始末に負えないものがあるとするなら、それは内部崩壊した不当な経済体制ぐらいだ。そんなものを期待して待つのは、よく言っても、とてつもなくうしろ向きだし、最悪、近視眼的で邪悪だ。経済体制が内部から崩壊するなどというのは、都合のいい希望的観測にすぎないと認めたら、いまできることが何かをもっと現実的に判断して、その判断に基づいてエネルギーをほかへ向けることができる。「体制」という抽象的なものについて議論するのと同時に、すぐに取り組める貧困のもっと具体的な側面についても考え始めるべきだ。すでに説明したように、貧困は人間の経験の数多くの領域から成り立っている。社会、心理、感情、政治、文化などだ。経済のように、ぼくらがすぐに影響を与えられないものもある。政党のように、ときどき影響を及ぼすことができるものもある。ただ、心の健康、消費行動、生活スタイルといった人間の生活で重要な役割を果たす分野は、ある程度具体的で、変えられないわけでもない。ぼくらがいますぐ自分自身に問わなければならないのは、自分たちの思考と行動を通じてプラスの影響を与えられるのは貧困のどの側面かということだ。貧困がぼくらの生活の質にマイナスの影響を与えているのなら、この害を和らげるために何かできることはないだろうか？　結局のところ、貧困のどの側面は制御不可能で、どの側面は自分たちで変えることができるのだろう？

左派の間でいつも語られるのは、新経済体制の創出、エリートの打倒、公共支出の拡大といったことだ。西洋社会で互いに重なり合い結びついて存在するさまざまな構造的抑圧や、資本主義に内在する象徴的暴力について、延々と議論が交わされる。けれども、感情リテラシーについて語られることはめったにない。過食について議論されることはほとんどない。活動家たちが自分の飲酒やドラッグの問題、その原因になる心の問題について率直に語る姿は見たことがない。

どうやら感情的なストレスと慢性疾患の関係について学位論文を書く人はいないし、禁煙に成功した方法を新聞の論説欄に書く人もいない。こうした日々の問題よりもカール・マルクスの思想のほうが貧困者には重要だとでも言うかのようだ。仮説上の革命が起こるまで、ぼくらの意気をくじいて力と命を奪っていくものに対して行動を起こすのを先のばししても構わないとでも言うかのようだ。政治と経済の理論をめぐる議論や難解な用語の下には、こうした心、身体、精神の問題があり、個人、家族、コミュニティとしてそれにどう対処すべきかという問題がある。みんなが本当に苦しんでいるのは、こういう地味ながらも循環しているジレンマなのだ。

こういう問題が、貧困関連のストレスをいっそう大きくしている。これらの問題のせいでみんな無関心になり、鬱状態になり、反抗的になり、慢性疾患にかかり、とても不幸になる。そしてこういう苦しい感情が自滅的な消費行動へ人を向かわせて、その行動が、左派が解体を望むまさにその経済体制の核にアドレナリンを送り込む。ただ、こういう問題についてぼくら左派が語ることができるのは、ごくわずかなことだけだ。少なくとも、恵まれないコミュニティの人たちが興味を示して耳を傾けるようなことは、ごくわずかしか言えない。その理由を理解するのはむずかしくない。

問題はすべて、普通の人間には理解できないものであるかのように論じられている。その結果、貧困とそれに伴う課題の責任は、ほとんどいつも外部のだれかに押しつけられる。目に見えない力、構造、体制や、漠然としたエリートなどだ。これらももちろん問題の構成要素ではあるけれど、ぼくらの分析の中で、日々人間が経験している貧困の複雑さが認められることはめったにない。体系的分析は外部の要因にもっぱら目を向け、ぼくらの暮らしを特徴づける状況をつくるのにぼくらが個人、家族、コミュニティとして果たせる役割を探る機会を愚かにも逃している。体系的分析では、現場レベルでの貧困の微妙なニュアンスを把握できず、間違った思い込みと自滅的な行動との結びつきを理解できない。この結びつきが、あまりにも多くの人をストレスと見境のない消費のサイクルに閉じ込めている。

陳腐だと思えるかもしれないが、貧困に根本から立ち向かうには、こういう問題が経済体制の批判と同じぐらい重要だ。それなのに、ぼくらはこの真実を分析に組み込もうとせず、個人の役割と責任という考えは右派の運動が独占している。さらに悪いことに、貧困者が自分たちの環境の中で果たす役割があると言う人がいたら、その役割が環境をよくするものでも悪くするものでも関係なく、ぼくらはその人たちをけなす。すべての問題を大きな社会問題や権力の力学のせいにすることなどできないということを忘れているのだ。適切な支援を受けるとともに、自分たちの選択に一定の責任があると認めることで、ようやく多くの人は心の問題、身体的な病気、依存症から快復できる。にもかかわらず、この客観的事実をぼくらは否定している。否定できない事実であるにもかかわらず、それを指摘されるとぼくらは不快に思う。一人ひとりの人間には、逆境を乗り越えて自分たちの生活状態を変える力がある。けれども、それについて左派の有名人物が語るのを最後に耳にしたのはいつだろう、思い出せるだろうか？

なかなか思い浮かばないだろう。

個人の責任について考えずに、ぼくらは、いまの体制が崩壊するとたちまちすべてうまくいくという単純な考えを広めている。ある政治や経済の体制を別のものと取り替えるのは、簡単で形式的な作業だという嘘を広めている。自分たちの考えや行動を少し調整するよりも、変わり続けるぼくらの個人的なニーズに合わせて社会全体をつくり直すほうが簡単だと主張している。そして仲間のだれかがこういうことを無遠慮に指摘すると、そのたびに非難の声を上げる。だから、こんなことを言って非建設的だと思われていたら申し訳ない。ただ、真のリーダーがいない中、ぼくらはもっと自分たちの力を発揮すべきだ。それが簡単だからでもフェアだからでもなくて、ほかに選択肢がないからだ。政治家に頼らずに、自分たちのために現実の見取り図を描けるようにならなければいけない。貧困はゲームではなく、すぐに消えてなくなるわけでもない。貧困は続いて事態は悪化する一方だ。これこそが、政治家たちが知りながらもぼくらに告げる勇気のない真実だ。

だからぼくらは、新しい政治のあり方を切り拓かなければいけない。体制を非難するだけでなく、自分たちの考えと行動も精査する政治。社会について見当違いな考えを持つ過激な右派が独占している、個人の責任という考えを、こちらに取り戻す政治。根源的な変化を主張するだけでなく、できるだけ多くの問題を自分たちで引き受けて、最も貧しいコミュニティで消耗した人間の能力を再構築できる新しい左派。

きわめて厳しい状況のもとで、政治家は真の解決策を持たず、問題を正直に議論することさえできていない。そんな中、偽りの希望や嘘を吹き込むことなく、いま生きている人たちにどんな希望を与えることができるのだろうか？　第三次産業革命が始まるときに、ここにいない人たちに何を言えばいいのだろう？　ベーシックインカムが導入されるのを目にすることがない人たちには？　おそらく、正直になるところから始めればいい。革命は起こらない。ぼくらが生きている間には。この体制はよろめきながらも続いていく。だから、ぼくらもそれに対処しなければならない。

この体制が続く理由は、そのほとんどが個人、家族、コミュニティとしてのぼくらの考え方、感じ方、行動の仕方と直接関係している。環境がぼくらをつくるのと同じで、ぼくらも環境をつくる。食べる食品から買う商品まで。読む新聞から投票する政治家まで。ぼくらが「体制」のせいにしがちな問題の多くは、ある程度はぼくらが生み出したものだ。したがって、これらの問題の多くには（もちろんすべてではないけれど）、個人や集団としてぼくらがプラスの影響を与えられる。これを考えると、無血革命が近いうちに起こる見込みのない中、左派にとっての問いは、もはや「いかに体制を根源的に変革するのか」ではない。「いかに自分たちを根源的に変革するのか」だ。

こんな話より、死んだ母の話をしたほうがいいだろうか。

自分に負けてマクドナルドのカウンターに立ち、不本意ながら食べ物を注文する。ジャンクフードを食べるようになって三週目。しばらくがまんして体重を四・五キロほど落としたあとのことだ。それだけにいっそう、再開した感情的摂食（ストレス食い）が胃にこたえる。この感覚にはなじみがある。そもそも、やめていた過食を再開したのは、今回が初めてではない。

食べ物をテーブルに運ぶ。知り合いには見られたくない。これで最後だと自分に言い聞かせる。頭の中でずっと、カロリー、キログラム、リットル、ポンドの計算をする。同時に、マイル、キロメートル、歩数も計算する。ぼくが食べるものと飲むもの、ぼくの身体活動のすべてはアプリに記録されている。朝から晩まで、データが絶えず送られてくる。知は力なりと言うのなら、どうしてぼくはこんなに惨めで弱いと感じるのだろう。なぜこんなに太っているのか。

あらゆる悪習慣にはルーティンがあって、そこから外れると不安と動揺が生まれる。このストレスによって、習慣的な行動を再開しようとする衝動が呼び起こされる。これはほかの考えをすべて凌駕する強力な衝動だ。

要するに、ぼくの脳がマクドナルドを欲していて、ぼくが疲れていたりストレスを感じていたりすると、その衝動に抗うのはとてもむずかしい。チキンバーガーの箱を開き、蓋を小さな紙のボウルのようにしてそこにフライドポテトをあける。テーブルに落ちた二、三本のポテトから始めて、次にストローに取りかかり、袋を破いて口でくわえて引き出す。ストローをラージサイズのカップにさして、コカ・コーラの最初のひと口を吸う。

氷のように冷えた炭酸飲料のおかげでまた元気が出て、多幸感に近い前向きな気分に満たされる。恥ずかしいという気持ちは心から追い払われる。けれども、マクドナルドに二度と足を運ばない生活を思い描くと、この前向きな気持ちの波はたちまち消えてなくなる。

またポテトに戻る。今度はもっとたくさん掻きこんで、続いてコーラをがぶ飲みする。飲み食いのプロセスが加速して、どんどん食べ物が体内に入ってくる。それにつれて、食欲が強烈に高まる。だからいつものように、あらかじめLサイズのフライドポテトを注文しておいた。まだあると思うと安心できる。まるでだれかほかの人が一緒にいてくれるみたいな感じだけれど、人間関係の不安は感じなくていい。

この恍惚状態の大食いのときには、とてつもない量を食べる。スマートフォンの画面をスクロールして、ダイエット失敗の体験談を読みながら、どんどん自己嫌悪に陥っていく。まるで脳が自分は満腹だということを忘れて、自動操縦モードに入ってしまったみたいな感じだ。ほとばしる多幸感はやがて消えて、憂鬱が襲ってくる。まわりを見まわす。店にいるほかの客も、ほとんどが太っていてひとりぼっちだ。この人たちも、うっとりとする最初のひと口のあとには、この店に足を踏み入れた深い恥の感覚と無力感にまた襲われるのだろうか。

太りすぎていながら、それでもこの食べ物を楽しむなんてことはできないと思う。中には自分をごまかしている人もいるのかもしれないけれど、店を去るときに車に乗るのに苦労している人の姿が見える。フィッシュ&チップスの店の向かいで宙を見つめて、健康のことを考えるのは先のばしにしようかと考えている人が見える。はじめの数口のことを考えて、そこからたちまち得られる解放感と満足感を思い浮かべると、あまりにも魅惑的でそれに抗うことはできない。この誘惑には強い中毒性があるので、けっして忘れないと誓ったことも忘れてしまう。たとえば、この種の食べ物を夢中でむさぼり食うことで、どれだけひどく気持ちが沈むかといったことだ。

たった数日前にも、ぼくはお菓子やチョコレートの包装紙を上着のポケットに隠していた。また暴食しているのをパートナーに知られたくなかったからだ。たしかに、節度を持ってマクドナルドの食べ物を楽しむ人も数えきれないほどいる。けれども、ぼくのような傾向を持つ人間、つまり衝動制御に深刻な問題を抱える人間には、ストレス食いは危険な上に気を滅入らせる。食事が終わって考えるのはいつも同じことだ――どうしてこんなことをしたんだろう。この感情的な苦しみと自己破壊的な行動のサイクルは、生活のほかの多くの領域にも及んでいる。長年ぼくは、自分の生活スタイルとそれに伴う健康問題――疲労、鬱、不安、歯周病、不眠、虫歯、肥満、性的不全、アルコール依存、薬物乱用――は資本主義の副産物だと思っていた。いろいろな意味でたしかにその通りではあるけれど、それだけではない。

同世代の人の多くと同じように、ぼくのひどい食習慣のもとをたどれば、そのまま祖母に行きつく。祖母が生まれた一九三〇年代には、いま不健康な生活スタイルと連想される食品はまだ発明されていなかったか、なかなか手に入らなかった。大量公共交通機関、機械化、電気通信以前の時代で、肉体労働をする人が多く、おそらくみんな徒歩で通勤していた。運動が日常生活の一部に組み込まれていたのだ。一九三〇年代初めにアメリカのドライブイン・レストランが姿を見せ始めて、安くておいしいファストフードの新時代が到来した。この現象とそれに伴う問題は、もっと早くイギリスに入ってきてもおかしくなかった。これをしばらくの間避けられたのは、第二次世界大戦にかかりきりになっていたからだ。

一九五〇年代半ばに祖母と祖父が出会ったときには、もう消費主義が根づき始めていて、いまの加工食品が地元の食料品店でも売られるようになっていた。戦時の配給制のもとで暮らした人たちがこれをどう受けとめたか、想像してみてほしい。この影響は、食品に対する消費者の見方と接し方にも、市場シェアを貪欲に求めるメーカーが食品を生産し包装する方法にも見られた。ものを食べることは、単に身体にエネルギーと栄養を取り込むだけの行為ではなくなった。自分自身を表現して、個人の楽しみの新領域を模索することを意味するようになったのだ。

一九七〇年代にイギリスがヨーロッパに組み込まれ始めたときには、食品の革命はかなり進行していた。企業が顧客を獲得しようと激しく競争する中で、消費者は選択肢をふんだんに与えられるようになった。加工食品と高コレステロールなどの健康問題との関係も指摘されるようになる。こうした危険に対する意識が世間で高まるのにつれて、低脂肪の一見健康によさそうな選択肢を提供する副次的な産業が成長した。やがていわゆる健康的な食事は、まやかしだらけで信用できない地雷原になる。

食べ物についての考え方、いかにそれを調達し、生産して、食べるのかは、人類史上のどの時代よりも祖父母の時代に大きく変化した。ただ、食べ物や栄養全般についての理解は、危険なままでに未熟だった。そしてぼくらがそれについて学んだときには、すでに手遅れだった——うちの一家は砂糖中毒になっていたのだ。

ぼくは人生の早い時期から、不健康な食生活へ向かっていった。だれもその危険を知らなかったからだ。子どものときには、ランチに何を食べるか話しながら、学校で食堂の外に並んだ。食べ物が一番の関心事だったと言っても過言ではない。塩気の強いスープ、パイ、ペストリー、フライドポテト、ローストポテト、魚のフライ、ソーセージ、フライドチキンに、ベイクドビーンズ、マッシーピー、脂っこいグレイビーが添えられる。デザートは必須で、キャラメルケーキ、エンパイア・ビスケット、エンジェル・ディライト、ゼリー、チョコアイスが、どれもカスタードとともに出される。ランチタイムの前にも、お菓子を載せた手押し車が教室をまわって、授業が最大一五分間中断される。手押し車にはチョコレートバー、グミ、炭酸飲料、フルーツジュース、ポテトチップスが山ほど積まれている。

こういうお菓子を手に入れて食べるのが重要な務めになって、遊び時間は遊びと同じぐらい甘いお菓子の時間になった。ぼくはある種の食べ物と感情的な結びつきを持つようになって、やがて決まった時間に甘いお菓子を手に入れるのが当たり前になった。その通りにならなかったり、砂糖の供給が途絶えたりしたら、怒りや欲求不満や失望を覚えた。これに気を取られることで一日中エネルギーを奪われて、集中力にも悪影響が出た。小遣いがなくてお菓子を買えなかったら、遊び時間は憂鬱になる。楽しみにするお菓子がないと、一日が長く感じられた。甘いものがあまりにも好きだったから、ぼくの行動をコントロールするには、お菓子を与えないと脅すことが——暴力を除けば——唯一の方法になった。

幸い、祖父母の家では供給が途絶えることはめったになかった。

ぼくは子ども時代の多くを、ポロックの反対側にあった祖母のうちで過ごした。祖母は母と祖母のふたつの役割を果たしてくれた。ぼくらは、祖母が言う「パンを買いに行く」のに多くの時間を費やした。「パンを買いに行く」というのは符丁で、日帰りでどこかに出かけることだ。符丁を使うのは重要だった。というのも、そうすることで祖父に疑いを持たれたり邪魔されたりせずにコミュニケーションを取れたからだ。

祖母とぼくは、昔ながらのスコティッシュ・カフェでかなりの時間を過ごした。こういう店にはたいていイタリア人の店主がいて、フライパンがいくつか飾ってあって、アメリカとイングランドのいろいろな食べ物が出される。「スコティッシュ」なのは、料理の合間にアイスクリームやターキッシュ・ディライトを食べたりタバコを吸ったりできることだった。

この手のカフェに入って、まず目にとまるのが、炭酸飲料の色鮮やかな缶やボトルでいっぱいの冷蔵庫だ。店内は窮屈に感じることも多い。あまりにも狭い空間にあまりにも多くのものが詰め込まれているからだ。それでもカフェは表向きは魅力を保っている。ただ、よく見ると、その魅力を挙げるのはむずかしくなる。ごちゃごちゃした店の中をなんとか奥にすすんでただひとつの空席を目指すと、店はかなり汚いことに気づくかもしれない。赤い革張りの椅子も、特段座り心地がいいわけではない。木のテーブルがたいていは床に固定されていて、すでに狭い空間をいっそう圧迫している。腹が出ていたらさらに窮屈だ――こういう店の客はみんな腹が出ている。

メニューはたいていプラスチックのホルダーに挟まれて、年季の入った調味料入れの間に置かれている。ごく基本的な料理が並んでいて、おもにフライドポテト、ソーセージ、玉子、豆をいろいろと組み合わせたものだ。スコットランド労働者階級の料理は、基本的には大人の量で出される子どものメニューである。そして食事が異様に早く出てくると、別の店で食事をしたほうが安全だという徴候があらゆるところに見られる。それでもここにとどまる理由がある。砂糖の壁で四面を囲われているのだ。鮮やかな色をしたありとあらゆるかたちと大きさのお菓子、チョコレート、グミが、瓶に入ってまわりの壁を飾っている。

油で揚げられた料理を飲み下しながら、店のことを考える。

ここはお菓子屋だろうか？　それともレストラン？　コンビニ？　茂みに突っこんだアイスクリームの移動販売車？

だれにもわからない。それにスコットランドでは、だれも気にしない。中流階級の人間すらこの店を訪れる――食事とともに甘いものが出されるかぎり。

外食しないときでも、祖母のうちには食べ物がたっぷりあった。一日の始まりにはたいてい、ボウルに山盛りのシュガー・パフかコーンフレークにスプーン一、二杯の砂糖をかけて、それをよく冷えた「ブルー・ミルク」――青い蓋が目印の高脂肪乳――に浸して食べる。祖母は低脂肪製品を信じていなくて、そんなものはまずいクズだと考えていた。マーガリン好きや、チーズの危険について説く人ほど、祖母の恐ろしい怒りを呼ぶものはなかった。午後は、おやつにバターをたっぷり塗った白パンを食べて、砂糖を二、三杯入れた大きなマグのお茶を飲み、ときどきビスケットをかじる。お菓子がないときには、練乳を缶からそのまま飲むことすらあった。缶を開けて練乳の上にティースプーンを置き、濃厚な黄色い液体にスプーンが完全に沈むまでの時間を数えたあと、ゆっくりとそれを喉に流し込む。

子ども時代に砂糖がなじみ深いものだったのを典型的に示すのが、ぼくの最初のハロウィーンだ。ぼくはコカ・コーラの缶の格好をして、ドアからドアへと近所の人にチョコレートをねだってまわった。

ぼくらの生き方に体制が重要な影響を与えるのは明らかだけれど、ぼくら自身の選択が果たす役割も軽んじてはいけない。それに、いまほど多くの選択肢がある時代はない。

もちろん、資本主義は生活スタイル、健康、自己イメージの問題を決定する主要因のひとつだ。子どもたちにいい手本を示しながら、倫理的で環境にやさしい生活を送るにはどうすればいいのか、それを考えるのはむずかしい。ぼくらの多くは、資本主義がこの目標の達成を阻んでいると思っていて、それにはもっともな理由もある。

けれども、手頃な料金で利用できる二四時間営業のジムが地域にあることについては、どう考えるのだろう。

地元で採れた新鮮な有機農産物を自宅に配達してもらえるのは？

ユーチューブのような情報源があって、食べ物について知りたいことは文字通り何でも学ぶことができるのは？ ダイエットのコツでも、健康にいい食事を手早く安くつくる方法でも。

こういったことも、資本主義のおかげで可能になっているのではないだろうか？

左派がこれを認めるのはタブーなのか？

20 A Disaffection 不満

貧困は金だけの問題ではない。もしそう思っていなかったのなら、ここまで読んで納得してもらえたと思う。貧困は社会的、経済的、感情的、生理的、政治的、文化的な力からなる重力場のようなものだ。一人ひとりの脱出速度は、各自に固有の状況によって異なる。けれども、家族や教育といった個々の要因がどれだけ人によって違っても、貧困とそれがもたらすさまざまな力によって、人生のコースが決まってしまう可能性が高い。だからこそ、子どもの社会的流動性と寿命を、出生時体重、生まれた場所、両親の社会階級だけをもとに正確に予測することができるのだ。それゆえ、貧しい人にやたらと多く見られる暴力、健康問題、肥満といったある種の行動を引き起こす直接の原因が貧困にあると感じられるのだ。社会階級の間に格差があるという事実は否定できない。見解が分かれるのは、どのようにこの格差対策に取り組むべきかということと、最終的にだれが格差是正に責任を持つのかということだ。

貧困が起こるのは不正な体制のせいだと考える人がいる。他方で、体制はうまく機能しているのだから、自分の問題を乗り越えられない人が個人の責任を引き受けなければいけないと考える人もいる。本当のところがどうであろうと、貧困についての対話はそれ自体、問題の根底にある格差そのものの不幸な副産物だ。というのも、貧困についての対話はたいてい、貧しさを直接経験したことがほとんどない人間に牛耳られているからだ。この対話はニュース、芸術、公共・民間・第三セクター、学界からなる文化的領域で行われていて、これが貧困についての考えと議論をかたちづくる。この領域で貧困問題の議論の中心になる考えが設定されて、それがぼくらの使用に供されるのだ。社会的剝奪のもとでの児童虐待の問題と同じで、貧困についての議論を形成する人間も、問題を正確に捉えるのに必要な見識を欠いていることが多い。そのせいで、貧困を解決したい人と貧困を経験している人の間に大きな隔たりが生じている。

対話をリードする人たちと実際に問題を経験している人たちの間にこの隔たりがあるせいで、前進が妨げられているだけでなく、貧困者が「文化」に誤って表象されたり排除されたりしていると感じてもいる。

文化というのはとても大きなことばで、そこにはたくさんの意味がある。ナイフとフォークも文化だ。どんな服を着るのか、余暇に何をするのか、どんなふうに会話するのかも文化だ。何を信じるのか、だれと寝るのか、ある種の問題についてどうしてほかの人と意見が合わないのか、こういうことも文化だ。ただ、これらすべてのことに加えて、文化は商品でもある。ぼくらのためにあつらえられて、ぼくらがエネルギーを注ぐことのできる経験。「主流文化」や「大衆文化」といったことばは、平均的な人間の姿を描こうとするものだ。ほかはすべて「サブカルチャー」である。いまは消費できる文化がかつてないほどたくさんあって、消費者としても生産者としても文化に参加するアクセスポイントが数多くあるにもかかわらず、いまだに多くの人が正しく表象されていない、あるいは排除されていると感じている。

たとえば女性、LGBTQI、民族的・宗教的マイノリティ、障がい者らは、何十年にもわたって教育、芸術、メディアで正しく表象され描かれることを求めて闘ってきた。これらの人たちがより正しく表象されることを求めて闘ったのは、「主流文化」に自分たちが十分に反映されていないと感じ、反映されているときでも、特権的な立場にいるだれかの思い込みに基づいて戯画的に描かれることが多いと感じていたからだ。こうした文化的排除の問題は、徐々にアイデンティティの問題として議論されるようになる。アイデンティティというのは、自分が何者であるかという感覚と、自分と文化との個人的な関係のことだ。これが、一部の人たちが周縁に追いやられている理由を説明する最大要素のひとつになった。ただ、貧困と同じで、アイデンティティの解釈は一人ひとり異なる。ふたりの人が、客観的に見て同じ民族、国籍、宗教、ジェンダー、性的指向でも、ふたりは自分たちが似ているとはまったく思わないかもしれない。そんなふうに言われると、気分を害する可能性すらある。それぞれ自分をまったく異なるものと結びつけているかもしれないからだ。このせいで、文化をつくる人たちの仕事はむずかしくなる。変わり続ける人々の自己感覚についていく必要があるからだ。さもなくば、人々を排除していると非難される恐れがある。

スコットランドでは、自分のことをスコットランド人だと考える人もいれば、イギリス人だとみなす人もいる。スコットランド人だと考える人は、自分たちの考えるスコットランド文化と支配的なイギリス文化とをはっきりと区別することが多く、片方がもう片方よりも上位に置かれていると考える人も多い。たとえばスコットランドでは、自分たちの六時のニュースがないことに不満を示す人がいる。ニュースはロンドンから配信されているのだ。ほかにも、天気予報の画面でイギリスが表示されるアングルは、イングランドと比べたときのスコットランドの本当の地理上の大きさをわざとわかりにくくしていると考える人もいる。これはイングランドを支配的な文化として強化するためになされていて、スコットランドは国ではなくイングランドの一地方とみなされており、過小評価され不当にもステレオタイプ化されていると考える人もいる。ただ、スコットランドには、民族性が自分のアイデンティティの主要因だとは考えずに、民族性を通して文化を見ようとしない人もたくさんいる。ジェンダーや人種を中心にアイデンティティを考える人もいれば、宗教的、政治的信念を中心にする人もいる。要するに、みんな自分たちについての自分個人の感覚をもとにして文化を評価するのだ。アイデンティティティは、それを通してすべてを見るレンズになる。

自分たちが主流文化のある面によって誤って描かれたり、周縁に押しやられたりしていると感じる人は、これを支配的で特権的な階級の無知や悪意のせいにすることが多い。支配的で特権的な階級というのは、たとえば男、白人、健常者、異性愛者、イングランド人、アメリカ人などだ。みんな自分自身に固有のレンズを通して世界を見るのだ。文化とアイデンティティが主観的であることを考えたら、階級がいまの社会でもまだ一番の境界線になっているとぼくが論じても、驚かれることはないだろう。実のところ、これは線というよりは大きな傷口だ。医者のアドバイスを闇雲に信じるときでも、教師に評価されたりしつけられたりするときでも、ソーシャルワーカーや児童相談所に話を聞かれるときでも、警察官に手錠をかけられるときでも、弁護士から助言を受けて裁判官の前に出廷するときでも、どこでもみんな階級を見て見ぬふりをしている。

下層階級の人が主流文化と交わるときには、現実のパロディを見ているような感じがすることが多い。これは不思議なことではない。主流文化は、新聞であれテレビであれラジオであれ、もっぱら食物連鎖のはるか上にいる人たちが自分たちのためにつくったものだ。そこで提示される現実は、下層階級の人たちにはあまりにも歪められているように感じられるので、戸惑ってこう問わざるを得ない。「こんなのを考えたのは、どこのどいつだ?」。「主流文化」で示される問いや検討される問題は、腹立たしいほど薄っぺらかったり、気取っていたり、的外れだったりすると感じられることも多い。これはだれのせいでもない。けれども、文化それ自体が、みんなに疎外感を覚えさせるものになることがあまりにも多い。

主流文化に気を悪くする人が多い理由については、多くの人が陰謀論をでっち上げているけれども、実はもっとシンプルな説明があると思う。社会的流動性だ。支配的な社会階級の関心事が、ほかの人たちの関心事よりも文化的に優先されるのは、支配的な社会階級の社会的流動性が高いからだ。つまり彼らは影響力のある地位にのぼっていって、自分たちの関心を反映させた社会をつくることができる。豊かな家庭に生まれて、高い社会的流動性を持っていたら、はしごをのぼってその地位を維持するのは比較的簡単だ。たどる道は短く、背負う荷物も少ないからだ。食物連鎖のはるか上のほうから人生を歩み始めた人が、ぼくらの生活のあらゆる側面について所有、管理、命令、運営、指示、出版、委託、編集、処理、立法することになる理由がここからわかる。慈善団体や大衆紙のように下層階級のニーズと関心を気にかけていると思われる組織でさえも、貧困を理屈でしか理解していない人たちが牛耳っている。もちろん例外はあるが、上の層に行けば行くほど、逆らえない広く行きわたった感覚があるのがわかる。この感覚は、ほかのみんなとはどんどん相容れなくなっていく。この専門家階級は、社会のあらゆる次元でレバーをしっかりと握っていて、自然と自分たちのイメージ通りに社会をつくっていく。ぼくらもみんな同じだが、自分の関心、好み、目標が普遍的なものだと想定してそうするのだ。そこにはまらないものはすべて「反体制文化《カウンター・カルチャー》」、反乱、型から外れた欠陥品になる。

ほかの人に疎外感を与えたい人などいないはずだ。けれども、社会的・文化的経験の巨大な隔たりを超えて考えや意見を伝えようとすると、翻訳の過程でニュアンスが失われる。善意は目に見えにくくなり、隔たりが大きければ大きいほど、誤解の可能性も大きくなる。競合するさまざまな視点の間に見られるこの緊張が、ぼくらの社会のボンネットの下でくすぶり、憤りと悪意、さらには憎しみのエンジンになる。スコットランドでは、貧困産業は左寄りのリベラルな中流階級に支配されている。この専門家階級は、恵まれないコミュニティの人たちのために心からの善意で仕事に取り組んでいる。だから、そのコミュニティの人たちから怒りを向けられると混乱し、動揺して傷つく。自分たちは善意の人間だと思っているので、手をさしのべようとしている相手から実は利己的だ、出世主義者だ、知ったかぶりだと思われているなどとは考えもしない。自分たちをアンダークラスの擁護者とみなしているから、貧困者が自分の考えを持つようになったり、貧困専門家に逆らうなどというあり得ないことが起こったりしたら、それは状況を誤解しているのだと言って、不満を持つ貧困者たちのせいにする。実際、この種の人たちは自分の考えと徳の正しさを確信していることが多いので、自分たちが代表しようとしている労働者階級が右派政党に投票するのは自滅行為だと安易に論じる。ここから、多くの

20 不満 A Disaffection

人が左派から離れている理由を彼らが理解していないことがわかって不安になる。さらにこれは、左派の考えややり方に価値を見出さない人たちは恩知らずな上にばかだと言っているようなものだ。

21 Garnethill
扉の中

二〇一四年、グラスゴー美術大学で火災が起こった。チャールズ・レニー・マッキントッシュが設計したほかに類を見ない建物で、それが失われたことで国民的悲劇として扱われた。炎の写真が全新聞の一面を飾り、スコットランド自治政府首相アレックス・サモンドをはじめとする政治家やブラッド・ピットら有名人がたちまち反応して、多くのリソースがそこへ向けられ、大学と被害を受けた学生に金銭的援助を約束した。この美術大学はスコットランド人の心の中で重要な位置を占めていたので、死者や怪我人がいなかったにもかかわらず火災への世論の反応は大きく、何日も新聞の見出しを独占した。ただ、世論の反応は実はそれほど広い範囲で見られたわけではない。実のところとても狭かった。反応は世論のある特定の部分からしか見られなかったのだ。美術大学に何らかのつながりを感じる人たちだ。グラスゴー住民のほとんどは、たいして気に留めていなかった。数日にわたって報道が続き、火災とその影響について、また被害は回復不可能なのか修復できるのかといったことについて延々と論じられると、中には（ぼくも含めて）あまりにも報道が多すぎると感じていらだち始める者もいた。ぼくらの多くは、この話題にあまりにも多くの時間が割かれたことに腹を立てた。現代美術に関心がない上に、ぼくらが育ったコミュニティではいつもいろいろなものが燃え落ちていたからだ。それに、学校はぼくらの願いに反して取り壊され、文化遺産は奪われて民間の開発業者の手に渡る。ぼくらの土地を突っ切って道路が建設されて、郊外の人たちがグラスゴー美術大学のような場所に行くのに、うっとうしい渋滞に巻き込まれずにすむようになる。

「でも美術大学ですよ」とみんな声を上げる。自分たちの関心がみんなにあまねく共有されていると思っているわけだ。「だからどうした？」というのが無学で教養のない者たちの答えだ。グラスゴー美術大学とつながりを感じる人たちにとっては、そうでない人たちが無関心なのだということになる。その後、なぜ関心を示さない人がそれほど多かったのか、深く検討されたり議論されたりすることはなかった。そんなことは、おもしろくもなければ重要でもないということらしい。スコットランド全体が悲しみに包まれているときに、そこに加わらないのはただ無教養なのだとみなされた。ほかに理由などないからだ。グラスゴー美術大学のことを気にかけない合理的な理由はない。なぜならグラスゴー美術大学だからだ。そんな遅れた考え方は、理解不足からきているのに違いないというわけだ。しかし実のところ的外れなのは、自分は教育と教養があると思っている人たちのほうではなかったのか。

同じ年の夏に、グラスゴーはコモンウェルス・ゲームズの開催地になった。メディアや政治家の言うことを信じるなら、これは紛《まが》う方なきスコットランドの団結と誇りのときとなるはずだった。けれどもゲームの陰では、ブリッジトン、パークヘッド、ダルマーノックといった周辺住宅団地の住民が、日常生活を乱されたことに、また事前に相談を受けていなかったことに怒っていた。この問題はほとんど報道されていない。たしかに二、三の地方紙が報じはしたけれど、この話題は国全体を覆いつくすお祭り騒ぎの中に埋もれてしまった。グラスゴー市議会は、このコモンウェルス狂想曲のアピールポイントを積極的に発信した。今回のゲームのために特別に設計された公衆Ｗｉ－Ｆｉのことなどだ。これは海外から集まる裕福なスポーツ・ファンがフェイスブックにログインしたまま街を見てまわれるようにと導入された。新Ｗｉ－Ｆｉサービスとともに、街のあちこちに何千もの標識も設置された。五〇以上の言語で会場やスタジアム、そのほかさまざまな文化的観光スポットへの行き方を示すものだ。一方で、グラスゴーのイーストエンドにあるクランヒルのような昔から貧しい場所では、六〇年以上も前からコミュニティがあるにもかかわらず標識は設置されていないし、コミュニティ・センターが提供するＷｉ－Ｆｉサービスは一九九〇年代でも恥ずかしいような代物だ。若者はコミュニティ・センターのスタッフや警察と交戦状態にあって、破壊行為や放火で地域を脅かす。しおれた花束が遊び場のフェンスに結いつけられていて、アルコールによる無益な死の痕跡をまたひとつ示している。この種のコミュニティでは列車は走らず、バスの時刻表は紙の無駄ということになる。

けれども、みんなお祭り騒ぎにあまりにも夢中になっていたから、そのすぐ脇で見られた恥ずかしいまでの社会的剝奪と政治的排除にはだれも気づかなかった。おもにコモンウェルス・ゲームズにかかわる人たちによってつくり出されたお祭り騒ぎだ。グラスゴー市議会とスコットランド政府が世界の注目を浴びる中、貧しいコミュニティは混乱をきたし、無視され、子ども扱いされた。さらに追い打ちをかけるように、ゲームや、収益を得るために催される周辺イベントからは、料金が高すぎて締め出される。一方でクランヒルでは、図書館でパソコンが完全に立ちあがるまでに一五分も待たなければいけないことがある。それにお粗末なＷｉ－Ｆｉサービスでがまんしなければいけない。お祭り騒ぎを家のテレビで見ている人たちが、自分は果たしてこの人たちと同じ世界に生きているのかと考えてもおかしくはない。けれども、この腹立たしいほどの格差に不快感や不満を示そうものなら、計画に水をさすやつだとみなされる。前進を妨げる人間、あるいは状況の全体像を理解していないやつだと思われる。「建設的」でないと言われる。こういうコミュニティで暮らしていると、いつも自分は関心の幅が狭くて近視眼的で偏狭だと感じさせられる。力を持つのは多数派のニーズに沿った筋書きであり、それはこれらの地域の人たちの多くが「中流階級」とみなすものとたいてい一致している。

おそらくここから、一部の人がブレグジット決定後に「エリート知識人」について語り始めた理由が理解できる。彼らは、世間で受け入れられている文化、つまり日々目にするニュース、政治、エンターテインメントからなる文化が、自分たちの生活の現実とあまりにも異なることを、おそらく拙いながらも語ろうとしていたのだ。現実として提示される世界と、自分たちが実際に暮らす世界とがあまりにも乖離しているので、提示されるほうはでっち上げだと結論するしかなかったのだろう。

とはいえこの結論は、妄想と、政府やメディアでの意思決定プロセスについての理解不足に基づいている。理解不足はしばしば神話をつくり出す。理解できない部分を誇張で補おうとするからだ。それでも、必ずしも見当違いな思い込みばかりでもない。実際、文化のあらゆる領域で仕事をして出来事の意味を決め、分析し、それをぼくらに押しつけて消費させる人たちは、ほかより特権的な背景を持つ人であることが非常に多い。だから当然、そこから生まれる文化的な物語には多くの人が戸惑いを覚えることになる。

機能不全に陥り、混乱し、野蛮になったブレグジット決定後のイギリスにおそらく垣間見えるのが、自分たちがのけ者にされていると人々が気づき出して、それにもかかわらず選挙や国民投票での投票以外に政治参加の真のメカニズムがない状態になったときに何が起こるかである。ブレグジット決定後のイギリスは、めったに声を聞いてもらえない人たちがマイクを握って、自分たちの状態をみんなに伝え始めた一例だ。結局どちらでも同じだからと、自分たちの利益に反して投票したときに何が起こるかを示す一例だ。この人たちは、生まれて初めて自分たちの票が実際に変化をもたらしたことに強いショックを受け、中流階級のリベラル派から「クソ」「クズ」呼ばわりされた。幸い「リベラル知識人」や「都市部のエリート」は十分な影響力、文化資本、主体性を持っていて、粗野な下層階級の関心が対話ににじみ出てくると、自分たちの巨大な現実をまた別につくることができる。その別の現実では、ツイッターのアイコンで連帯を示す「ツイボン」、弱者への支持を示して服につける安全ピン、フリーハグ、ハフポストの解説記事、タンブラーのブログ、ジェンダー中立の人形《ひとがた》ジンジャーブレッドさえあれば、危機を解消できる。労働者階級の大きな怒りが政治の領域に影響を及ぼし、文化に波紋が広がると、まるで全国規模の災害のように扱われる。こうした政治の激震のあとは、偉そうな上から目線で、感情的なソーシャルメディアやブログへの投稿や、オンライン・キャンペーンが雨あられのように始まって、その壊滅的な出来事を振り返る――壊滅的というのは、左右の専門家階級が自分たちの思い通りにならないと漠然と感じているときにいつも使うことばだ。抵抗を感じるとき、文化が自分たちを念頭につくられていると感じられなくなったときに、こういう反応を示すのである。これらの人たちは、自分たちの思い通りにならないと、まるでひどい仕打ちを受けているかのように感じるのだ。

ブレグジットが決定した朝、中流階級のリベラル派、進歩派、急進派が、さまざまな危機をいくつも同時に宣言した。彼らは、ぼくらが何十年もずっとそのもとで暮らしてきた粗野で分断された国に突然、向き合うことになったのだ。暴力と人種差別に満ちた国。人々が主流のものの見方からあまりにも疎外されていて、自分たちの別の文化や、「別の真実《オルタナティブ・ファクト》」までつくり始める国。リベラル派高級紙ガーディアンの読者がつぎつぎと息巻いて、かつて偉大だった国が犬のように落ちぶれたと嘆き、それが人々の怒りを呼んだ。

犬というのは、もちろん労働者階級のことだ。

ブレグジット決定の翌週、ぼくは街のあちこちのコミュニティで活動をした。どこも移民がたくさん暮らす場所だ。みんなを代表してハルマゲドンを宣言したソーシャルメディア上の人人の発言とは違って、移民や貧困者はとても落ちついていた。生活はいつも通りだ。地域の人たちは、移民や難民に連帯を示して文化多様性のイベントを開催していた。公園にテントが建てられ、地域のグループに少額の助成金（マイクログラント）が配られる。教会で開かれるユースクラブの音楽レッスンに若者が参加する。ジャーナリストの姿はない。

これらのコミュニティでは、その週もいつもと同じだった。ここでは毎日暴力がある――「急増」したわけではない。ここでは人種差別は日々避けて通れない恐ろしい現実だ――「解き放たれた」わけではない。もちろん、多くの外国籍の人たちは、この国民投票の結果が自分たちの市民権にどのような影響を及ぼすのかと、大きな不安を覚えていた。多くの有色人種の人たちが、ブレグジット決定を弱い者いじめと乱暴への青信号と理解した愚か者からひどい人種差別を受けた。コミュニティがすぐに反応してこうした恐怖を認め、影響を受けた人たちに無条件の連帯を示したのは、この上なく適切だった。けれども、飛び交っていた怒りの多くは、移民が実際に考えたり感じたりしていることとは関係なかった。こういう問題を利用して、自分たちのあからさまな階級差別を隠そうとしている者に向けられていたのである。ありがたいことに、その後この善意のミレニアル世代は気を落ちつかせ、おおいに自制心を働かせた。投票結果が自分たちの思い通りにならなかった経験をファシズムになぞらえて、それは少しやりすぎだと考えた人たちをナチスを擁護しているとして非難したのだ。

22 The Way We Live Now
当世の生き方

一九九〇年代初め、政治参加が盛りあがりを見せていたころに、ポロックで中心テーマのひとつになっていたのが公共空間の問題だった。だれが公共空間を所有し、だれがそれについて意思決定をする力を持つのかという問題だ。当時、これらの公共空間が恣意的に縮小されて民間の開発業者の手に委ねられつつあると言う人がいたら、そんなのは被害妄想だと思われた。ほぼ二〇年後に、これは被害妄想ではなかったと証明される。しかし、貧しいコミュニティの人たちが実際に正しかったとは、毎度のことながらだれも認めない。何ごともなかったかのようにやり過ごされる。想像してほしい。上司や同僚があなたのアイデアや意見を聞いて、次のスタッフ会議で自分の考えであるかのようにそれを話し、先見の明があるとみんなに褒められる。そんなことがあったら、どう感じるだろうか。アンダークラスの人たちは日々、ガーディアン紙の記事でいっぱいのニュースフィードをスクロールして、二〇年前から知っていたことを再確認している。「研究によると、機能不全の家庭で暮らす子どもは学習能力が低い」「専門家によると、砂糖には中毒性がある」、ぼくのお気に入りは、「調査によると、芸術は中流階級に支配されていることがわかった」。こういう記事を書く人たちが、食物連鎖の最下層にいる人たちとときどきつながりを持てたらいいのにと思う。そうすれば、豊かな人たちの主張の根底にある想定を断ち切って、人々が社会で実際に経験している感覚と同期した対話ができるようになるかもしれない。豊かな人たちの想定は、多くの場合は善意に基づいている。けれども、多少なりとも人をイラつかせたり、排除あるいは誤解されていると人に感じさせたりする。さらにはその想定のせいで、金銭的にも文化的にもかなり高い代償を払わされることがある。

ゴーバルズで戦後の再開発の時期に想定されていたのが、すべての人にまともな住まいが必要だという考えだった。問題はおもに住宅にあるとみなされていて、その問題への解決策として高層住宅計画と住宅団地が提示された。計画立案者があとになるまで気づかなかったのは、十分な生活環境だけでなく、自分たちが物事を動かしているという感覚（オーナーシップ）と、コミュニティでのかかわり合いとつながりも必要だということだ。そしてぼくらみんながつらい経験を通じて学んだのは、オーナーシップ、かかわり合い、つながりを奪われた人口密集地域は、たちまち物理的にも心理的にも衰退しかねないということだった。ただ、このつながりをつくるのは、口で言うのは簡単でも実行するのはむずかしい。それどころかこれは、ある種の問題を抱えた地域が直面する最大級の課題になった。ソーシャルメディアとテクノロジーが広まったにもかかわらず、多くの人が社会的に孤立し、コミュニティに加わらず引きこもっている。この原因のひとつは、足を運べる公共空間が以前よりも少なくなったことに見出される――金を持っていれば話は別だが。

ポロックでは、シルヴァーバーン（と、ほかの同じようなショッピング・モール）が、オーナーシップ、かかわり合い、つながりという人間のニーズを満たそうとしている。ただ、このような場所にはいろいろとプラスの面もあるけれど、そこで提供されるものの多くは錯覚に基づいた一過性のものにすぎない。消費者コミュニティに参加できる人は限られている。アクセスを許されるには、定期的に金を使わなければならない。それにオーナーシップの感覚について言えば、新しく買ったスニーカーを持って店を出るときには自由だと感じるかもしれないが、何も買わずに延々と歩きまわっていると、この場所が本当はだれのものかやがてわかる。こういうモールは、コミュニティの付属物としての機能を果たすべきであって、コミュニティの中心《センター》としての役割を担うべきではない。

ぼくらは、「センター」ということばを建物や専用の空間など、物理的なものと結びつけて考えがちだ。シルヴァーバーンのような消費者村があって、しかも店が文字通りコミュニティの中心につくられていることからそんなふうに考えるのだ。「センター」はたいてい部屋やオフィスがある建物で、そこに人が集まって仕事や交流をする。建物でなければ、自由時間に人が集う場所だ。けれども、「センター」ということばを名詞としてではなく動詞として考えたら、コミュニティ・センターについての理解が大きく変わる可能性がある。

あるいはもっと重要なことに、コミュニティ・センターのあるべき姿についての理解が変わるかもしれない。

単に暖かい場所や雨風を避けられる場所、空間や活動を提供するだけでなく、コミュニティ・センターは人々を一定の方向へ向かわせ、巻き込み、教育し、刺激する。コミュニティ意識を活性化させて共通の目的をつくり出し、そこから幸福と生活の質の向上、ひいては社会の結束が生まれる。けれども、町や市のコミュニティ・センターを訪れたら、おそらく目にするのはかつては立派だったのにいまや瀕死状態で苦しみにあえぐ施設だろう。

夜、グラスゴー南部のコミュニティ・センターに、若者がサッカーをしようと集まる。けれどもすぐにサッカーは中止になる。ボールがないからだ。少年がひとり、ボールを取りにうちへ走る。戻ってきたら、ボールがぺしゃんこだと言う。空気を入れるポンプはない。サッカーをしようと集まった少年のうち半分は、にわかにそこを去ってコミュニティ・センターの外で騒ぎ始める。残りは部屋に呼ばれて活動に参加する。コントローラーが壊れた傷だらけの旧型プレイステーションで遊んだりする。それに興味を惹かれなければ、卓球ができる。ただ卓球台がなくて、木の机に不格好にネットを張ってやるので、まともにプレイできずそのうち中止になる。子どもたちは、ふざけてピンポン球をぶつけ合う。

廊下の先では、五歳から一二歳までの子どもを対象にしたプレイグループが立ちあがったばかりだ。「おもちゃの図書館」といって、貧困状態で暮らす子どもたちが、上質なおもちゃやゲームで遊べるようにと設置された。子どもたちはおもちゃを数日間借り出すことができて、返却するとまた別のものを借りられる。けれども、この事業が軌道に乗る前に建物の屋根が崩れ落ちてクラブは数か月間閉鎖された。ユースクラブでは若者たちがビリヤードをするが、台はぐらついて、キューにはティップがない。台が故障しても何か月も修理や交換はされない。やっと交換されても組み立てを間違えて、また何週間も使えない。スタッフは私物を提供したり、コンピュータゲーム、図画工作の素材、乾電池などをポケットマネーで買ったりして、必要最低限のサービスを確保する。子どもたちが告知を見て活動に参加しようと集まってきても、ユースワーカーはその活動を知らされていなかったり、提供するだけのリソースが手元になかったりする。何が起こっているのかだれもわかっていないし、マネージャーと話しても埒があかない、みんなそんなふうに感じている。何より悲しいのは、こういうサービスと、高い技能と情熱を持ち仕事熱心なユースワーカーたちには、大きな需要があるということだ。それなのに、サービスはデジタル時代の若者文化に求められるものにまったくついていけず、質があまりにもひどいので、若者は足を運ばなくなる。さらに悪いことに、公共部門で働く人たちの仕事は常に不安定で、みんな問題に取り組む際に言えることやできることに制約がある。問題は覆い隠されたり、無視されたり、ただ忘れられたりする。何か口を挟んだところで、面倒な割にはそれだけの価値がないとわかっているからだ。

コミュニティ・センターで楽しく過ごせなければ、コミュニティの中でほかに金を使わずに行ける場所は図書館ぐらいしかない。けれども、図書館もかなり根本から変わりつつある。目立たないように少しずつ目的を変えられて、弱体化するコミュニティ・センターの代わりとして使われるようになってきたのだ。一方でコミュニティ・センターはどんどん商業目的で使われるようになっていて、ほかの組織やグループ、ファシリテーターに貸し出されている。これはこの世界では賢いやり方だと思われている。というのも、図書館の利用者が減っていて、コミュニティ・センターがしばしば目的にかなった働きをしていないというふたつの現状に、同時に対処できるからだ。図書館サービスの運営継続を正当化するために、自治体は図書館を母親グループや幼児グループなどの公共サービスに使用させたり、手頃な値段で利用できる場所を求める第三セクターの組織に開放したりしなければいけなくなった。次第に地域の図書館は、さまざまな人が立ち寄る多目的のセンターになっていく。コミュニティ・センターと図書館のハイブリッドになったのだ。こういうハイブリッドは、それが工夫の末のオリジナルな考えであれば必ずしも悪いわけではない。たとえばグラスゴーのような都市では、こういうサービスはかなり革命的なものになるだろう。けれども、ここで起こっていることは違う。要するに、図書館の運営継続を正当化するためにサービスを合理化しようと、コミュニティ・センターの役割が図書館に押しつけられているのだ。このやり方は、図書館とコミュニティ・センター両方の本来のあり方を損ねる。コミュニティは役割の異なるこれらの重要な施設をそれぞれ持つ権利があるという原則も脅かされる。これらの地域では、公共空間が縮小しているだけでなく、公共空間がそもそも存在すべきという原則そのものも衰退しているのである。

たしかに図書館を使わなくなった人もたくさんいる。しかし使う人にとってこのサービスがどれだけ欠かせないか、いくら強調してもしすぎることはない。とくに教育が乏しく、チャンスが少なく、ストレスが多いコミュニティでは、図書館は社会的流動性の機関室としての役割を果たす。インターネットや本を使って新しいスキルを学んだり情報を見つけたりできるのに加えて、大学の願書や仕事の応募書類を書いたり、給付金や奨学金に申し込むための書類を書くのを手伝ってもらったりできる場所でもあるのだ。図書館を利用するのは、積極的に自分を成長させたいと思いながらも、目標を達成するための基本的なリソースやスキルを欠いている人が多い。公共図書館には、混沌としたストレスの多い生活から逃れるために大きな一歩を踏み出そうとしている人たちがいる。この比較的わかりやすい機能のほかに、図書館にはもっとシンプルな役割もある――有能な図書館員ならみんな油断なく守ろうとする役割だ。金がまったくかからないのに加えて、図書館は貧しいコミュニティの中で自分の考えに集中できる静寂を確保できる数少ない場所でもあるのだ。

まわりが騒がしいと集中するのがどれだけむずかしいか、それをイメージしてもらうために、スマートフォンを手に持って、着信音を選択しながらこのページを読み続けてみてもらいたい――。では今度は、あなたはすでにかなりのストレスを抱えていると想像してほしい。金がなかったり、借金取りや住民税に悩まされていたり。さらに、読書がそれほど得意ではないという設定も加えよう。ディスレクシア（失読症）などの学習困難を抱えたシングルマザーかもしれないし、飲酒問題と格闘中かもしれない。学校にまた通おうと思っているけれど、集中が求められる活動にあまり時間を割けない状態かもしれない。刑務所から釈放されたばかりで、追跡用のタグを身につけ、経験もなく理髪店や地域の食堂で見習いをしている若者かもしれない。そこにＡＤＨＤ（注意欠如多動性障害）を加え、ストレスのせいで悪化する心の問題も含めたとしたら、図書館に足を踏み入れるという単純な行動は、勇気を出して取り組むとてつもなく大きな行動になる。

図書館へ足を踏み入れることで、社会的排除、失業、貧困から抜け出す一歩を踏み出せることが多い。この種の不安定な毎日を送っていない人は、多くの人が実際にそういう生活をしていて、それが地獄のような状態だということを忘れがちだ。図書館を頼りにする人の多くは、すでに経済的、文化的、社会的な障害をたくさん抱えていて、出願書類を書いたり、職業安定所からの制裁に異議を申し立てたり、文字を読むことを学んだりといった困難なことは、そもそもやってみようという気にすらならない。

それに高齢者もいる。考えるばかりで優柔不断な進歩派の政治の中では、ほとんど忘れ去られた人たちだ。ひとり暮らしの寡婦だったり、車椅子に乗っていて地域の特定の建物にしか入ることのできない障がい者だったりするかもしれない。図書館は、そういった人たちが金を払わずに五分以上過ごせる数少ない場所だ。こういう地域に暮らす人たちには、ときどき家から出なければいけない理由があることを忘れないでほしい。壁が紙みたいに薄くて、隣の人がトイレの水を流したり、湯を沸かしたり、セックスしたり、口論したり、日曜大工をしたり、草刈りをしたり、車のエンジンをふかしたりするのが、あらゆる時間帯に聞こえてくるのだ。言うまでもなく、ストレスフルなコミュニティでは問題含みでしばしば恐ろしい振る舞いが起こるので、そのせいで穏やかとはとても言えない音も聞こえてくる。カップルが激しく言い争いをして、酔っぱらった若者が路上で叫び声を上げ、正体不明の人間が昼夜を問わず行き来する。パトカー、救急車、消防車のなじみの音は言うまでもない。

図書館もコミュニティ・センターと同じように、本来は安全弁として機能するはずなのに縮小されている数多くのリソースのひとつだ。図書館は安全で協力的な環境を提供し、そこで弱さを抱えた人たちが勉強したり気持ちを立て直したりする。けれども最近では、図書館に行っても子どもが走りまわっていたり、ディスカッションや講座、母子グループに参加する人がたくさんいたりする。こういう活動も大切ではあるけれど、本来はコミュニティ・センターで行われるべきだ。図書館は混雑してうるさくなり、本来の目的を果たすのがむずかしくなっている。市議会には、高い次元のサービスを少ないリソースで維持するよう圧力がかかっていて、順応性の低いサービスには大なたが振るわれる。慢性的にストレスがあって学業成績も低い恵まれないコミュニティで、社会的圧力にさらされる中、静かにものを考えられる場所がほしいという単純できわめて重要な希望が、これほどまでに実現不可能になってしまったのだ。これはおかしなことではないだろうか。

昔は、当局はこういう状態の責任を引き受けずに済まされていた。けれども時代は変わった——いい方向にではなく悪い方向に変わったのだ。これらのコミュニティでは、ストレスがあまりにも大きくなり、みんな自分たちの関心が斥《しりぞ》けられたり無視されたりするのに深く傷ついている。だから、普通の方法では人々の怒りは鎮められない。いまや人々は怒っているだけではない。その怒りの表現方法について講義を受けたいとも思っていないのだ。

ストレスの多い社会状況のもとに暮らす人たちはみんな、心理的な影響をこうむる。時間が経つにつれて、振る舞いも変わる。それによって今度は、コミュニティのかたちと針路が変化する。不安、鬱、望ましくない生活スタイル、自尊心の低さなど、貧困と結びついた深刻な心の問題のために怒りと恨みが駆り立てられ、みんな感情的に強い緊張状態にある。この緊張感のために共感、寛容、思いやりといった人間本来の力は制限され、多くの人が怒り、動揺し、憤慨して、恐れをなしている。外国人嫌悪と人種差別の感情が高まり、この偏見に火をくべるレトリックがしきりに見られるようになったいま、こうした状態の中で日々暮らす人たちの多くが、怒りを間違った方向へ向けるようになったのも無理はない。これがセンターのないコミュニティで起こることだ。

23 Housekeeping
ハウスキーピング

貧困は、貧しい人の行動と生活スタイルだけでなく、社会的態度にも現れる。中でも目立つのが無関心であり、権威や公的機関への懐疑心もそうした態度のひとつだ。自分たちが状況を変えられるとはだれも信じていない家庭で育って、みんなこの考えを自分の中に取りこんでいる。貧しい人たちの政治への無関心はあまりにもはっきりとしているので、これは政治の計算に組み入れられている。政治家たちは、政治に参加する可能性がもっと高い人たちに政策を売りこむのだ。このせいで、参加しない者たちの関心事は顧みられず、それがさらなる無関心につながるという悪循環が生まれる。けれどもときどき、状況が限界に達すると、社会的剝奪が無関心への解毒剤を吐き出す。

これが貧困の逆説のひとつだ。状況が苦しくなればなるほど、人々は強くなるのである。抵抗の文化が社会的剝奪の中で生まれ、貧困のために力を失う人がいるのと同時に、断固たる意志と決意を持つようになる人がいる。社会的剝奪によってコミュニティは引き裂かれるかもしれない。けれどもそのせいで、人々は共通の問題への解決策を探るべく協力と刷新と進化を迫られて、コミュニティが生まれ変わる可能性もある。

イギリス各地に広がっているフードバンクが、おそらくこの逆説を体現するわかりやすい一例だ。これほど豊かな国で、フードバンクを使わなければ子どもに食事を与えられないのは道徳的にひどいことではある。けれども、まさにこのフードバンクが単に慈善団体の中継地点として機能するだけでなく、恵まれないコミュニティの拠点になって、そこを中心に人々が活動に参加したり組織化したりするようにもなった。これが貧困の、また人生全般のやっかいな事実だ。もがき苦しむことで、否応《いやおう》なく進化せざるを得なくなるのである。一〇年近くに及んだ緊縮財政ののち、グラスゴー西部で団地や公営住宅の計画がまた動き出しつつある。どんなかたちを取るのかまだはっきりしないけれど、労働者階級コミュニティの魂をめぐる闘いが繰り広げられている。人々が組織化を始めていて、一九九〇年代のポロックと同じように、そこでリーダーを務めるのは主流の政治家ではない。政治家の存在に怯まずに結集した地域の人たちだ。カッスルミルクはグラスゴー南部の区で、五〇年代に「住宅団地」として開発された。しかし周知の通り、よかれと思ってつくられた住宅団地が目的を達成することはなかった。たちまち多くの人にとって悪夢のような場所になり、八〇年代には犯罪、ドラッグ、暴力の代名詞になる。カッスルミルクのようなコミュニティで数十年の間に怒りと懐疑心がふくらんだのは、社会状態がひどかった上に、そこから逃れるチャンスもなかったからだ。これが怒りと無関心の間で揺れる揮発性の文化的エネルギーになり、選挙のために多くの運動がそれを政治利用しようとしてきた。「労働者階級」「下層階級」「貧困者」の日々の窮状に突如として関心が向けられ、それがピークに達するのは、いつも選挙（あるいは国民投票）期間中だ。この関心はすぐに消えてなくなる。政治家はひとたび権力を握ると、自分たちの特権的な政治の領域に引きこもるのだ。このパターンを地域の人たちはちゃんとわかっている。この地域の人たちとは、政治家たちがひそかに、正しい政治を行う素養を欠いているとみなす人たちだ。

「わたしは政治家じゃありません」。カッスルミルクで育った五三歳のコミュニティ活動家、キャシー・ミリガンは言う。キャシーは最近、地方選挙に無所属候補として出馬した。二〇一四年には、ほかの中心的なコミュニティ活動家たちと〈緊縮財政に反対するカッスルミルク〉(Castlemilk Against Austerity, CAA) を設立している。キャシーが政治家でないのは、それがいつまで続くかはわからないとはいえ、いまのところ最大の強みだ。ここのようなコミュニティでは、政治家は尊敬されない。キャシーが「政治家」ということばから距離をとろうとするのは賢明だ。ザ・バーンのジョーが「管理者《マネージャー》」ということばを拒むのと同じで、ふたりともこういうことばがうさんくささと疑いを呼ぶとわかっているのである。いまのところ、キャシー・ミリガンは民衆の女だ。地域で目に見える存在であるだけでなく、地域のことばと習慣に通じてもいる。こういうことばと習慣は、わずかな政治的資本を求めて外から入りこんでくる政治屋や活動家の多くには、下品、粗野、不快、汚いとみなされがちだ。キャシーが直観的に理解しているのは、地域の人たちの日々の関心事だけではない。こういう関心事をみんながどう表明するのか、またコミュニティ内のさまざまな問題がどのようにひとつにまとまって無関心や怒り、それに最近では人種差別や外国人嫌悪の爆発につながっているのかも、キャシーはわかっている。

「人種差別の根は緊縮財政にあります」とキャシーは断言する。「福祉給付を受けている人たちが、ほかの福祉給付受給者と敵対しているんです。窮地に追い込まれたら、人間の最悪の部分が表に出てきます。人間として、わたしたちはどうすればお互いの状況をよくできるのかわかっているのに、緊縮財政の経済がそれにすべて歯止めをかけてしまうんです。わたしたちは追いつめられて、命がけで闘っています」

「命がけで闘っている」というのは大げさではない。カッスルミルクの住人の多くは、貧困が間接的な原因になって死ぬ。キャシーがみんなに好かれているのは、地域の人々の怒りを自分のために利用したりはしないからだ。キャシーたちは人を育てて人を気づかう。人々が自信を取り戻し、自分たちのコミュニティに責任を持てるようにあと押しする。キャシーは、コミュニティの力が感情面でも社会的な面でもとても弱いとわかっていて、みんながもっと積極的になり、物事に関与するようになって、強くならないと意味ある変化は起こらないと理解している。この強さは、政治参加の意味を信じる強さだけではない。貧困を移民やドラッグ依存症者らスケープゴートのせいにする誘惑に抗う強さでもある。キャシーは緊縮財政の時代がこれから何年も続くかもしれないという現実を受け入れてはいるが、自分たちのことを無力な犠牲者だと考えてしまわずに、立ちあがって自己主張しなければいけないと断固として論じる。「わたしたちが答えを全部知っていると言いたいわけじゃないんです。でもわたしたちには、答えを考え出せるぐらいの賢さはある。わたしたちはお互いを信じていて、コミュニティを信じています」

一か月にかぎってみても、CAAはコミュニティのニーズと望みの全体を視野に入れて、さまざまなキャンペーンやイベントを実施した。カッスルミルクでは、コミュニティの立て直しに向けて思考を転換するには、「保守党のクズ」とシュプレヒコールするだけではだめだとみんな理解している。食の貧困と結びついた社会的な傷の軽減を目指す「食の連帯プログラム」(ここではフードバンクとは呼ばない)、人種差別や外国人嫌悪に抵抗するリーフレット、弱い者いじめの影響についてのセミナー、このどれをとっても、CAAは政党や反トランプのデモで先頭に立ち横断幕を掲げる活動家たちの問題関心に欠けている部分を担っているのである。

もちろんだれもが歓迎されるが、ここではだれが本当に物事を動かしているのか、みんなあらかじめ念を押される。

実際、トランプやブレグジットについて語るのは、ここでは本筋から外れることだとみなされる。ケン・ローチ監督の数々の賞を受けた映画『わたしは、ダニエル・ブレイク』の上映会でのことだ。ぼくがパネルディスカッションでドナルド・トランプに触れると、グラスゴーの詩人で活動家、ロバート・フラートーン——学校では習わないような詩を書く詩人——に、いわば横っ面をひっぱたかれた。ロバートは、「トランプさん、そこにいるのかい?」と冗談めかしてドアを指さした。おそらく、あの年中日焼けしたエゴイストが、急進派社会主義者と左翼集団の嫌われ者としての役割を果たしていることを指しての発言だろう。近年、社会のいたるところでナショナリスト集団が台頭する中、左派の集団は声を上げようと苦闘している。けれども、士気を高めて人目を引くために集会やデモをしても、結集させたい労働者階級の人たちからは冷笑といらだちを買うだけだ。左派はもはや善人だけで構成されているとは思われなくなったのだ。雄弁なロバートは、トランプとブレグジットへの執着もまた、コミュニティでの闘争の焦点をずらす枝葉の問題にこだわっているのにすぎないと考えているのである。

多くの文化的左派——芸術、メディア、公共・第三セクターのリベラル団体や大学を牛耳る人たち——が、すべてを右翼の保守派のせいにすることしかできない中、カッスルミルクなどのコミュニティでは、ほかと同じぐらい左派にも怒りを向ける人が増えている。体制や、自分たちのことを無視して見捨てていると感じる相手に対する外向きの怒りとともに、ここでは自分たちを見つめ直そうという気持ちも高まっているのだ。

他人だけでなく自分たちのことも疑うこの気持ちは、立派なだけでなくきわめて実際的である。外部の環境のせいにして何も行動しなければ、行為主体としての自分たちの力を便宜主義者に手渡すのと同じことになり、さらなる無関心の種をまくことになる。それをみんなわかっているのだ。CAAは、緊縮財政の政治のせいで暮らしが苦しくなっていると断固主張するが、「かわいそうなわたしたち」という物語を語ることはない。体制に抵抗するために団結するのと同時にコミュニティをチェックし、自分たちの欠点や間違った考えを検討する。思想と行動が結びついて無関心、怒り、偏見の土台がつくられていることをわかっているのだ。社会問題を移民のせいにしたり、変わりたいと口で言いながら何もしないでいたりというようなことが見られたら、CAAが最前線に立ってそれに異を唱える。

ロバートは、キニング・パークでホールを埋めた聴衆に遠慮なく語った。「いま、ぼくらの政治の問題は、だれも政治をしていないことにある。このイベントのあとで、聞いた話に興奮して街を歩くだけではだめだ。行動しなきゃ。今晩ぼくは腰が痛くてしょうがない。吸入器もなくして息切れする。でもゆっくりと前にすすむ歩みを止めはしない——闘いがあるところに向かってね」

闘いは彼の玄関先、家の前の通り、すぐ近くにある。これらのコミュニティには、正真正銘の歩兵がいて極右の考えと闘っている。ずっとストレスを抱えてきたコミュニティに亀裂が入ると、そこからこういう考えが侵入してくるのだ。あらゆる抵抗にはそれぞれの役割があるとはいえ、ここでは人種差別主義者に異を唱えるには、ブログを書いたり非難のツイートをしたりするだけでは足りない。危険な場所に身を置かなければいけない。人種差別主義者をただ批判するだけでなくて、絶えず目に見えるかたちでそれをしなければならない。草の根レベルでは、侮辱的な振る舞いをする者に対してソーシャルメディア上で魔女狩りをするだけではすまない。カッスルミルクやそれと同じような地域では、ただ単に人を非難するだけというわけにはいかないのだ。ここでは、思想をめぐる闘いはやっかいで荒っぽくてショッキングですらある。みんな学校で学ぶ詩が捉えられないようなやり方で、互いに折り合いをつける。ロバート・フラートーンは、講演者としてだけではなく、年配者、賢人、リーダーとしてもその場の空気を支配する。けれども、政治の世界や、さまざまなレベルの活動家が集まるコミュニティでは、ロバートのような男は少し洗練を欠いているとか荒削りだとか――個人的にはこれが気に入っているのだけれど――怒りすぎだとかみなされることがある。

とはいえ、ロバートは聞き手の腹に響く強力で心のこもった話し方をする。このすぐれた話し方を左右両方の政治屋たちがまねしようとして、そして失敗してきた。ＣＡＡは地方選挙戦のために一〇〇〇ポンドというささやかな額を集めようとクラウドファンディングを始めたが、世間のさまざまな層から罵られたり鼻で笑われたりするだろう。外国人嫌いの輩《やから》たちは、キャシーが移民の犯罪を擁護していると考えるはずだ。あまりにも多くの「地元の」人間が苦しんでいるのだから、移民は手助けや同情を受けるに値しない、そう多くの人が考えている。また、政治の領域に進出しようとするこの試みは、政党政治的なものであれナショナリスト的なものであれ、もっと価値ある目標の追求から逸脱する行動だと考える人もいる。それにあとの人たちは、そもそも状況は変わらないのだから、そんなことをしても時間とエネルギーの無駄だと言うだろう。

キャシーとロバートが伝えるメッセージは、体制に抵抗して団結することをあと押しするのと同時に、自分自身に反省の目を向けることも促す。このメッセージの途方もない力に直面すると、それをあざ笑う者は、ふたりの視線を恐れてうつむくのではないだろうか。ここでの生活は掛け値なしで、刺すような一瞥によって打ちのめされることがある。サービスが削られて無関心が広がる中、政治の世界では果てしなく論争が過熱しているが、行動しないで被害者ぶるのを拒み、弱者をスケープゴートにするのを仲間たちに許さないキャシーやロバートのような人たちが、別の生き方があることを人々に示している。

キャシーやロバートのような人たちが、コミュニティの新しい中心《センター》になるのだ。ただ残念ながら、どのコミュニティにも空白を埋めるキャシーやロバートのような人物がいるとはかぎらない。

24 Waiting for the Barbarians
夷狄を待ちながら

だれかを本当に嫌いになったら、その人の言うことなすこと、すべてにイライラして疑いを持つ。何かを読んだり聞いたり、直接かかわったりする中で、ある特定のだれかががまんならないと判断したら、無意識のうちにその相手がだめな理由を集め出す。相手は人だけでなく場所、組織、考え、信条の場合もある。いらだちを覚えた原因が何であれ、相手への評価はどんどん下がっていって、同じような結論に達したほかの人たちと結びつく。軽蔑の対象に共感、連帯、支持を示す人たちは敬意を払う対象から外し、単に嫌いな相手の延長線上にいる人物と位置づけ直す。これがいまの政治論争の多くの根底にある感情面の現実だ。ありとあらゆる問題をめぐる論争において、すさまじい規模の悪意が左右を問わず見られる。こういう状況を考えると、一部の人から不当に人間性を奪っているのは人種差別主義者と外国人嫌いだけという ふりはしていられない。ぼくは保守党員を「クズ」呼ばわりして育ち、心からそう信じてもいた。保守党員にも広くさまざまな意見を持つ人がいることを知らなかったのだ。ぼくのコミュニティのほかの人たちは、「警官はみんなろくでなしだ」と主張している。人を守るために、ナイフを振りまわすテロリストのところに駆けつける警察官ですら同じだと言う。とても小さいときから、ぼくらはみんな集団の流儀を叩きこまれていて、こういう価値観を何も考えずに受け入れ、のちには自分自身の考えと勘違いしていることも多い。

いまの文化は集団主義を特徴とするが、その最大の特色は、自分たちの憤りに正当性があると信じていることにある。自分たちは複雑にものを考えていて、慎重に検討して結論を出しているのに、意見を異にする相手は愚かさと偏見に動かされていると思いこんでいるのだ。不思議なことに、自分たちの思考プロセスも相手とほとんど同じだということは見逃している。自分たちがあと押ししていると信じる大義がどれだけ立派でも、そんなことは関係ない。分断が深まるいまの社会でみんなが共有する数少ないもの、そのひとつが、自分たちの偽善が高潔だと信じる気持ちだ。

最近、この種の考え方が行きつく先を示す印象的な例を目にした。スコットランドのある特別支援学校を訪れたときのことだ。ぼくがそこに招かれたのは、ユースワーカーが手を焼いているふたりのティーンエイジャーに会うためだった。その男の子ふたりは、どんな課題にも取り組むのを拒んで、授業中はずっとスマートフォンをいじっていた。

この学校は、グラスゴーにある数多くの住宅団地のひとつに隠れるように建っている。「特別支援」を必要とする若者たちの学校で、具体的には車椅子を使う必要があるなどの身体的な障害、ディスレクシアのような学習困難、ストレスと関連するＡＤＨＤなどの症状を抱えた子たちが通っている。今日のぼくの仕事は、すでに完全な社会的排除に向かいつつある少年ふたりを「参加させる」ことだ。

部屋には活気がない。みんな自分の素の姿に戻っている。少年たちは反抗的で、スタッフは厳しいことばを使う。ぼくはこの状況を何とかするためにここにいるのだが、自分自身も機嫌が悪い。

本を書き上げながら引っ越しをして、仕事をいくつもこなすのは、とてつもなくストレスフルだ。ほとんど寝ていなくて、腹の中は不満を目いっぱい詰めた洗濯機がぐるぐるまわっているかのように煮えくりかえっている。不満の一部はもっともなもので、一部は公正を欠き、ほかは根拠がない。二週間ずっと、ぼくはひそかにドラッグを使うことを想像していた。いま、ぼくが依存症者だという現実ははるか遠い昔のことのように思える。ほとんど夢のようだ。しらふのときに身がすくむ思いをする記憶、たとえばバスで酒を飲んだり、タバコの吸い殻を求めてごみ箱をあさったりといった記憶が、いまは急に湧きあがった郷愁の念のように心をあためる。これと同じ幻想から、その日、特別支援学校に行く前にマクドナルドへ足を運び、前日の夜にポルノサイトを閲覧して、今朝、ポケットいっぱいのチョコレートに手を出した。感情的な苦痛やストレスが、抗いがたい衝動を生む。本当にまたドラッグに手を出してしまうのではないかと考えている。

ぼくはストレスを感じていて、疲れていて、怒っていて、心からうんざりしている。だから、この少年たちがどんな経験をしているのかよくわかる。職業人としての表向きの顔だけでなく、ぼくは自分の経験をすべて活用できる。だから、このような扱いにくい人たちと接するのがとても得意だ。ラポールを築こうと、まずはマインドマップを描いてもらった。アイデアを出すためのクモの巣状の図表だ。ふたりのことがまだよくわからないから、多少なりとも何か知っていそうな話題を選んだ。ふたりが暮らす街、グラスゴーだ。

「クソみたいなとこだ」とひとりが言う。この種の地域に暮らす、この年頃の子どもの標準的な反応だ。自分たちのコミュニティは機能不全に陥っていて、汚くて、欠陥だらけだと思っている。

「ジャンキーだらけ」ともうひとりが言う。

「グラスゴーでほかにむかつくことは?」

「移民」とひとりが答えて、もうひとりがうなずく。

「移民の何がむかつく?」

「街のあちこちにホームレスがたくさんいるのに、あいつらが来て仕事と家を取ってく」

「レイプする」

「あいつらのことばで話すのは禁止するべきだ」

「戦争から逃げて来てるんなら、自分の国に残って戦うべきじゃねえの？」

「イギリスのことが嫌いなんだったら、なんでここに来るんだ？」


ほんの一、二分のうちに、いつもは黙りこくっていて何を言われても反応せず、受動攻撃的な子たちが、いきなり活気づいて、自分たちが情熱を持ち、よく知っていると思いこんでいる問題について語り出した。ただ、ふたりが人種差別主義者なのは残念だ。

こういう人種差別的な態度は家庭で身につけることが多く、大人になっても持ち続けて次の世代に引き渡す。だから多くの人が、移民について妥当な懸念を示す人たちに譲歩するのにも不安を覚えるのである。

25 The Naked Ape
裸のサル

移民に懸念を示す人を、十把一絡げに人種差別主義者として斥けてしまうべきではない。けれども、移民についての懸念に理解を示すと、最悪の外国人嫌いに扉を開くことになるとも考えられる。人種差別を単純化しすぎずに、本当の原因を深く掘り下げることが大切だ。ぼくがここで示すのは、反移民感情に根本から立ち向かうための戦術だ。このアプローチでは、反移民感情の人種差別的な要素は批判され非難されなければならないと認める。ただし、これほど複雑な社会問題に立ち向かうには、一部の人が不快に思う真実を認めて、人種差別的な考えの根底にある心理的な原動力に対処しなければいけない。

移民に懸念を示す人はみんな誤解していて、人種差別主義者で、ばかな人間だと考えてしまうのは逆効果だ。たとえばぼくは、「ジャンキー」ということばはかなり侮辱的だと思うけれど、このことばを使う人の意見には耳を傾けないと決めてしまったら、問題をさらに大きくするだけだ——とくにぼくが、この問題についてよりよい対話を実現したいと思っているのなら。たとえ苦しくても、現実を変えようとする前に渋々自分を現実に適応させなければいけないこともある。自分の考え方の枠内にほかの人たちを囲いこもうとして価値観を押しつけるのは、世間知らずの上に無益だ。

これがとくに当てはまるのが、経験の隔たりがとても大きいときだ。ぼくらが人種差別主義者だとみなす人も、そうでない人と同じように、自分たちの道徳世界の現実に確固として根ざしている。ただ、はっきりさせておきたいのだが、ぼくは対立するふたつの視点が自動的に同じ道徳的価値を持つと主張しているのではない。ぼくが言いたいのは、人は背景と育ちのために自分の考えにコミットする傾向があって、その考えが正しいかどうかは関係ないということだけだ。だから、コミュニティの外で面目をつぶされたり非難されたりするのが恐ろしいという理由で自分の立場を変える可能性は低い。さらに言うなら、相手を非難しても猜疑心と懐疑心を掻き立てるだけだ。この猜疑心と懐疑心は、対話の可能性を閉ざしてしまう。道徳的な怒りと批判は、たとえそれが妥当であって、口にしたらすっきりするとしても、相手の心を変えることが目的なのであれば、エネルギーの無駄になるだけだろう。ぼくの考えでは、これが政治的課題としての移民問題の現実だ。

議論が決裂するときのジレンマを科学的に詳しく分析したのが、アメリカの研究者で社会心理学者のジョナサン・ハイトが書いた『社会はなぜ左と右にわかれるのか――対立を超えるための道徳心理学』（高橋洋訳、紀伊國屋書店、二〇一四年）だ。ハイトは生物学、神経科学、進化論、心理学の相互作用を検討して、対立する政治的党派の間で共通の土台を見つけるには、本能がどれだけ政治を動かしているかを意識しておく必要があると論じる。そして、うまく議論が交わせないと感じるときには、ほかの視点を拙速に斥けたり非難したりしすぎているのだと言う。相手から返ってくる嫌悪感や反感のために、また政治的ドグマに従うべきという社会的圧力のために、対立する複数の見解を十分に検討しにくくなるのだ。これによって自分たちの政治集団との結びつきは強まり、自分たちのアイデンティティ感覚は鋭くなるかもしれないが、こうした要因がほかの集団との対話を決裂させてさらに深刻な対立を招く可能性を高める。理解の溝を埋めて、譲歩不可能と思われる政治的・文化的な分断を乗り越えるには、道徳の多様性と開かれた対話の道を尊重することが欠かせないとハイトは考える。

道徳や政治の議論で、誰かの心をほんとうに変えたいのなら、自らの観点ばかりでなく、相手の観点からも、ものごとを見通せなければならない。真に他者の観点から、ものごとを深く直観的に見られるようになれば、それに呼応して自分の心がオープンになるのがわかることもあるだろう。道徳的な議論で共感を保つことがきわめてむずかしいのは確かだが、共感は、独善的になりがちな〈正義心〉の解毒剤になる。（邦訳、九五〜九六ページ）

だから、人種差別と外国人嫌いに本当に立ち向かってそれを覆すには、使う道具の幅を広げなければいけない。非難して恥を知らせようとする作戦は失敗した。寛容、多様性、包摂を掲げるには、感情制御の知識を強化する必要がある。この問題に本当に立ち向かおうと思うのなら、ただ感情を抑えつけるのではなく、感情面の新しい現実をぼくらの理解に組み入れる必要があるのだ。反移民感情の多く（もちろんすべてではない）は貧困の中に見られる。貧困の状態があまりにも過酷なので、それが人の考え方、感じ方、行動の仕方にも影響を及ぼしているのが現実だ。たしかに抵抗、非難、検閲によって最悪の差別感情が表に出ないように文化的に抑えつけ、問題が消えてなくなったかのような印象を与えることはできるかもしれない。しかし問題はやがてさらに毒々しいかたちでまた現れてくる。

当然ながら、みんながこういう視点から行動しようと思うわけではないだろう。しかし、それでもやってみようと思う人は、たとえ仲間から批判されたり追放されたりする危険を冒してでも、挑戦しなければいけない。だれもが自分の厳しい倫理基準を貫く自由を与えられなければならないが、一見、白黒にしか分けられないように思える道徳問題で中間のグレーゾーンを模索したいと望む人たちに、そうする自由が与えられることもとても大切だ。

人が意見を表明するときに使うことばだけに基づいて価値判断をしないことも大切である。

だれかが人種差別的だと思われる意見を表明したら、人種差別主義者と一蹴してしまう前に、いくつか考えなければいけないことがある。意見を言う前に「自分は人種差別主義者じゃないけれど」と前置きする人は、ひょっとしたら本当に人種差別主義者ではないのかもしれない。社会的・文化的なコンテクストと個人的な事情を考慮に入れる必要がある。前の章で触れたふたりの少年のことを考えてもらいたい。ぼくがふたりを非難したところで、のちの対話の可能性をなくすだけで、ほかに何の役に立つだろうか？　実際問題として、あの子たちを人種差別主義者と呼んだところで何かいいことがあるだろうか？　とくにふたりがぼくの道徳的権威を認めていなくて、ぼくに人種差別主義者だと言われても何とも思わないのだとしたら？

さまざまな反移民感情を区別するように努めること、それは選択の余地がない切迫した課題だ。これは退行的な社会的態度を擁護したり、人種差別的見解を大目に見たりするという話ではまったくない。それどころか、人種差別に真剣にしっかりと取り組む道にほかならない。忍耐、寛容、文化的な洗練が、非難や道徳的怒りと同じぐらい必要なのだ。このアプローチでは、自分たちの善悪の感覚からしばし離れて、異なる意見を持つ人たちの道徳の論理に自分自身を開くことが求められる。

ぼくの経験では、人種差別的な結論に達したり、人種差別的なかたちで考えを表現したりするのは、多くの場合、育ちのせいか、話を聞いてくれるのが偏狭な人だけだったかのどちらかだ。ただ、変わるように説得できないわけではない。適切な状況のもとでは説得可能だ。人種差別主義者として切り捨ててしまったら、その人は救いようがなく、未来がないと決めつけてしまうことになる。絶望的な人間だというわけだ。あからさまな非難を向けられた人は、排除されているという感覚をさらに強めて、極右の懐の中へ向かっていく。特別支援学校の少年たちの場合、人種差別主義者だとふたりを非難したところで、果物に新聞を読んで聞かせるのと同じぐらい何の役にも立たない。どんなコンテクストであっても、反移民の問題には微妙なアプローチが必要だ。嘆かわしい人間だとひとくくりにすることなく、一人ひとりに異なるアプローチが求められる。

ドナルド・トランプやナイジェル・ファラージのような右翼に人が引きつけられるのは、ようやく自分たちの声を聞いてもらえたと感じるからだ。自分たちのことを見捨てて排除したやつらに反撃してくれていると感じるからだ。ときには復讐の衝動がほかのすべての関心に優先されることがある。ただ西洋世界の一部では、移民が大きな問題であるという事実がほとんど感じられていない。左派の多くは、移民が問題だとほんの一インチでも認めたらファシズムに扉を開くことになると信じている。ほかの人たちは、移民の現実を否定したりあいまいにしたりしようと運動している。移民のやっかいな真実を認めようとも論じようともしない人たちは、ふたつの陣営に分けられる。問題があるとわかっていながらも、極右が設定した枠組みの中で議論をするのは危険だと考えている人たちと、そもそも問題はないと本当に信じていて、問題があると考える人はみんな人種差別主義者だと思っている人たちだ。

重ねて言わせてもらいたい。右翼ポピュリズムの脅威は紛う方ない現実だ。けれども、移民に懸念を示すのは受け入れられないと主張しても何の役にも立たず、政治が人々の生活の感情的現実に深く根ざしていることを見逃してしまう。

意外なことではないだろうが、移民支持の立場を取る人たちは、たいてい移民と結びつきを感じていたり、移民とかかわりがあったり、移民関係の何らかの活動をしていたりして、移民に時間や労力を注いでいる人たちだ。移民のプラス面を好意的に語り、反移民感情を抑えようとするのは、彼らの個人的、職業的、文化的利害とも一致している。彼らは意思決定がどのようになされるのかをわかっていて、こうした意思決定の結果に影響力を持つネットワークや社会集団に何らかのかたちで属している。移民を支持する第三セクターの集団、慈善団体、活動家、政治家は、すぐに移民がもたらす利益について語るが、こういうネットワークから締め出された人たちは違う。経済の序列のはるか下のほうでは移民がもたらす利益が感じられることはまれなので、そういう主張には説得力がないのだ。

先に説明したように、意思決定プロセスから締め出されることが、多くの場合コミュニティでの軋轢《あつれき》の中心にある。移民問題では、この課題に取り組むのを拒む人たちが残した空白に、極右がさまざまなかたちでつけ入っている。

むずかしいことではない。無視されていると感じている人の声に耳を傾ければ、彼らはまた熱心にかかわりを持つようになる。いつもないがしろにされている人たちは、自分たちを仲間に入れてくれる個人、運動、組織、政党と信頼の絆を結ぶ。そこから社会に熱気が生まれ、政治を前進させるプラスの力としてそれを利用できるようになる。ぼくらが反移民感情の一部に対する態度を変えて、それと向き合うようになったら、多くの人は対話に価値を見出して、怒りと排除を政治の推進力として食い物にする極右から離れていくだろう。

人種差別主義は、社会のあらゆる次元に存在する。この存在を否定したり、反社会的な態度やヘイトクライムは貧困のせいだから人には責任がないと考えたりするのは間違いだ。人種差別主義を正当化するのに不安を覚えるのはもっともだ。いまの社会には分断がはっきりと見られ、そこから自信を得た偏狭な人間が、あらゆる機会を利用して力を強めようとしている。けれども、移民に対する懸念を頭ごなしに斥けてしまったり、表明される懸念にはさまざまな程度のものがあって大きなコンテクストもあることを正しく認識できなかったりすると、人々を自分たちの生活にかかわる対話から排除することになりかねない。

たしかにぼくは考えが甘くて楽観的すぎるのだろう。でも、恵まれないコミュニティに暮らす人たちが、自分たちのコミュニティに明らかに存在する問題を指摘したからといって、その人たちを救いようがない、どうしようもないと切り捨てることはぼくにはできない。もちろん移民自身に責任を負わせるのは間違っているけれど、移民政策が社会的に恵まれないコミュニティにきわめて大きな問題を突きつけかねないと認めるのは間違いではない。これを認めれば、移民問題についてあまりにも理想主義的だとみなされている左派は、いま自分たちに向けられている批判の多くを和らげることができるかもしれない。

移民が急増することで、すでに心理的ストレスが蔓延している貧しいコミュニティにどのような影響が生じるのかを考える必要がある。自分が個人的に不快感や恐怖を覚えるというだけの理由で、社会的な不安や問題を認めるか無視するかを決めてはいけない。移民についての懸念の度合いはさまざまだ。社会正義に本当に関心を持つのなら、だれかを人種差別主義者として一蹴する前に、その人たちの言い分に耳を傾ける必要がある。犯罪や慢性疾患の根にしばしば貧困があることを認めるのなら、ほかの反社会的な態度も貧困に根ざしているかもしれないと認めなければいけない。こうした区別をするのがとても重要なのは、説得や和解ができる相手と本当に闘わなければいけない相手を区別するためだ。人種差別主義者にフリーパスを与えるのではない。人種差別主義者が逃げ隠れできないようにきちんと一掃するのが目的なのだ。

貧困や暴力から逃れてきた世界で最も弱い人たちの中には、イギリスにたどり着いたら最も貧しく暴力的なコミュニティに腰を落ちつける人もいる。誇張、スケープゴーティング、非難が渦巻く中でも、分別のある対話がなされなければいけない。最も困難を抱えたコミュニティでの移民の原因と影響について、またいかにそれに対処すべきかについて話し合いが必要だ。とりわけ移民たち自身のために。

26 The Sound and the Fury
響きと怒り

政治のスペクトラムが崩れ、新しい線に沿って同盟関係が組み直される中で、比較的貧しいコミュニティの多くが左派から離れつつある。従来の左派が、自分たちが最もよく代表することができると考えていたコミュニティだ。ここに隙が生まれて、すでに使われなくなっていた階級闘争のことばを使う大胆な右翼が、容赦なくその隙につけこんでいる。

左派にとっての大きな闘争領域のひとつが「アイデンティティの政治」だ。

これにまつわる一連の考えには、アメリカから輸入されたことばがいくつかある。そのひとつが「交差性」だ。ジェンダー、人種、性的指向、それに宗教や障害といった要因に基づいた差別が、個人や集団に影響を及ぼすことを示すことばである。これは「社会正義」の傘下にある数多くの理論のひとつだ。社会正義は本来、階級政治を進化させ多様化させたもののはずであり、その射程を社会階級から人種やジェンダーなどにまで広げたものだ。それなのに、交差性が中心的な位置を占めるようになるにつれて、階級の分析は切り捨てられてきた。より広範囲の人たちを考慮に入れる階級政治が捨てられ、アイデンティティの政治にかたどられた社会正義が、従来の階級に基づいた分析を解体し組み立て直しているのである。

二〇一六年一二月にオンライン誌『ベラ・カレドニア』で、活動家のヘンリー・ベルが交差性を支持する議論を展開した。「アイデンティティの政治を擁護する」('In Defence of Identity Politics')と題された短い文章でベルは、階級闘争をほかよりも特別扱いすると、平等を脅かす抑圧のサブカルチャーを覆い隠して維持することになると主張する。そして、たとえ欠陥はあっても、アイデンティティの政治が包摂的な対話を育むのに一番のチャンスを提供すると論じている。ベルはこう述べる。

左派は一〇〇年以上にわたって階級闘争がほかの抑圧との闘いよりも重要だと主張し、階級を破壊することでほかの支配体制も破壊できると論じてきたが、この主張が大半の人を遠ざけてきた。それにこれは嘘でもある。この主張のせいで、われわれの運動の中で人種差別と家父長制の構造が維持されてきたのだ。自分たちが体現する特権と抑圧を認めなければ、それらを破壊することもできない。

問題は、ベルが交差性についての議論を間違った選択肢とともに提示していることにある。

交差性を受け入れるか、それとも有害で男性中心的な二〇世紀の階級政治に逆戻りするか、という選択肢だ。たしかに抑圧は存在する。それに階級政治が――西洋の生活のあらゆる領域と同じように――ずっと白人男性に支配されてきたのも事実だ。けれどもアイデンティティの政治は、左右のあらゆる政治的立場の人たちから、狭量で口やかましくて非生産的だとみなされる運動スタイルを代表する存在になった。ぼくもそう考えるひとりだ。

アイデンティティの政治を構成する主要素のひとつについて考えてみよう。「弾劾の文化」だ。弾劾とはだれかを公の場で非難することで、たいていはオンラインで行われる。弾劾は「出演禁止要請」を伴うこともある。組織や機関に、特定の個人が公の場で話すのを禁じるよう圧力をかけることだ。こうしたやり方にはそもそも異論が多く、本来支持しているはずの主義主張が見えにくくなる。こうした問題を強調するのが、トロントを拠点に活動する著述家、アサム・アフマドの「弾劾の文化について」（'A Note on Call-Out Culture'）だ。二〇一五年三月に『ブライアーパッチ』誌に掲載されたこの文章で、アフマドはこう論じる。

こう言っても過言ではないだろうが、弾劾の文化だけでなく、進歩派が仲間と敵の間に境界線を引いてそれを取り締まるやり方にも、根底に穏やかな全体主義が流れている。この境界線は、適切なことばと用語の使用を基準に引かれることが多いが、こうしたことばや用語は絶えず変わり続けるので、それについていくのはほぼ不可能である。こうした状況の中では、ときにミスを犯すのは避けられない。それに、適切なことばをうまく使いこなせるようになった人が、そのことばを使って自分の行動をすべて正当化するようになったらどうだろう？ 抑圧に反対することばを巧みに使って抑圧的な行動を正当化する者たちに、どう責任を取らせるのか？ こうした邪《よこしま》な力の使い方を言い表すことばはないが、これは進歩派の人々の間にほぼ日常的に見られる。

活動家コミュニティ、とくに大学キャンパスで勢力をのばす活動家コミュニティでは、アイデンティティの政治を批判したら抑圧と不平等の存在を否定しているとみなされることが多い。社会正義の問題にアイデンティティの政治を通じてアプローチする際に見られる中心的な特徴は、犠牲者とマイノリティ集団の物語を文化の推進力として使うことだ。政治目標を追求するためのトロイの木馬としてそれを使うのである。この種の運動に少しでも異を唱えようものなら、マイノリティ集団を攻撃している、あるいはその運動が代表しているという犠牲者を侮辱していると言われかねない。話し合いは成立しなくなる。これは偶然ではなく、そういう仕組みになっているのだ。

「なぜラディカル左派のわたしは左翼文化に幻滅したのか」（'Why This Radical Leftist is

Disillusioned by Leftist Culture〟という文章で、活動家のベイリー・ラモンが、左派としての視点に加えて女性としての視点からもこの問題に触れている。この文章は、ほかの左派にオンラインで広く読まれ共有された。みんな自分の経験が書かれていると感じたからだ。ラモンはこう書いている。

派閥、ヒエラルキー、他者の監視、力の不均衡が、友人や同志を自称する人たちの間で見られるのに、わたしはうんざりしている。活動家仲間の中で少しでも見解の相違や意見の違いがあると喧嘩になり、特定の人を「信頼できない」として排除したり公衆の面前で侮辱したり中傷したりするのにもげんなりして悲しみを覚える。新しい世界、新しい社会、社会問題をよりよく処理する方法を築くと主張しているのに、だれかが間違いを犯したり何かおかしなことを言ったりすると、弁明のチャンスすら与えられない。紛争解決のプロセスそれ自体が、事実を理解しようという意思ではなくイデオロギーによって動いているからだ。これもいまいましい。実のところ、現在の活動家たちの間では、正当な扱いを受けることが少しでもあれば運がいいぐらいだ。みんな社会的な圧力を受けていて、実際に起こったこととは関係なく言われたことをすべて信じなければいけない。これは自由ではない。社会正義ではない。「進歩的」や「ラディカル」なところはまったくない。

アイデンティティの政治が包摂的な議論を確保する唯一の道だと信じる人たちは、アイデンティティの政治の有害な面をほとんど語らない。自分たちの特権を奪われて不満を募らせ怒っているという、女性嫌悪の白人男性に責任をなすりつける。そうすることで、女性、有色人種、クイア、ゲイ、トランス・ジェンダーの人たちに、交差性はそういう人たちに力を与えるのだと語りかける。分析はすべて特権のチェックから始まって、見解を異にする人たちの意見はあらかじめ排除されている。異常なまでに物事を単純化することが、勧められるだけでなく義務として課される。社会の問題は「異性愛者の白人男性」のせいにされる。社会階級に関係なく権力と特権の権化とみなされる人たちだ。

交差性を社会全体に当てはめたら、現在の多文化社会で働く力学の全体像が見えてくる。マイノリティ集団の間に見られる差別、偏見、攻撃の交差などだ。認めることがタブーあるいは侮蔑的だと考えられているものがある。ＬＧＢＴコミュニティ内での人種差別、アフリカ系アメリカ人の間での同性愛嫌悪、フェミニスト・コミュニティでのトランス・ジェンダーについての論争、イスラム教コミュニティでの女性の抑圧、レズビアン・カップルの家庭内暴力、母親による子どものネグレクトや虐待などだ。交差性は、白人男性の特権だけでなく、西洋のエリート大学キャンパスにいる豊かな学生たちに見られる現象もよく理解させてくれるはずだ。

彼らは、ぼくらがぼくらの経験について考えて議論するやり方に口を出してそれをコントロールしようとする。ぼくらを代弁すると主張しながらも、対話からぼくらを締め出している。それなのに矛盾や逸脱を指摘されたら、活動家たちはありとあらゆる否定的で中傷的なことばを使って批判を斥け、話し合いの試みをすべてつぶしてしまう。

活動家は、ことばはそれ自体が暴力の一形態だと批判する一方で、自分たちには特権を許して目標を追求するために何でもする。威嚇、いやがらせ、身体的な暴力は、勇敢な戦闘行為とみなす。すべてのやりとりを交差性のレンズを通して理解し、権力の作用とみなす。これらの活動家は、ソーシャルメディアの熱狂によって感情が昂っていて、自分たちの行動が人に与える影響を考えていないことが多い。又聞きの情報やソーシャルメディアのゴシップに基づいてだれかの評判を貶めたり職を脅かしたりすることについて、よく考えてみることはない。結局のところ、ほかのみんなには責任を取らせるのに、この文化自体はだれにも責任を負っていないのだ。

犠牲者のつらい経験をこういう活動家が代弁して、政治的な武器として使う。彼らの何かに疑問を呈したら、弱者を危険にさらしてまたトラウマを経験させる可能性があると非難される。これが交差性に力を与えてはいるものの、この対話スタイルは、多くの人を行動に駆り立てながらも同じく多くの人を疎外し、沈黙させ、無力にさせる。個人と集団としてのさまざまな経験がいかに複雑かを捉える方法としては、確実に役に立つ。けれども、多種多様な声を開かれた議論に巻き込む実際的な道具としては、完全な失敗だ。交差性が力を与えようとする人たち、つまり社会の周縁に追いやられた弱いコミュニティの人たちが、専門用語に戸惑ったり、発言や質問をするのを恐れたり、間違ったことを言って非難されたり追放されたりするのではと不安を覚えたりしているのだ。実際に声を上げて何か批判的なことを言うと、抑圧者が再生産してきた文化的神話を内面化しているだけだとして、その意見は斥けられる可能性が高い。

活動家たちの主張では、マイノリティの抑圧と周縁化が続くのは、特権的な集団が自分たちのことばと行動のせいで社会的排除が悪化していることに気づいていないからだ。けれどもその活動家たちも、文化的に閉ざされた自分たちの対話が下層階級とどのように交差しているのかわかっていないようだ。多くの人にとって、「労働者階級」は「白人男性」と同義語になり、下層階級の話題はあっさりと斥けられる。オルト・ライトが台頭した近年ではなおのことだ。下層階級出身の白人男性も、その多くが社会的排除と虐待に苦しんでいる。それにもかかわらず、彼らは特権的な学生たちから罪をなすりつけられるようになった。また、活動家たちが道徳的に高いところにいると主張するのは、人々の経験を自分たちの活動の中心に置いていると考えるからだ。けれども、この「人々」に含まれるのは自分たちが認める集団だけである。異なる意見を持つ外部の人たちの感情は、取るに足りないと考えられてばかにされ、虐待、トラウマ、抑圧の犠牲者としての経験はつけ足し程度にしか顧みられない。アイデンティティの政治は、この敵意に満ち、攻撃的で、意思疎通不可能なかたちにおいては、自分たちの立場を確認して維持できる経験だけを選んで持ち上げ、ほかは矮小化したり非難したりするのである。

交差性を擁護する人たちは「資本主義が抑圧と特権を生む」と言い、アイデンティティの政治がそれに抵抗する一番の手段であり、最も根源的な仕組みだと主張する。けれどもこの社会正義を求める運動の背後には、企業国家アメリカがどっしりと構えている。エリートが自分たちの利害を脅かされると考えていたら、アイデンティティの政治はこれほどスムーズに文化に浸透しなかっただろう。それどころか、コメディ・セントラルの《ザ・デイリー・ショー》のような世界的に有名な番組でも、イギリスのＢＢＣでも、いまでは大学キャンパスで使われている交差性のことばが話されている。アイデンティティの政治は、本来であれば異議を申し立てるはずの相手から文化的に認められているのだ。

ペプシ、ゼネラル・エレクトリック、ファイザー、マイクロソフト、アップルといった多国籍企業が自分たちの力を使って社会正義をあと押ししているのは、もちろん悪いことではない。けれども疑問は生じる。彼らにどんな利益があるのか？　交差性は、いまのかたちでは、特権を脅かすのではなく、社会を分断して互いに競い合う政治的党派に分けて、有力者が本当に恐れるものを破壊する。よく組織され、教育され、団結した労働者階級を破壊するのだ。

ほかのあらゆることと同じで、アイデンティティの政治でも最も社会的に流動性を持つ人たち、最も参加しやすくすすんで参加する人たちが選ばれる。女性やマイノリティが以前よりも代表されるようになって公共の生活と言説がより包摂的で多様になったと思われるいまでも、地位が向上しているのは中流階級の女性、中流階級のLGBT、中流階級の有色人種だ。政党は、自分たちの陣営にいるエスニック・マイノリティに世間の注目を引き、自分たちが進歩的な証しとしてそれを宣伝することが多いが、その中のだれが名門私立学校に通っていたかを積極的に明かそうとはしない。アイデンティティの政治を利用して、社会的流動性を持つ人たちが公共生活のあらゆる側面を支配する中、階級の問題は進歩主義の見せかけの下に隠されてしまっている。そうは言っても、交差性がなくなることはないし、明らかに問題があるとはいえ、役に立つこともたくさんある。障壁に直面していて政治参加がむずかしい人たちには、とりわけ有益だ。そこで推しすすめられている考えや理論――特別扱い、セーフスペース、事前警告、ガスライティング――は、大げさなことも多いが、攻撃や抑圧の被害者を手助けして、自分たちの個人的経験を表現することばと自信を持てるようにするのに役立つことが多い。交差性は、人々が政治において重要な一歩を踏み出す手助けができるのだ。ただ、交差性がすべての問題への解答になると考えるべきではない。交差性も階級と同じで、世界に通じるひとつの窓にすぎない。すべてを説明するわけではないので、若い活動家たちはそんなふうに考えるべきではない。左派のリーダーたちは、議論の幅を広げて多様な意見を許容できるように、ふたたび交差性と階級政治を融和させて、このふたつが連携して機能できるように力を尽くす必要がある。両者は同等に扱われなければならない。さもなければ、どちらも排他的になってしまう。

明らかに善意の取り組みではあるけれども、このエンパワーメントの最新手段もまた、特権的集団が主導する包摂性についての排他的な取り組みになり、彼らが代表すると主張する人たちに害を与える危険がある。恵まれないコミュニティで暮らす人たちが、自分たちの考え、発言、行動の多くを攻撃的とみなす政治形態を喜んで受け入れるとは考えにくい。

27 Frankenstein フランケンシュタイン

二〇一七年三月の最終日は、母が死んで丸一六年の日だった。毎年の命日と同じように、派手なことは何もなく過ぎた。ほかのうちでは、時間をかけて何かをして故人を偲ぶのだろうけれども、うちの母の場合、取り立てて何かがなされたことはない。母の死後、何が起こったかをぼくが本当に理解したのも何年も経ってからだった。いろいろな理由から家族の間でコミュニケーションが破綻していたので、母の健康状態が悪化して死んだあとにきちんとお別れをすることはなかった。墓すらない。唯一、訪れることができる場所といえば、車で三時間行ったインヴァネス北部のフォートローズぐらいで、ぼくらは母が死んだあと何年も経ってからそこに散骨した。そのときまで母の遺骨は、火葬場のありふれた安物の壺に入れられて、弟がマリファナを吸うのに使う自家製道具と隣り合わせで父のうちの暖炉に隠されていた。

身体の特徴のほかにも、親から受け継ぐものはいろいろとある。二〇〇一年春、ある土曜の午後に母が死んだときのことをいまでも思い出す。ぼくの心にずっと残っているのは、妹の悲鳴だ。祖母が電話を切って玄関から戻ってきて、いつ知らされてもおかしくないと言われていたことばを伝えたときの、血の凍るようなあの悲鳴。

「悲しいけれど、お母さん、死んじゃったよ」

祖母は気持ちを素直に表に出すことがなかった。祖父のアルコール依存症と心の虐待に耐えながら二世代の家族を育てる中で、自分の感情を防御するようになったのだろう。けれども、目に怒りがこもっているのは見てとれた。ぼくらへの愛のために感じる怒りで、いつもは隠していた。祖母がそのことばを言い切らないうちに、妹は椅子から飛びあがって悲しみに身もだえした。妹の声に含まれた悲嘆を耳にして、ぼくはショック状態から抜け出して現実に意識が戻り、いま告げられたばかりのことを完全に理解した。妹は部屋から走り出て、心の痛みのために階段に突っ伏した。祖母は妹を慰めようと部屋から出ていった。

ぼくは、非現実の世界にいるような信じられない状態で窓際の椅子に座った。泣きたかった、あるいは少なくとも悲しいふうを装いたかったけれど、涙が出てこない。妹の反応のほうがはるかに自然に感じられて、自分はこの状況にふさわしい感情を示していないのだと自覚した。母との苦しい関係の中で、母が死んだらいいのにと思ったことが何度もあった。いま願いがかなって、ぼくは冷静で落ちついている。気の毒な出来事がようやくひとつ終わったのだとほっとした。もちろん、ぼくが言う出来事というのは、母の健康が徐々に悪化していたことではなくて、いたずらに短く終わった母の人生全体のことだ。それは悲劇の物語で、ぼくがそこで果たす役割はどんどん小さくなっていた。母を主人公として長年続く連続ドラマの片隅に、怒りっぽい息子として時折登場する脇役という程度になっていた。母の人生は、ありふれたドラマ兼道化芝居で、三六年間の予想通りの展開のあと、唐突に打ち切られた。あと四年経てば、ぼくは母が死んだ年を超える。その事実の何かが、ぼくの心を大きく揺るがす。以前は、ぼくはそこまで生きられないのではないかと不安に思っていて、それにはもっともな理由があった。ただありがたいことに、いまは五人きょうだいの中で、母の紆余曲折の人生があったことをかすかに証明するひとりとして生きのびている。

母の短い一生とそれに続く死が、ぼくらみんなに波紋を広げた。その波紋が強力な波になり、過去の恐怖の漂流物を運んできて、ぼくらはみんなそれを忘れるために酒を飲み始めた。

母の葬儀の日に、火葬場でみんなの前に立って注目を集めたときのことを覚えている。集まった人たちはまるでぼくの観客のようで、式が始まるまでの時間をつぶすためにぼくはジョークを披露した。みんな教会から九〇メートルほどのガラス張りの小屋の中に立っていて、呼ばれるのを待っていた。なんとかやりおおせたとぼくは思っていた。それほど感傷的な気分になっていなかったからだ。集まった人たちはぼくのコメントや気のきいた冗談に夢中になって、目を大きく見開いていた。けれども突然、みんなの顔が不気味に同じ動きをして、視線がわずかに左に向けられた。まるでぼくの背後の地面から、恐ろしい亡霊でも登場したかのようだった。振り返ってそれを見たいという衝動は、目にするものへの恐怖によって抑えられた。ぼくが注目を浴びていい気分になっている間に、霊柩車がぼくのうしろにとまり、それがみんなの注目を奪ったのだ。息がつまって目が涙でいっぱいになった。本当のことなのだと実感した。母は逝ってしまって、二度と戻ってこない。

葬式のあと、多くの人が家族の家に集まって母の生前を偲んだ。酒を飲みながら母についてあれこれと思い出を語り合う。よく冷えたラガービールの瓶をおじから渡されて、ぼくは大人の男になったのだと実感した。黒のスーツに黒のネクタイを身につけて立ち、長い暗色のコートをこれ見よがしに着て、頭の先からつま先までジェントルマンのようだった。ぼくはまだ一七歳だったのに、酒のボトルを手渡されてもだれにも咎められないのに驚いた。それ以前にも何度か酒を飲んだことはあったけれど、たいてい飽きるかひどく気持ち悪くなっておしまいだった。家族がいるところで酒を口にするのを許されたことはなかった。

最初の一口を飲んだとき、ひとつの時代が終わった気がした。母はぼくらみんなにとても大きな影響を与えていた。いまは心配しなくてはならない不確定要素がひとつ減った。酒によって引き起こされ、ぼくらを悩ませていた悪夢は、ようやく終わりを告げたのだ。冷たいラガービールは、こんなときのためにある。解放感が唇から徐々に顔全体に広がって、腕を伝って指先に達し、やがてみぞおちに落ちついた。

最後の一滴を口にするときには、何もかもがぼやけて見えた。

この時期が二重につらかったのは、家族が崩壊して肉親から疎遠になり、友だちや祖父母の家を渡り歩いて暮らしていたからだ。葬式のあとの数週間、数か月は、なかなか眠れなかった。祖母は、眠れるようにと夜になるとぼくに錠剤をふたつくれた。コプロキサモールという薬で、祖母が鎮痛剤として医者から処方されていたものだ。これがうまく働いてくれた。

28 Trainspotting
トレインスポッティング

『トレインスポッティング』を最初で最後に観たときの記憶は朦朧《もうろう》としている。アヘンをベースにした〝ジェリーズ〟と呼ばれる強力な鎮静剤をやっていたからだ。犯罪仲間だった友人が――記憶が正しければ――ぼくがその映画を観たことがないと知って、熱心に観せたがった。自分が好きなものをほかの人が初めて経験するのを目撃するのは、わくわくするものだ。この友人は何度かぼくの「初体験」に居合わせた――そのすべてがドラッグだ。今度は映画。この映画は、ドラッグの強力な影響だけでなく、ドラッグがそれほど強く求められる社会の状況もうまく捉えた作品だ。時折、重要シーンで友人がこちらを見て反応をうかがっていた。けれども、望まれていた反応をぼくが示したとは思えない。実のところ、ぼくはその映画を楽しめなかった。ドラッグで腐敗した堕落状態があまりにもリアルに描かれていたから、子ども時代の記憶が洪水のようによみがえってきたのだ。

真昼の太陽がカーテンに遮られ、汚い窓に生気なくつるされたその布の裂け目から漏れる光線の中でほこりが舞う。部屋は琥珀色の明かりで満たされていて、暖かいという錯覚を与える。前腕にベルトをきつく巻き、注射器の針を刺す。ほとんどの人は、こんな場面を目にすることはないだろう。自分の母親がやっているところとなると、なおのことだ。たいていの人は、どうしたら人はここまでめちゃくちゃになり、この種の生活に惹かれるようになってしまうのかと考えるはずだ。実際、『トレインスポッティング』が公開された当時に批評家連中がせいぜい議論したのは、これがあまりにも悪趣味ではないか、ドラッグを美化しているのではないかといったことぐらいだった。たしかに的外れだ。ただ、暴力とドラッグをハイパーリアルに描く多くの映画やミュージック・ビデオと同じで、『トレインスポッティング』も複雑な感情をぼくの中に呼び起こした。過去の記憶がよみがえってきたからだ。逃れようともがいていた過去。友だちの家で陶酔感に浸る中、オレンジのカーテンの裏に夜明けの太陽が照りつけていた。

初めてエクスタシーをやったとき、ぼくは人生で初めて不安から解放された。ドラッグが身体全体に広がり、怒り、不安、自分へのこだわりが一掃されて、心の中はただ他人の幸福のことでいっぱいになった。これほど感情的に自由で、精神的に軽快で、社会的に拘束を感じずにいたことはなかった。ぼくがまったく感じたことのない安らぎだった。ぼくらは夜中まで話して、笑って、酒を飲んで、タバコを吸って、夜が明けても冒険は続いた。ぼくに最初の薬をくれた友だちは薬物の売人で、朝が始まると何をすべきか、もっとはっきり言うなら何をヤるべきかちゃんとわかっているようだった。彼の家に戻って、よく冷えたビールを飲み、ひっきりなしにタバコを吸って、『ナイト・オブ・ザ・リビング・デッド』の音声を聞いた。ゾンビだらけの世界の終わりに生きているのはぼくらふたりだけで、外に群れをなすゾンビがいまにも侵入してきて、ぼくらの肉体に噛みついてくるかもしれない、そんな想像をした。何かに取りつかれつつあるのはぼくら自身かもしれないとは、まったく思ってもみなかった。

人がドラッグに病みつきになるのは、それをやめるのが心を砕かれるようなつらい経験だからだ。中毒になる前ですらそうだ。離脱症状のことを言っているのでもない。ドラッグが切れることを「カムダウン」と言うが、このことばは正確さを欠く。「カムダウン」というと、どこか穏やかな、あるいは緩やかな経験という感じがする。実際には、完全に恐怖だけで成り立つ惑星の大気中でばらばらに壊れるような経験だ。「カムダウン」の大きさは、維持しようとする幻想の大きさに比例する。ハイになっているときに何かから逃げているわけではない人は、たちの悪いカムダウンを経験しないこともある。その人たちにとっては、ハイになるのはただ満足感を得る行為の延長線上にある。けれどもぼくにとっては、アルコールとドラッグは自分の頭から抜け出すチケットで、不安、恐怖、憤り、自信のなさに破壊された忙しない心からの脱出法だった。異常な警戒心を持つことで、ぼくは困難な子ども時代を生き抜いた。その警戒心がいまでは目が覚めているときにはずっと、心の奥底でまるでネジのようにまわっていて、ほとんど気を緩めることができなかった。ドラッグがこの重荷からぼくを解放してくれたのだ。やっかいな感情を和らげてくれた。薬が本来すべきことをまさにしてくれた。痛みを抑えてくれたのだ。そしてあまりにも効果があったから、たちまちそれなしの生活は耐えられなくなった。酒やドラッグなしの生活はあまりにも非現実的で想像できなくなった。

初めてのエクスタシー体験の翌週、ナイトクラブの片隅で売人が到着するのをそわそわしながら待っていた。その場はがらがらで冷え冷えとしているように感じられて、人は遠く離れたところにいるような感じがする。売人には若くて陰気なやつもいれば、やっかいでとち狂《ぐる》ったやつもいる。ただ、ドラッグ中毒になったらそんなことはどうでもよくなる。だれであろうがドラッグを持っているやつのところへ行く。いつであろうが、どれだけリスクがあろうが関係ない。ペイズリー住宅団地の殺伐とした高層住宅からウェストエンドの豪華な集合住宅まで、どこへでも足を運ぶ。ハイになる必要があるときには、時間が遅すぎることも値段が高すぎることもない。あのろ過されていない純粋なつながりの感情を取り戻すことが、ほかのあらゆることに優先される。

「もし来なかったらどうしよう。ほかにどこでクスリが手に入るだろうか。それなしでどうやって楽しめばいいのか」。こういう考えでずっと頭がいっぱいになった。たった一週間前に初めてエクスタシーを試して、クスリが抜けたときには憂鬱で死ぬのではないかと思った。けれども回復するやいなや、望むことはただひとつ、またハイになることだけだった。あとでひどい思いをしたこと、そのせいで飲み騒いで三日間も無駄にしたことを、ぼくの頭は覚えておけないみたいだった。ドラッグがないと、世界から色が抜けたように感じられた。酒やドラッグがないと、孤独で恐ろしかった。でもそれがすぐに手に入るとわかっていたり、身体に送り込まれたりすると、夜明け、音楽、友だちのやさしさがぼくの心に火をつける。ハイになっていると、突如としていまの瞬間しかないという気になる。いまの瞬間より先には何も存在しないという気になる。多くの神話とは異なり、ドラッグは自分自身と世界の見方に大きな、価値観を変えるほどの影響を与える。ただしその紛う方なき効果は、新しい経験がすべてそうであるように期間限定だ。やがてその経験から得られる価値あるものは何も残っていない状態に行きつく。そしてドラッグが自己主張を始める。そのせいでどれだけひどい気分にさせられるかは関係ない。そして逃げ出そうとする現実がますます混沌としていき、心に抱く幻想が深まっていく。そういう行動を受け入れてもらえる酒飲みとドラッグ使用者のコミュニティに閉じこもり、ほかから孤立していく。依存症とそれにあと押しされた不誠実のせいで道徳観が歪み、以前にはショックだったこと、たとえば人に嘘をついたり金を盗んだりすることが当たり前になる。

ある物憂い日曜の朝、夜通しのパーティーのあと友人と一緒に酒屋へ買い出しに行った。どういうわけか、前の晩にどれだけ酒を買っていても、朝になるときまって同じ時間に足りなくなるのだ。ラガービールの缶を回し飲みして、ひっきりなしにタバコを吸いながら、会話に没頭していた。ＭＤＭＡ、マッシュルーム、ケタミンをやりながら徹夜したあと、ジェリーズを一錠飲んで店に向かった。よろけたり、転んでごみ箱に突っこんだり、笑い出したりして、それが効いてきたのがわかった。この種のドラッグ（アヘン剤）は個人的に好きだった。本当に心地よくリラックスさせてくれて、はっきりとものを考えられて、自分が望むまさにその通りに話すことができるようになるからだ。胸の炎は消えて不安は飛んでいき、身体中の筋肉が緊張してこわばっていたのがはっきりとわかるようになる。この種のドラッグをやっているときには、全身の姿勢が完全に変わった。自分が不安やストレスから解放されたらどんな人間になれるのか、それを垣間見させてもくれた。こういう「ダウナー」系のドラッグをやっているときには、家事や使い走りといった単純作業がはるかにはかどる。いつもは不安でいっぱいになって先のばしする作業だ。ダウナー系ドラッグをやっているときは、電話をかけたり手紙を開封したりするのもはるかにやりやすかった。ハイになっているときには、ストレスを感じて避けたり完全に無視したりしていたことが、何でもとても簡単にできるようになる。人といるのが楽しくて、思っていたほどひとりでいるのが好きなわけでもないともわかった。それにアヘン剤とアルコールは相性がいいことも知った。

ただ、人は自分では大丈夫と思っていても、境界線を越えてはるかに危険な場所へ足を踏み入れてしまうことがある。その日曜の朝は、これを示すわかりやすい例だ。ごみ箱に倒れこんで友人の手を借りて立ちあがったあと、開店一〇分前に酒屋に着いたので、隣の建物の玄関先通路で店が開くのを待った。自分たちはコミュニティの立派な一員だと思いこみながら、酒を飲みタバコを吸い続けた。そこを去る前に立ち小便までしたと思う。自分たちは賃金奴隷の流れに果敢に逆らう常識に縛られない反逆者なのだという幻想を身にまとい、本当は歩く屍《しかばね》だということに気づいていなかった。自分たちが何者になっていたのか、わかっていなかったのだ。次の酒を買うまでただ時間をつぶすために門をこじ開けて他人の敷地に入り、大声で話してタバコを吸い、立ち小便をする。まったく同じことをしている人の前を自分が通り過ぎたら、厳しい評価を下してそいつらをジャンキーだと思うだろう。それなのに自分のことになると、現実の状況がびっくりするほどわからなくなる。そこに立っているとき、自分の中では深くて複雑なコンテクストがある。自分がジャンキーかもしれない、あるいはネッドや自己中心的で不誠実でうちに帰らない兄や息子かもしれないとは思ってもみない。そういうやつはいつもほかのだれかで、けっして自分ではない。

ぼくの暮らしの現実は、抱いていた幻想とはまったく対照的だった。無職で教育からは完全に脱落し、何週間、何か月も家族に会っていなかった。国から給付金をもらっていて、自分はミステリアスな精神疾患に冒されているのだと妄想を抱いていたけれど、問題のほとんどは飲酒と薬物依存に直接関係するものだった。酒飲みとドラッグ使用者の数少ない仲間のほかにはほとんど関心を示さずに、祖母が心配して電話してきたときにもイラついて、口出しするなと厳しいことばを返した。祖母がひとりで寂しいと漏らしてきたときでさえ、ぼくはそれを非難した。飲酒について——少なくともその時点では——何も言わなかった友人たちには、いくらでも時間を割いた。けれども自分の責任と同じで、それ以外の人たちはみんな後回しにした。犠牲者だという感覚によって自分を現実から切り離し、妄想的に自分を正当化して、その壁のうしろに隠れていた。当時、それを指摘されたら、空《す》きっ腹《ぱら》に流しこんだバックファスト［訳注：カフェイン入りの強化ワイン］一本が身体にまわるよりも早く相手をぶちのめしただろう。かつて憎んでいたありとあらゆるものに自分が似てきているという事実に向き合うと、混乱を覚えた——だから向き合わないようにした。

その代わりに、ぼくは否定の塹壕を深く掘ってそこに潜りこんだ。あるとき、自分でも気づかないうちに偶然、ドラッグを刑務所に持ちこんだことがある。アルミホイルで包んだヴァリウムがズボンの裏地に引っかかっていて、正面入口の金属探知機が繰り返し反応した。うしろに列ができてきたので、何が原因でアラームが鳴るのかわからなかった守衛はぼくをそのまま通した。ドラッグの問題を抱えた若者たちを相手に仕事をするために、刑務所の中を歩いていると、たまたま錠剤がそこにあるのに気づいた。けれどもショックを受けたり不安を覚えたりするわけでもなく、いろいろな危険が考えられる状況にいると意識して動揺するわけでもなく、ぼくはとてつもなく大きな安心感を覚えて、すぐにトイレに駆けこんですべて飲み下した。仕事中に酒を飲むこともあった。ときどき五分ほど姿を消して、近くのトイレでがぶ飲みするのだ。倉庫で働いていたのなら、そこまで悪いことではないのかもしれない。けれども、ぼくの仕事のほとんどは、自分が世話をする若者たちのコミュニティでのものだった。自分がひどい手本になっていること、それに完全なペテン師であることを自覚していなかったことからも、依存症がどれだけ深い妄想に支えられているかがうかがえる。

ある日、電話がかかってきて祖母が病院に運ばれたことを知らされた。ぼくはBBCの番組の仕事をしていた――おかしな話だが、若者の大量飲酒についての番組だった。仕事後に病院を訪ねると、症状がよくないのがすぐにわかった。その次に病院を訪れたときには、別れのことばを書いた手紙を持っていった。何が起こるかはだれにもわからなかったけれど、もう長くはないだろうという気がしたのだ。数日後、快復に向かっていると告げられた。みんなその知らせに大喜びしたが、退院数日前に院内感染のために祖母は危篤状態に陥った。医者が家族にできるだけ早く病院に来てお別れをするようにと言ったけれど、ぼくは行かなかった。たった四年前に、死んでいく母の手を最後に握ることができなかったことについて歌とダンスをつくったばかりなのに、祖母の死に際に立ち会ってお別れを言うチャンスを与えられたにもかかわらず、ぼくは行かなかった。実質的にぼくを育ててくれた人が病棟で横になって死に向かいつつある中、ぼくは家で縮こまってボトルのうしろに隠れ、行けなかった言い訳を考えていた。実のところ、行かなかったのは一時間酒を飲むのをやめなければいけなかったからだ。

これが依存症の悪夢だ。そしてそのすべての中心にあったのは、自分で思いこんでいたような苦しみや感情的トラウマではなく、深くてたちの悪いわがままと、他者のニーズへの関心の欠如だ。自分の苦しみと狭い世界観を超えたところにあるものを見る力のなさだ。ぼくの政治も、自分の行動を正当化するのに使う個人的な憤りの延長でしかなくなった。自己イメージのほとんどが――仮にそんなものがあったとしての話だが――深く信じ切っていたことも含めて実は利己的な幻想だったと受け入れるまで、ぼくはしらふになることがなかった。自分を破壊するぎりぎりのところまで方向転換して、自分自身についての考えと自分と世界について信じていたことが間違いだったというおぞましい考えに向き合う必要があったのだ。

29 The Moral Landscape
道徳の状況

ぼくらは自分の考えを自分で手に入れたと思いたがる——ほかからの受け売りで、それを獲得するのに自分ではほとんど何もしていなくてもだ。こうした受け売りの価値観を名誉の勲章のように身につけて、まわりの人たちに自分は中身と主義主張のある洗練された人間であり、ほかのくだらないやつらとは違うというそぶりをする。そのくだらないやつらの唯一の役目は、こちらに絶対的に対立するものを提示することで、それを対抗軸として見識あるぼくらは自分たちを定義する。「いかれた左翼」や「保守党のクズ」、最近では「社会正義の戦士」といった数多くのことばがきまり文句として使われ、自分たちと意見を異にする集団を扱いやすい大きさに縮めるのにそれらを使う。自分たちの考えに対する異議は、まばたきや呼吸と同じぐらい反射的に斥ける。疑問視されていない考えのほうが維持しやすいからだ。ほかの事柄をすべて犠牲にしてでも、自分の立場を守るのが目的のように感じられる。

けれどもあなたが、ある問題について自分の立場をひそかに考え直しているとしたらどうだろう？　新しい情報が明らかになったら？　何らかの人生経験によって、ものの見方が大きく変わったり、関心が変化したりしたら？　陶酔状態で陳腐な二〇代のもうもうと立ちのぼるマリファナ臭の煙から抜け出して、急激に知的成長を遂げたのだとしたら？　新しいパートナーに出会ったり、有害な社会集団の引力から逃げ出せたりしたのなら？　人生のさまざまなポイントで変化が起こるのは避けられない。変化に抵抗しながらも、ぼくらは選択をしていく。みんな、自分の主義主張にこだわるのがどういうことかはわかっている。では自分の考えが変わったという事実と折り合いをつけるプロセスについてはどうだろう。成長して違う人間になったという事実とどう折り合いをつけるのか。子どもができた人もいれば、瀕死の経験をした人もいる。新しい仕事を得た人もいれば、愛する人に出会った人もいる。ぼくの場合は、しらふになって、しらふでい続けることを学んで、なぜ自分があれほど不幸だったのかを理解したこと、それが大きな意味を持ち人生を変えるプロセスになった。あまりにも大きなことだったから、おそらく自分が変わっていないふりをするほうが、変わったことを全部そのまま受け入れるよりもむずかしかった。このせいで、友だちや仲間の多くとそりが合わなくなってしまった。

このように自分の考えが根本的に変化するときには、人生のすべてを俎上に載せて見直すことになる。自分が何者か、何者だったかということについての考えをすべて見直さなければいけないのだ。この徹底的な見直しにぼくはずっと頑《かたく》なに抗っていたけれど、最終的にはしらふで生きるためにそうするよりほかになかった。それに、自分の政治が何に動機づけられているのかを理解しなければ、自分自身のことを本当に知ることはできない。

一〇年以上かけてできた見せかけと自己正当化の皮を剝いでいく中でわかったのは、ぼくの政治的な主義主張は、自分でずっと想像していたような無私の誠実さと徳を象徴するものではなかったということだ。それどころか、まったくその反対だった。

ぼくは、称号や宗教を引き継ぐように左翼的な考えをほかから受け継いだ。これはぼくだけではないはずだ。左翼的な考えの多くは実際にぼくの役に立ったし、社会全体にも資するところがあるが、もしぼくがキリスト教や保守主義などほかのイデオロギーが力を持つコミュニティで生まれ育っていたら、そうしたイデオロギーを受け入れて、それに強い思い入れを持っていた可能性が高い。

自分の考えが、自らの選択や道徳観だけでなく、まったくの偶然からも導き出されていたとしても、だからといって自分が道徳的にすぐれているという分不相応な感覚を持たなくなるわけではない。これはぼくだけなのだろうか？　認めるのはむずかしいが、もしみんなの前で口にするきまり文句に甘んじることなく、自分たちの考えを本当にきちんと検討して、自分たちのうぬぼれの行間を読んだら、たいていの人は偽りの要素がいくつもあることに気づくだろう。

ほかの人のためになると主張している価値は、都合よく自分たちのためにもなることが多い。たとえば社会主義について考えてみよう。ぼくの理解では社会主義は、社会の全員に一定の質の生活を提供しようとする思想だ。けれども正直なところ、それは必ずしもぼくが社会主義者である一番の理由ではない。本当に自分の動機を検討したらそうとは言えないのだ。実のところ、ぼくはただ自分が貧乏でいるのがいやなだけだ。社会と文化から排除されていると感じて中流階級を非難し、社会を組み替えることで自分が底辺に行かないようにしたいと考えているわけだ。ほかの人たちの幸福のためという考えも持ってはいるかもしれないけれど、心の中ではひそかに自分の生活状態をよくしたいと思っているのである。たまたま同じことを望む人がほかにもたくさんいて、みんなの自己利益がかみあったから、みんなで利他的に行動しているという心地のいい幻想が生まれたのだ。

それにもかかわらずぼくは、自分が社会主義者だから、たとえば社会民主主義者やリバタリアンよりも道徳的で情け深いのだと心から信じきっていた。実のところぼくは、最初に影響を受けた一連の考えをそのまま受け入れていただけで、生まれ落ちたイデオロギーの土壌の外まで目を向けてみることはなかった。

ソーシャルメディアが、公に考えを発信する場を与えてくれる。ぼくらが意見を表明して「あいつら」を非難するスレッドやステータスは、保存されていていつでも閲覧できる。みんな自分の考えに確信を持ち、自分たちの考えが正しいと信じ切っているようだ。ただソーシャルメディア上で、自分は間違っていたと謙虚に宣言したり、考えを変えて間違った思い込みを捨てたと発表したりする姿はあまり見かけない。考えを変える人を見かけるのがこれほど少ないのは、おそらく考えを変える人があまり多くないからだ。少なくとも、考えを変えたと認める人があまりいないからだ。あまりにも深く自分たちの世界観に囲い込まれているので、考えを変えるプロセスがどういうものかすらわかっていない。けれどもこんな経験はないだろうか？　間違っていると思う相手の考えの論理的な根拠を、自分ひとりになったときによく考えてみたことは？　たったいま自分の政治的意見を断固として押し通したにもかかわらず、みぞおちの辺りにかすかな疑問を感じたことは？　何かについて自分があまりにも間違っていたので、ほかにも間違っていることがあるかもと考えざるを得なかったことは？

政治的・宗教的な分断に悩まされるグローバルな文明のもとでは、自分のどこかが間違っているのではないかとときに自問することが、ラディカルな政治的行為になる。「善人」である自分たちが、いつも歴史の正しい側にいるだけでなく一つひとつの議論でもすべて正しい側にいるのは、やや都合がよすぎないだろうか？　無限の宇宙で、何十億年も存在してきた惑星で、自分がすべてにおいて正しいという可能性はほとんどないのではないか？　そんなことが仮にあったら、あまりにも偶然すぎないだろうか？　考えてみたらおかしなことだ。自分は知的で洗練されていると思いながら、合理的にそんな考えを抱くことなどできるだろうか？ 自分にも不合理なところがあると最低でも一日一度は頭をよぎることがなければ、そもそも何かについて考えを持っているなどとは主張すべきではない。間違いを認めて針路を修正するほうが、一〇代のときからずっと間違いは犯していないと頑なに信じているよりも高潔なのではないか。

自分の立場を貫くことに人は高潔さを見出すが、ほかから受け継いだ考えを自分の考えだと思い込み、どれだけぼろぼろになっても見苦しくなっても、うぬぼれとともに後生大事《ごしょう》にそれを身にまとい続けるのは利己的だ。母は、末期的な状態だと診断されたあとですら、自制心を持って酒を楽しめるという間違った思い込みにしがみついていた。それと同じように、ぼくも強力な妄想の蜃気楼の向こう側を見通すのはむずかしかった。ぼくの生活がカオス状態にあるのは、一部はぼく自身のせいなのだとだれかに指摘されて、おおいに気分を害したこともあった。人間であるぼくは、自分自身の状況に責任を負っている。ぼくがずっと思い込んでいたのとは違って、すべてを社会のせいにすることはできない。こういうラディカルな考えを、当時は受け入れられなかった。

30 The Metamorphosis 変身

一九七一年、伝説的なグラスゴーの労働組合代表ジミー・リードが、アッパー・クライド造船所を占領する仲間たちにこう言った。「乱暴はなしだ。破壊行為はなしだ。酒もなしだ。（中略）世界がぼくらのことを見ているのだから」。当時、この発言は多くの人を動揺させた。労働者のひとりは言う。「ジミーがテレビカメラの前でおれたちに向かって、世界が見ているから乱暴も酒もなしだって言うんだ。みんなショックだったね。世界に向かって、おれたちが乱暴者で酒びたりだって言っているようなもんだから」

リードは一部の人の気分を損ねる危険を冒して、ひとつの真実を伝えようとした。自分が置かれている状況の責任は、すべて外部に押しつけるわけにはいかない。自分たちが自分たちの最悪の敵の場合もある。そういう真実だ。リードは労働者に固定観念のままに行動しないように警告して、目的を達成したければ、体制に異を唱えて結集するのと同時に、自分たちの行動にも責任を持たなければいけないと伝えたのである。

責任を持つことはむずかしい。問題を解決するのはほかのだれかの仕事だと思っているときには、とくにそうだ。ぼくはずっと、ぼくの問題は家族のせいで、うちの家族の問題は体制のせいだと教わっていた。いつもほかのだれかのせいにするこの考えは、ぼくがそれに従うことで利益を得る貧困産業と政治家によって強化される。

ぼくは、ずっとしらふになれなかった。少なくとも、一定期間しらふでいられたことはなかった。自分が大人になってから置かれた境遇の多くは自分でつくり出したと認められるようになって、ようやくしらふになれたのだ。これももちろん左派にはタブーの問題だ。責任をとれるときはいつも個人で責任を引き受けるという考えと、それが人生における重要な徳であるという考えは、多くの人には不快だ。ぼくは貧困を経験した人みんなを代弁することはできない。ぼくに言えるのは、うまくいっていないことについて他人を責めるのをやめたときに、ようやく自分の人生はよくなり始めたということだけだ。そしてこれは、ぼくの感情の世界にとりわけよく当てはまった。ストレス、疎外感、体調不良の本当の原因がわからないときには、間違った考えをあまりにもたくさん受け入れていて、頭がおかしくなりそうだった。あれだけストレスを抱えていたのも不思議ではない。

ここまでで、社会が直面する最大の問題はストレスだとわかってもらえていたらうれしい。いかにストレスが個人として、家族として、コミュニティとしてのぼくらをつくっているのか。

いかにそれがぼくらの考えを支配して、ある種の行動とそれへの対処法へと向かわせるのか。そしてこうした対処法がぼくらの家族やコミュニティにどんな影響を与えているのか。ストレスは、依存症、暴力、慢性疾患といった社会問題を結びつけて、公共サービスに見られるさまざまな危機をつなぐ結合組織だ。ストレスは政治論争のトーンと中身を決め、社会がその後に向かう方向を定めるのにも重要な役割を果たしている。貧困について言えば、ストレスは方程式の最大の変数だ。社会全体でストレスのレベルを大幅に下げることができれば、何百万もの人の生活の質を向上させることができる。それだけ大きな課題なのだ。問題は「どのようにやるのか?」よりも「だれが責任を持ってそれに取り組むのか」だ。

ぼくらのストレスを管理するのに一番ふさわしいのはだれだろう?

政党の間で交わされている議論を少しのぞいてみたら、その議論の質がどれだけ低いかすぐにわかる。貧困問題(と、ほかの多くの問題)では、解決策はぼくら自身が個人とコミュニティとして生み出さなければいけない。そもそも、自分たちの幸福という重要な問題について、政府が答えを出してくれるまで解決を先のばしにすることなど本当にできるだろうか? 自分たちの力の範囲内で解決できることがたくさんあるにもかかわらず?

貧困削減は、人間の力を超えた仕事ではけっしてない。テクノロジーや医療の発展だけを見ても、人間の創意工夫の力に限界を設けるのはばかげているのがわかる。ただ、集団としての人間の愚かさもまた無限で、ぼくらの比較的若い文明に見られる複雑さにも同じく限界がない。貧困を撲滅するには、前例のない地球規模の政治的合意が求められるだろう。いつか実現する日が訪れるのだろうが、それは今日ではない。明日でもない。国だけがこの問題を解決できるという病的な思い込みは、短中期的には人から力を奪い、自滅的な結果を招く。どれだけがんばっても、貧困の問題は向こう数百年間、なくなることはないだろう。あきらめているわけではなくて、問題が複雑だと認めているのだ。リーダーたちが約束する特効薬には効き目がない。

近いうちに政府がこの問題を解決することはないと受け入れたら、選択肢は減る。責任の一部は政府の手を離れて、ぼくらが直接負うことになる。だからといって、抵抗や政治活動を中止すべきではない。まったくそんなことはない。こうした問題の厳しい真実に向き合うことで、個人としてもコミュニティとしてもさらに効果的に動けるようになる。ただ、認めなければいけないのは、解決策の一部は個人が責任を持って見つけなければいけないということだ。

ある種の事柄については、責任を受け入れるのが直感に反することがある。とくに状況を自分たちでコントロールできないときにはそう感じる。虐待、ネグレクト、抑圧を経験していたらなおさらだ。とはいえ、責任を引き受けようと努力することは、だれのせいかという問題とは関係ない。自分たちで対処できるのは問題のどの部分かを誠実に見きわめようとすること、それが責任を引き受けることなのだ。このアプローチは、社会の悪を単純にすべて「体制」や漠然と定義された権力の力学のせいにするよりも、はるかにラディカルだ。ぼくたち左派は、こうした責任転嫁がうまくなりすぎている。自分たちで責任を引き受けようとするのは、不正な体制を見逃すことではない。自分たちもその体制の一部で、ある程度はその機能不全に関与していると認めることだ。たとえば、感情的な苦しみとジャンクフードを食べる欲求とが互いに結びついていることを先に説明した。こういう問題に最も効果的に対処するにはどうすればいいだろう? 比較的早くやり遂げられることは何か。マクドナルドを禁止することだろうか? それとも自分の生活スタイルを変えること? マクドナルドは、感情面でのニーズに動かされているぼくやぼくのような人々の需要を満たすことで商売をしている。この感情面のニーズが、消費者と市民としてのぼくの活動のほとんどを動かしている。たしかに搾取的な企業は、疑うことを知らない消費者に有害な商品をそれと知りながら売りつけている責任を問われるべきだ。健康に有害だとわかっている商品の消費を促すために、食べ物について誤った情報をわざと広めているのが現状であり、ここには無数の倫理的ジレンマがある。ただ、ここでの自分の役割を分析しようとせず、意識の高い消費者として自分の選択が社会に与える影響を理解しようとしなければ、変化を求めているというぼくの主張は不誠実になる。ぼくの人生には、こういう例がいくつもある。ほかのだれかや社会にではなく、自分に責任がある事例を探すのは気が重い(それにとても不公平な)ことのように感じられる。けれども批判的な目で人生を振り返ると、ぼくが自分自身の前進の妨げになっていた例をいくつも見つけられる。本当に自分自身に正直になったら、自分が犠牲者だという見当違いの感覚を持って絶えず外部に責任をなすりつけてきたせいで、問題をはるかに早く乗り越える助けになったはずの事実が目に見えなくなっていたことがわかる。自分自身の人生について最も基本的な真実さえわかっていなかったのだから、社会の不正に対するぼくの抵抗がどの程度のものだったのかは推して知るべしだ。

飲酒が一番ひどかったとき、ぼくの生活はひとりよがりな思い込みと問題の先送りとの間の微妙なバランスのもとに成り立っていた。いまでもそういうときがある。自分で行動できたのに、自分にはできない、あるいはほかのだれかが自分の代わりにやるべきだといった口実をもうけて、行動に移さなかったことがたくさんある。これが一番はっきり現れたのが、心の健康の問題だった。心の健康の問題は、ぼくのストレス、妄想、ひどい生活スタイルの源になっていた。ヴァリウムの処方箋をもらって診療所を出て、そのままパブに直行したのを覚えている。泥酔状態でふらふらとパブに入って、そこで働いていた当時の彼女に不平を言ったのも覚えている。次の予約まで二週間も待たなければいけないなんて、依存症患者支援サービスはなめている、と。当然ぼくはそれを都合のいい言い訳にして酒を飲み続け、二週間後の予約をすっぽかした。自分が酒を飲むのは心の問題のせいだと自分に言い聞かせて、二〇代の間はずっと、心が沈み、恐怖に怯えて、憂鬱になる理由を説明する診断を積極的に求めていた。自分は病人なのだという考えにあまりにも固執していたので、真実が見えていなかった。ぼくが鬱状態にあったのは、自分が妄想症の利己的なアルコール依存症者だったからだ。精神科の診断を待っているうちに、おそらく五年は破滅的な飲酒の期間が延びた。

この行動の先のばしと真実の矮小化は取るに足りないことのように思えるかもしれないが、ここからも自分自身の偽善を見て見ぬふりをしていたことがわかる。人生のこの時期、ぼくはおそらく一番押しが強くて道徳的に確信を持っていた。けれど、これはまったく根拠のない自信で、自分ではしっかり把握していると思いこんでいた現実からぼくをさらに遠ざけた上に、ぼくを取り巻く困難な状況をいっそう悪化させた。ストレスもさらに大きくなった。世界のあらゆることをおかしいと感じて、それで心がいっぱいになり、感謝する能力を失ってしまった。

それに、ぼくは資本主義の崩壊をはっきりと望んでいたけれど、当時は資本主義体制が全力でぼくに便宜をはかってくれていた。

ぼくは自分が深刻な鬱状態にある、あるいは精神に異状をきたしていると思いこんで、何年もずっと精神医療機関をまわっていた。けれども本当は、疲れきった栄養不良のアルコール依存症者で、陶酔状態でハイになっているときと、金銭的に破綻状態で引きこもってひどく落ちこんでいるときとを大きく行き来しているだけだった。その間ずっと、すぐに変化が起こることを求めていた。差し迫った社会の崩壊を手をこまねいて待っていたのだ。ひとりよがりだったせいで、崩壊してほしいと願っていたまさにその社会が、目に余る欠点をたくさん抱えているとはいえ、絶えず変化するぼくのニーズを満たしてくれていたことにまったく気づいていなかった。たくさんの専門家がそばにいて、住まい、給付金、そのほかさまざまな支援を提供してくれていた。自分が抱える多くの問題をどう乗り越えればいいのか、それについての知識と情報がふんだんにある図書館を利用しようと思えばできたし、調べ物の幅を広げられるインターネットも使えた。街のあちこちに無料の支援グループがあって、それを利用してしらふになり、その状態を維持している人もたくさんいる。それなのにどういうわけか、どれもまったくぼくの目には見えていなかった。こういうことは、社会には誠実さと思いやりがないというぼくの思い込みと一致しなかったからだ。結局のところ、ぼくの問題は貧困や児童虐待と同じぐらい自分自身の態度と行動とも関係していたのに、素直にそれに向き合う心の準備ができていなかった。だから、妄想に浸って自分を抹殺する道を頑なに歩み続けていたのだ。

ぼくが心の病気にかかっていたのはまぎれもない事実だが、その病気の程度を自分で把握できていなかった。妄想が心の隅々にまで行きわたっていた。自分の育ちと社会全体に対する怒りと不満はもっともなものではあったけれど、やがてそれは自分が言いたい放題やりたい放題するための言い訳になった。まったく冷静に物事を見られなくなった。もっぱら自分が傷ついたことだけを見ていて、人を傷つけたことは目に見えていなかった。不当な扱いを受けたことしか見えていなくて、自分が不当に人を扱ったことは見ていなかった。そしてこれは、左派の仲間たちの間では咎められることがなかった。みんなまったく同じことをしていたからだ。ぼくはおかしくなっていたのに、みんなぼくに喝采を送った。ぼくが本当のことや役に立つことを言っていたからではない。喝采を送る本人たちも、自分たちが正しいと確認したかっただけなのだ。みんな、世界のすべてが——自分たち以外のすべてが——変わらなければいけないと信じ込まされていた。

いつからかぼくは、自分の考え、感情、行動に責任がないという嘘を信じるようになっていた。すべては、ぼくを不当に扱って排除する体制の副産物なのだと思い込むようになった。社会がぼくの状況に介入するか、解体されてつくり直されるかしなければ、自分が変わって問題を乗り越えることはできないと思うようになっていた。

左派の議論から完全に抜け落ちているのが、自分たちの生活環境をつくるのに個人が果たす役割についての分析だ。ネオリベラリズムがすべての問題の根源だという解説記事をこれ以上読まされたら、ぼくはまた酒を飲み始めるかもしれない。いまの経済体制が矛盾と格差と腐敗に満ちているのは間違いない。ただ、左派の一部では、必要なのは手っ取り早いクーデターだけで、それさえ起これば個人、家族、コミュニティ、国が直面する解決不可能と思われた問題はたちまち消えてなくなると考えても許される。差し迫った問題は自分たちの力ではどうしようもないと思い込まされて、ただでさえ奪われていた主体性はさらに否定される。子どものころから、ぼくは左派から強力な指針を与えられて、それがぼくの信念体系の土台をつくった。いまでも、社会で最も弱い人たちにかかわる日々の問題に最初に反応するのは急進的左派の活動家たちだ。ゼロ時間契約［訳注：労働時間を決めずに、必要に応じて雇用者が労働者を呼び出して働かせる契約］に反対する運動を展開し、ホームレスの窮状を世間に訴えて、スキンヘッドやネオナチと物理的に戦う覚悟ができている。草の根レベルの左派は、ぼくらの良心として働いているのだ。ぼくらの共感に訴えてきて、ぼくらをいらだたせる。声を上げて行動を呼びかけてきて、ぼくらを疲弊させ挫折感を覚えさせる。そしてぼくらのがんばりが足りないときには、ぼくらに声をかけてくる。権力者が大きな譲歩を見せた事例の多くは、何かを成し遂げるまで休むことのなかった急進派の手で初めて可能になったのだ。

だからといって、左派がひとりよがりのそしりを免れるわけではない。

こうした進歩は、ぼくらが反目するその社会の内部でも起こっていると認めなければいけない。これは当然ではないか？　いまの体制は内部矛盾、不正、腐敗に満ちているけれど、きわめて活力に富んでもいて、ありとあらゆる自由を提供している。たとえば、いまの体制は欠点だらけとはいえ活力があって、公然と体制転覆をはかる者にすら食べ物、住まい、仕事、教育、訓練、リソースを提供できている。この種の自由を鼻で笑ったり自明視したりしてはいけない。それに、こういう自由を簡単に育むことができるふりもすべきではない。新しい経済パラダイムが現れるときでも、文明の飛躍が可能になるのはいまの体制のおかげなのだ。

極右の台頭を、自分たちの政治の偽善と放縦から目をそらす言い訳に使ってはいけない。ほかの政治的立場に心を閉ざしたり、政治的な暴力に自由放任の立場をとったりする極左過激主義を擁護するのにも使ってはいけない。いまは、自分たちを定義する際の対抗軸になる絶対的なものがたくさんある。そんな中、自分が置かれた個人的・政治的な状況をすべて怪物《ブギーマン》やパントマイムの悪役のせいにしたくなる誘惑に抗わなければならない。自分たちの理念を精査してそれについて議論する力がなければ、コミュニティや運動を、さらに言うならどんなものであれまともな社会を再建することなど望めない。精査し議論するのは現実逃避のためでなく、基本的な事実を確認するためだ。ほかの人のまずい考えを撃ち落とすばかりで、個人としても運動としても自分たちに銃を向けることがまったくなければ、そこに徳があるとは言えない。自分たちの考え、動機、行動を精査する。環境と利己心がどのように無意識のうちに自分たちの考えを導いているのかを精査する。そして、自分たちの不安と憤りが正当だと信じているのに、自分たちよりも劣っているとみなす人たちの不安や憤りはばかにしたり斥けたりするのはなぜなのかを精査する。ぼくは、怒りだけあれば自分の状況を改善できると思いこんでいた。生活の状態がひどく不公平だという感覚にたきつけられた怒りだ。けれども、ぼくの生活状態が変わり出したのは、気分を害することなく真実を受け入れられるようになってからだった。問題の一部は自分で解決しなければいけないという真実である。社会を根本的に変えたいと望む個人や運動が新境地に達するには、まず自分たちの内側を根本的に変える必要があると認めなければならない。

自分の態度と考えを検討して、それがどのように自分の経験をかたちづくり人生の針路を決めているかを考えること、それにはほかにも利点がある。外からやってきた支援機関や慈善団体に指図される必要がなくなるのだ。それに、費用はまったくかからず、いますぐに始められる。

31 The Changeling
チェンジリング

二〇一六年初め、ぼくは怒れる群衆の先頭に立っていた。エリー・ハリソンという有名なアーティスト兼活動家が、《グラスゴー・エフェクト》と題した新プロジェクトをソーシャルメディアで発表した。狙いと目的はフェイスブックのページに漠然と書かれているだけで、そのページには、一年間にわたって実行されるこのプロジェクトの精神を視覚的に示すために、フライドポテトの写真が使われていた。多くの人が気分を害したのも不思議ではない。

エリーのプロジェクトは、そのタイトルを同じ名前の学術研究から借用した。健康関係の統計において、グラスゴーの数字が比較的貧しいイギリスのほかの都市と比べて悪い理由を説明しようとする研究だ。二〇一〇年のこの研究でグラスゴー公衆衛生センターが出した結論によると、グラスゴー、リヴァプール、マンチェスターの貧困の状態はほぼ同じだが、グラスゴーでは六五歳未満の死亡率が三〇パーセント以上高かった。それに住民全体の死亡率も一五パーセントほど高かった。

グラスゴーの死亡率はイギリスで最も高く、ヨーロッパの中でも最高の部類に入る。一〇〇万人ほどの人口を抱えながら、平均寿命は男性七一・六歳、女性七八歳であり、それぞれ全国平均をおよそ七歳と四歳下回る。二〇〇八年の世界保健機関による推定では、グラスゴーのカルトン地域における男性の平均寿命はたった五四歳だ。わかりやすく言えば、カルトンで生まれていたら、ぼくは三三歳にしてもう人生の半分以上を生きたことになる。定年よりも一〇年も前に死ぬことになるのだ。

この研究結果が発表されると、「グラスゴー・エフェクト」は貧困を簡潔に表現することばになった。調査結果の中でも的を射ていたのは、貧困のもとに暮らす子どもの幼少時の脳の発達と、その子たちをのちに悩ませる健康状態と不安定な状況とが結びついていることを示したことだった。報告書にはこう記されている。「ストレス反応が慢性的に活発になっていると、とりわけ子どもの場合、脳の前頭葉の一部構造に影響を与えて、そこから慢性的な健康障害につながる」。スコットランド医務総監のハリー・バーンズもまた、健康な生活を送る力は、自分の生活を自分でコントロールできていると感じているか否か、周囲の環境を恐ろしいと感じているか協力的と感じているかに部分的に左右されると指摘する。

この現象から影響を受ける人たちにとって『グラスゴー・エフェクト』報告書は、自分たちが——少なくとも完全には——頭がおかしいのでも偏執症なのでもないという証明になった。

自分たちの行動に個人として責任を持つ必要はあるものの、自分を取り巻く社会状況にも問題の原因がおおいにあるという証明になったのだ。『グラスゴー・エフェクト』報告書は、科学的なことばでぼくらの生活の現実を雄弁に物語っていた。ぼくらは自分たちの混沌とした短い人生を特徴づける社会的・心理的逆境に気づかないまま、日々を過ごしていたのだ。報告書では、なぜ社会的流動性がそれほど低いのか、どうしてチャンスがそんなに少ないのか、慢性的なストレスのもとで暮らすことによって、どのようにぼくらが足を引っぱられ、傷つけられ、歪められてきたのかが説明されていた。

脂っこいフライドポテトに象徴されたエリー・ハリソンの一年にわたる現代芸術プロジェクトは、この深刻で複雑な問題をばかにしているように思われたのだ。

当時、本人はあまりはっきりと説明してはいなかったが、エリーのプロジェクトは、一年間ある地域（この場合はグラスゴー）から外に出ずにそこにとどまり、それがプロのアーティストとしての暮らしと仕事にどのような影響を与えるのかを調べようとする試みだった。一年間ずっと、エリーはこの制約が自分の社会生活、アイデンティティ、心の健康、仕事を得る力、さらにはカーボンフットプリント［訳注：排出した二酸化炭素などの温室効果ガスの総量］まで、ありとあらゆるものに与える影響を記録し検討した。このプロジェクトは、スコットランドに暮らす活動家、アーティスト、市民としてのエリーの個人的な関心を反映したものだ。この関心自体は立派だけれど、残念ながらグラスゴーの貧しい住民の多くはこれを共有できなかった。彼らにとってグラスゴー・エフェクトは単なる観念ではなく、さまざまな格差が重なり合って織りなされた抑圧的なマトリックスだった。それにエリーが学術的なことばを使ってあいまいにプロジェクトを説明していたのもよくなかった。政治的な排除と搾取と連想される専門用語を警戒するようになっていた人たちに、自然と偏見を持たせたからだ。

このプロジェクトのためにつくられたフェイスブックのページに、エリーはこう書いている。

《グラスゴー・エフェクト》は一年間の〃アクション・リサーチ〃プロジェクト／期間限定パフォーマンスである。アーティストのエリー・ハリソンは一年間、グラスゴーおよび近隣地域の外に出ないこととする（ただし健康上の問題が生じた場合や、近い親類や友人が死亡した場合は例外とする）。

いまの生活スタイルにこのシンプルな制約を設けることで、エリーは〃サステイナブル・プラクティス〃の限界を検証し、〃成功した〃アーティスト／研究者に課せられる移動の要求に異議申し立てをすることを企図している。この実験により、エリーは〃地元にチャンス〃を模索し創出することで、カーボンフットプリントを減らし、帰属意識を高めることができる。またすべてのアイデア、時間、エネルギーを自分が暮らす街の中で使うことで、何が可能になるのかを検証する。

この短い説明の中には、恵まれないコミュニティの人たちが長年の間に疑いの目を向けるようになったものがすべて、意図せずして暗号化されて含まれている。文化、参加、芸術。これらはすべてぼくらにも手が届くもののように言われているが、実際には「アクション・リサーチ・プロジェクト」や「サステイナブル・プラクティス」といったことばを使う人たちにもっぱら独占されている。こういう高尚なことばは、ぼくらの警戒心を呼び起こす。それに金のこともある。エリーは、「成功したアーティスト」の苦しみを一年間分析するのに一万五〇〇〇ポンドももらっていた上に、情け深くも「地元にチャンスを創出」すると言う。彼女の関心は、それ自体は意味あるものだったのかもしれないが、カーボンフットプリントや成功した現代アーティストの自己犠牲のことなど考える時間も心の余裕もない人たちのコミュニティでは、その関心は共有されなかった。このように最初のアプローチがまずかったのは、グラスゴーの文化的な力学をまったく理解していなかったからだ。そのせいでソーシャルメディアで嵐のような抗議の声があがり、たちまち手に負えなくなった。

「イングランドから来た」「どこかのアーティストが」「一万五〇〇〇ポンドももらって」「一年間グラスゴーに暮らし」、ひとつの場所に閉じ込められることで仕事にどのような影響が生じるかを調べようとしている、というのが一般的な理解だった。多くの人がこれは正確ではないと異を唱えたが、正直なところ不正確だとも言えない。実際にグラスゴーに閉じ込められている人がたくさんいるのに、一万五〇〇〇ポンドももらってグラスゴーに閉じ込められる経験をわざわざシミュレートしようというのだから、多くの人が気分を害したのも無理はない。プロジェクトの前提は、エリーたちほど社会的流動性を持たない人を愚弄しているように思われた。大学教員でプロのアーティストであるエリーが、多くのグラスゴー住民が送る苦しい生活の現実をまねしてばかにしようとしていると感じられたのだ。

多くの人にとってグラスゴー・エフェクトは、さまざまなかたちで表現された階級格差の象徴だった。エリーと支援者たち——それに資金提供者たち——にとってグラスゴー・エフェクトは、現代アートのプロジェクト用に再編されて流用され、べたついたフライドポテトの写真によって説明されるキャッチフレーズだった。こんなに厚かましい勘違いが社会のほかの集団について起こったら、エリーのプロジェクトを称賛している人たちは非難の声を上げるだろう。虐げられた人たちをさらに苦しめるだとか、人々の怒りを呼び起こすだとか、資本主義や家父長制の互いに関係したさまざまな構造的抑圧を物象化しているだとか言って非難するはずだ。けれども、今回の場合にはこのどれも問題にされなかった。少なくとも問題にされていないように思われた。

そこでぼくが、この問題を正すために乗り出すことになった。ぼくは直接、エリーを攻撃した。労働者階級の窮状をぼくに代弁してもらいたいという多くのオンライン上の支持者がいたからだ。どうしてエリーのプロジェクトが間違っているのか、みんなに理解させるまで満足しないつもりだった。なぜそれが侮辱的なのか。もし本当にわかっていないのなら、エリーたちは自分の立場を考え直さなければいけないが、それはどうしてか。自分の言い分が正しいとはっきりさせるまでやめないつもりだった。最初の行動として、厳しいことばで綴った文章を発表し、エリーのプロジェクトに大衆が怒っているのはもっともであり、その怒りはおもに階級格差への怒りに根ざしていると論じた。

目を覚ましてほしい。これは、残念なタイトルがついたプロジェクトをひとつ攻撃しているだけの話ではない。

アート・コミュニティの中で影響力を持つ人たちが、自分たちで思っているように鋭く理路整然とものを考えてくれたらと思う。みんなが不快に思っているのはエリーではなく、コンセプチュアル・アートですらないとわかってくれたらと思う。みんな実際には、見て見ぬふりをするにはあまりにも目立ちすぎるものにいらだっているという厳しい現実に向きあってくれたらと思う。みんな社会的格差の拡大と、その文化への現れ方にいらだちを覚えているのだ。

ある種の芸術や文化への懐疑論がどこから来ているのか、正直に見つめる必要がある。ぼくらがふたつの異なる世界に暮らしているところから来ているのだ。

労働者階級のコミュニティでは、文化とアイデンティティのシンボルが奪い取られ、名前を変えられ、売り払われ、不可解にも燃え落ちて破壊される——進歩の名のもとに。だから、ひとりのアーティストがグラスゴーに閉じ込められて、それが本人の社会生活、キャリア、心の健康にどう影響するかを調べるなどというプロジェクトに、クリエイティヴ・スコットランドが資金を出すことを決めたときには、グラスゴー住民の一部が腹を立てるとわかっておくべきだった。


これは広く読まれ、二四時間も経たないうちにいくつか反応があった。デイリー・レコード紙からコメントを求められて、この論争を階級についての議論に発展させるチャンスだと思い、それに応じた。少し時間をかけて、エリーのプロジェクトをどう言い表すのが一番か考えた。

翌日、ぼくは次のような声明を出した。「貧困のもとで暮らすのがどういうことか、それを表現するアーティストはたくさんいる。そういうアーティストは、周縁に追いやられていることが多い。ガーディアン紙の最近の調査では、芸術が中流階級に支配されていることが示されている。エリーのプロジェクトはこの典型だ。ポバティー・サファリの見物に外から人を投入するのは、恐ろしいほど無神経だ」

こうしてこのことばが生まれた。「ポバティー・サファリ」。多くの人が、これが何を意味するのかわからず戸惑った。議論に参加したとき、ぼくはみんなの怒りが何なのか自分なりの解釈を示そうとした。それをコンテクストにはめてわかりやすく説明しようというのが狙いだったのだ。多くが翻訳の過程で失われたり誤解されたりしていたからだ。リベラルな中流階級のものの見方に支配された芸術とメディア文化でささやかな発言の場を得てから、ぼくがなんとか伝えようとしていたのもこの問題だった。ぼくが意見を口にすると、いつも周囲がぼくにものを教えようとしてきた。だから今回はいつもと違って、ぼくのほうからみんなに道理を説いて聞かせるこの上ない機会だと感じた。階級間の翻訳者の役割を果たすのがぼくの務めだと思ったのだ。みんなが怒っているのはエリーのプロジェクトのせいだけではない、それをわかってもらいたかった。この怒りの多くは、さまざまなことが集まって生まれている――幼少期、教育、生活スタイル、貧困、社会的流動性、政治的排除などだ。エリーにとって不幸なことに、多くの人が本当の問題だと考えるものを彼女が象徴するようになったのである。すなわち階級だ。予想通りぼくは、たちまちマスコミと芸術界の影響力を持つ部分、この問題にかかわる人たちから締め出しを食った。

世間の一部がエリー・ハリソンのプロジェクトに大騒ぎした理由——それに政治、芸術、メディア、文化全般に懐疑的になっている理由——を本当に理解するには、この大きなコンテクストの中で考える必要がある。怒っている人たちにとっては、これもまた自分たちのニーズと願いが無視され、ないがしろにされ、けなされ、鼻で笑われ、搾取された一例なのだ。ぼくが「ポバティー・サファリ」ということばを思いついたときには、エリーのプロジェクトを安っぽく批評しようとしていたのではなくて、労働者階級の人間として学んだことをすべてまとめて示そうとしていた。大きく異なる文化領域を横断しながら貧困から逃れようとする経験、そこから学んだことすべてだ。「ポバティー・サファリ」はエリーの立派な考えの前に鏡を立てて、どうしてそれが誤解される運命にあったのかをはっきり示そうとする試みだった。「ポバティー・サファリ」は「どうしてそんなに怒っているの?」という問いへのぼくなりの回答だったのだ。

にもかかわらず、それすら見当違いや侮辱的だと多くの人にみなされた。

ただ、これで終わりではない。いつもたいていそうなのだが、スコットランドを賑わすこの論争に頭から飛びこんでいきながら、ぼくは自分に都合よくあることを見逃していた。たしかにぼくの主張の多くは正しくて、不機嫌でうるさいやつらと切り捨てられた多くの人の考えと気持ちを正しく表現してはいたけれど、ぼくがこの問題に関与することにした動機はそれほど明確ではなかった。エリーのプロジェクトに対するぼくの態度は、社会的格差の問題にずっと関心を寄せてきたことを反映してはいたが、エリー自身に対するぼくの思い込みと偏見によってもかたちづくられていた——エリーは中流階級の人間だという偏見だ。エリーのことを階級のレンズを通して見ていたわけだ。実のところ、ぼくがこのプロジェクトについて知っていたのは、ソーシャルメディアで聞いたことだけだった。本当に正直なところを打ち明ければ、ぼくがこの問題にかかわるようになったのは、みんなにそう期待されていたからだ。「グラスゴーで一年暮らすのに一万五〇〇〇ポンドももらうだって？　とんでもない話だ。ロキはこれについてどう言うだろう？」。ぼくがかかわるべきだという社会からの期待が触媒になって、ぼくはこの問題に首を突っこんだ。発言するように舞台が整えられたから、ぼくは発言した。ただ、実際に何が起こっているのか、立ち止まってしっかり考えてみることはなかった。本当は心の奥底では、エリーを利用してほかのことを批判するいい機会だと思っていたのだ。彼女のプロジェクトへの否定的反応が大きな論争を呼び、議論が世界に広がる中で、おそらく無意識のうちにぼくは心のどこかでエリーのプロジェクトに注目が集まるのに憤りを覚えていたのだろう。彼女のプロジェクトが関心、論争、議論の中心にあることに、心のどこかで怒りと嫉妬すら感じていたのに違いない。ぼくには、このプロジェクトが関心を向ける問題は現実から乖離していて、甘っちょろくて、特権的だと感じられた。こんなに多くの人がこれについて論じているのは、ひどく時間の無駄だと思っていた。

けれども時間が経つにつれて、この問題に自分がかかわるようになった理由をもっと深く考えるようになった。そこからわかったことに、ぼくははっとさせられた。階級についてのレトリックと、文化的格差や社会的流動性についての洞察の下には、純粋な憤りの川が流れていて、それがドラッグのようにぼくの全身をめぐっていた。自分自身では気づいていなかったり、正当だと思いこんだりしていたこの憤りが、自分ではとてもはっきりと物事を考えていると思っているときに、思考を曇らせていたのだ。つまり、あることに動機づけられて動いていると思っていながら、実はまったく別のものに動かされていたのである。ぼくは相手を攻撃し、非難し、傷つけ、食いつくす衝動に動かされていて、最も基本的な事実すら理解しようとしていなかった。この衝動はあまりにも強力で、とても強く正義感を刺激したので、エリーを追及するのには正当な理由があるとまったく疑うことなく信じていた。エリーのプロジェクトは取り下げられるべきで、彼女のアーティストとしての評判は貶められてしかるべきだと信じて疑わなかったのだ。

もちろんこういうアプローチがふさわしい状況もあるが、あとになってわかったのは、ぼくは復讐心から行動していたということだ。一度も会ったことがないエリーに対してではなく、もっと漠然として捉えがたく、はっきりしないものに対しての復讐心だ。ほとんど傲慢とも言える見せかけの下でぼくは、自分があまりにも無力だと感じていた。だから、目に見える敵に一撃を食らわせるチャンスがあれば、それを逃すことができなかったのだ――たとえそれが狭量だったり不誠実だったりしてもだ。論争に参入する機会が訪れたとき、ぼくはエリーを人間として扱わずに、簡単に斥けられるように戯画化していた。そして、それに気づかないふりをしていた。「中流階級」だとみなすことで彼女と支援者を扱いやすいサイズに縮めて、虫のいい間違った思い込みを持ち続けられるようにしていたのだ。エリーのことを何も知らないのに、あとづけで中流階級のアイデンティティを押しつけて、彼女のプロジェクトを妨げるのを正当化するためにそれを利用した。力のある者を叩くという左派にとって普通のことをやっているふりをしていれば楽だし、そういうふりをしておきたい誘惑に駆られた。けれども腹のどこかでは、たとえ自分の言い分が正しくても、偽りの口実のもとにそれを主張しているとわかっていた。これは、少なくともぼくが思っていたような意味での階級や文化の格差の問題ではなかった。ぼくを排除しているやつらに反撃して、そいつらを傷つけることが目的だったのだ。問題は、ぼくの頭の中ではエリーは抑圧者の特徴を備えていると思いこんでいたのに、実際はまったくそんなことがなかったことだ。だから、たとえぼくがプロジェクトに対してまっとうな不満を持っていたとしても、その吐き出し方が悪かったせいで正当性は大きく損なわれた。

階級について国際的な議論に加わる機会が訪れると、ぼくは活動家のヴェールを身にまといながら復讐のためにそれを利用した。それに、そうするのはエリーの件が最初でもなかった（これ以降、ぼくはこの種の怒りを向けられる側にまわることもあって、皮肉なことに群衆がデジタル上でぼくの玄関先に押し寄せたとき、最初に口から出たことばは「お願いだから落ちついてくれ」だった）。認めたくなくても、本来であればどのようにエリーのプロジェクトに反応するのが一番正しいのか、時間をかけてきちんと考えるべきだった。ぼくは、自分が下層階級の人間であるというただそれだけの理由で、自分が感じる怒りはすべて正当だと考えるように育った。けれども、怒りが役に立つのは、正しいときに正しいやり方で表明されたときだけだ。怒りが正当性を持つのは適切な意図をもって使われたときだけで、そのときでさえ効力は時間限定である。酒やタバコやドラッグと同じで、正義の怒りもやがて新鮮さを失い、あとに残るのは興奮といらだちだけだ。問題への解決策は目の前にあるのに。左派の間ではこういうことを言うといやがられるけれども、これが実際のところだ。この場合、ぼくはもっと利己的なものを隠すために正義の怒りを煙幕として使った。個人的な目的のために「労働者階級」をトロイの木馬として使った。そしてそうしながら、自分はよくものを知っていてとても高潔だと思いこんでいた。個人的な恨みがひそかに自分の考えを支配していることには気づいていなかったのだ。

何を言っているのか、わかってもらえないと思う。

もっときちんとエリーのプロジェクトを見ていたら、いろいろな分野でぼくらの間には共通の土台があることに気づいたはずだ。エリーは有名な社会活動家で、バスの再国営化に強い関心を示していた。都市部の中流階級がほとんど注目することのない問題だ。それに彼女の環境への関心は、はじめは現実から乖離している、あるいは甘いと思ったけれど、実はエリーの政治はポロック自由州の政治とほとんど同じだった。ポロック自由州は、ぼくがコミュニティの倫理を体現するものとして一〇代のころから繰り返し語ってきた運動だ。エリーの仕事をもっと深く検討してみたら、社会的平等、政治参加、環境について深い信念を持つ人だとわかった。これは単なる見せかけではなくて、ことばだけでもなかった。エリーはこの信念にのっとって生きると決めていて、これが彼女の生活のあらゆる面に反映されていた。食事から移動手段、リサイクル、アート、キャリアまで、エリーは自分の価値観に沿って生きようとしていたのだ。この世界で自分たちがどう暮らすか、それに責任を持とうとするのが彼女の価値観だ。最初は渋々エリーのことを新しい視点から見始めたのだが、自分の間違った思い込みを捨てると、新しいものの見方が現れてきた。

中流階級の生活におきまりのヴィーガニズム、サイクリング、健康的な食生活は実際に有益であり、必ずしもぼくが思っていたほど気取ったものではなかった。こういう一見生ぬるそうな生活スタイルの選択肢は、とても安く実行できる上に、コミュニティ全体と環境のニーズに合った暮らしと結びついていて、これらのニーズを統合した持続可能な生活スタイルをつくり出す。お高くとまったやつらと新しもの好きのための流行や製品だと思っていたものが、実は実際的で健康的で環境にやさしく、非生産的、非倫理的な生活スタイルに代わるものであることも多かった。エリーがみんなの利益のために細部へ気を配り倫理的に暮らそうとしてきたことは、《グラスゴー・エフェクト》のプロジェクトにも現れていた。エリーは、現役のアーティストがひとつの都市に一年間とどまって、ひとつのコミュニティに時間を割きながら、日々の生活で環境への負荷を減らすことはできるのか、それを積極的に検証しようとしていたのだ。

多くの点でエリーの試みは、貧困についてのぼくの研究を実際的に発展させたものだった。ぼくが住宅団地やぼく自身の育ちなど、過去のコンテクストを理解しようとしていたのに対して、エリーは今後の可能性を明らかにしようとしていたのである。コミュニティの多くの人に疎外感、無関心、慢性疾患をもたらした社会を新たに構想し直そうとしていたのだ。けれどもぼくはこういったことに目を向けようとしなかった。仕返ししたいという衝動があまりにも強くて、ぼくらが同じものを求めて闘っていたことが見えていなかった。大きな間違いを犯していたと気づいたとき、ぼくの階級に関するものの見方ががらりと変わり、貧困についての考えも少し修正された。自分が見当違いのアプローチをしていたと認めたことで、ほかにもおかしなところがあるのではないかと考えざるを得なくなったのだ。そして驚いたことに、ぼくの態度が丸くなると、最初はこちらを相手にしようとしなかった人たちが、自分たちの間違いを積極的に認めるようになった。

共同体主義的な関心の仮面をかぶった自己欺瞞、先入観、根強い憤り、それらに支えられた間違った思い込みや個人的な偏見によって事実から目を背けるのを自分に許さずに、ぼくはただ両手を上げてこう言った。「悪かった。ぼくが間違っていた」。自分のちゃちな感情的衝動に沿って現実をねじ曲げていながら、自分は高潔で合理的に物事を見ているというふりをする、そんなことはやめて、自分の内面に批判的な目を向けることにしたのだ。

自分ははっきりとものを考えていると思っていたから、復讐心から行動しているとは考えてもみなかった。問題を明確にしようとしていたのに、それが自分の理解を曇らせていたとは気づいていなかった。それに、これはどうでもいい問題ではなかった。ぼくが人間として成長するのに根本的に重要な問題だったのだ。ぼくの専門であり、ぼくの人生を定義するようになっていた問題だ。それなのにぼくは、きちんと自分で舵を取っていると思い込みながら、勝手に無駄な行動をしていたのだ。それほど自分のことがわかっていなかったのだから、そもそも何かをわかっていると主張することなどできたのか疑問だ。いまの社会が直面する数多くの複雑な問題を理解して解決することなど、とうていできなかっただろう。

ひょっとしたら、これは貧困の議論とは関係ないように思えるかもしれない。ひょっとしたら、自分のことを「貧しい人間」やその他被害者側の人間だとみなしていたら、自分の考えと行動を精査することは求められるべきではないのかもしれない。けれども長年、ぼくの考えと理屈の多くがこの種の偽善にまみれていたと気づいたときは、とてもショックだった。ぼくは偽善的で、自分が批判する相手と同じように行動しながらその責任を取らず、どうして話し合いがこんなにかみ合わずに気が滅入るのだろうと不思議に思っていた。ぼくがこの問題に首を突っこんだ動機の根本には、階級についての深い憤りがあった。そしてぼくの政治が、その憤りは正しいと認めて正当化していた。その政治はぼくがたまたま受け継いだもので、それを機会あるごとに自分の憤りの延長線上で武器として使っていた。

やはりぼくが何を言っているのかわかってもらえないと思う。

《グラスゴー・エフェクト》の騒動が落ちついた数週間後、ぼくはエリーとのパネルディスカッションに呼ばれた。会場に着くと、交通指導員の女性の上着を身につけたエリーが正面入口にいるのにすぐ気づいた。ぼくはエリーが謙虚な姿勢を装って現れるのではないかと思っていた。彼女は明らかにぼくほどこの件に入れこんではいなかったからだ。鼓動が速くなる。最初のことばを交わす瞬間を待ち構えていて、予期せぬところでいきなり出くわしてしまったからだ。幸い彼女は話を聞きたくてたまらないファンに囲まれていたから、ぼくは彼女を避けて冷静なまま会場に入ることができた。パネルディスカッションが始まる前にエリーに謝罪するつもりだったが、いざ会場に来たら、あまりにもばたばたしていてその余裕がなかった。

ぼくはある友人と席についた。ぼくの意見にはたくさんの反応があったが、そのひとつを書いたのがこの友人で、そのおかげでぼくは自分の行動についてよく考えてみることを強いられたのだ。ぼくの右側ではエリーが友人や聴衆たちと会ってあいさつしていた。同じ部屋にいると、その年の初めの出来事以来、エリーが経験してきた重圧がどういうものだったのか、ようやくそれを実感できた。エリーは不安げで、精神的にまいって疲れきっているようだった。ソーシャルメディアの猟犬に追いかけまわされるのがどういうことなのか、その現実を目の当たりにしてぼくは衝撃を受けた。エリーは恐ろしく過酷な試練を乗り越えてきたのだ。反発は何週間も続いて、資金提供者と勤務先が彼女の仕事と助成金申請の詳細について公に説明しようと乗り出したことで、事態はさらに悪化した。彼女の個人生活がさらに詮索され、さまざまな臆測が広がったのだ。主流メディアが彼女を批判するだけでなく、悪質で女性嫌悪的な憎悪に満ちたこきおろしが大量にソーシャルメディアに流れた。口先だけの批評家が何千人もそこに参入する中で、彼女の仕事から容姿、セクシュアリティに至るまでが攻撃の的になった――この世論は、ぼくが手を貸してできたのだ。自分が果たした役割について考えながら、居心地悪くそこに座っているうちに、エリーの友だちがまたひとりやってきた。

ふたりはハグをして、ただのあいさつにしてはかなり長い間抱き合っていた。ひょっとしたら久しぶりに再会したのかもしれないし、エリーが社会の天敵になってから初めて顔を合わせたのかもしれない。

そして、周囲が騒がしかったにもかかわらず、静かにすすり泣く声が聞こえた。視界の隅に、友だちの胸に顔をうずめたエリーの頭が上下しているのが見えた。ぼくが勝手につくった誇張したイメージではなく現実のエリーを目の前にしたとき、前に抱いていた思い込みを持ち続けるのはむずかしくなった。善意で行動した実直でか弱い人が、胸が張り裂けるほどむせび泣いているのだ。ほとんど壊れそうになっている女性。階級、文化、闘争といった自己正当化の理由が、突如としてむなしく、利己的で、偽りのように感じられた。たしかにエリーのアプローチは誤解に基づいていたし、拙くて構想も甘かった。たしかに労働者階級コミュニティでの暮らしについてエリーが考えていたことには、批判されてしかるべき理由があった。たしかに、なぜこれだけ多くの人が政治的に排除されて文化的に誤解されていると感じていて、怒りや憤慨がときには正当化されるのか——必要でさえあるのか——という重要な問いへの答えが必要だった。それでもエリーが涙をぬぐい、ぼくがそれに気づかないふりをしているとき、ぼくの階級政治がどれだけ破壊的になっていたのかに突如として気がついた。怒りと自分の信念が正しいという考えに心を奪われていて、エリー・ハリソンが敵ではないということが目に見えていなかったのだ。エリーは中流階級の華々しさを持ってはいるけれど、ぼくが生涯をかけてきた闘いの味方だった。そして渋々ながらも、今後ぼくがだれかに喧嘩をふっかける気になったら、まず相手のことを念入りにチェックしようと思うようになった。

32 Rules For Radicals

ラディカル派のルール

「われわれの人生が短いのではない。その多くを浪費しているだけなのだ」。ストア派の哲学者、セネカのことばだ。二〇〇〇年近くも前に古代ローマで思索にふけり、この先見の明ある一文を記した。もっとも、善く生きるにはどうすればいいのかという難題に取り組んだのはセネカが初めてではないのかもしれない。それでも彼が忘れる前にこれを書き記してくれてよかった。人生がいまよりはるかに短かった――四〇年ほどだった――ときですら、人々は完璧に役に立つ午後のひとときを浪費して、自分たちの存在についての難問を考えていたのだ。そう思うとおおいに勇気づけられる。二〇〇〇年後、二倍の時間を手にしたぼくらがまったく賢くなっていないと知ったら、セネカは何と言うだろうか。

この思索の副産物として、セネカのような思想家たちが、ぼくらの考えや意見の多くの土台になっている知の足場をつくった。理解の多数の層と次元、議論への入口、知の探求の軌跡。

こういう思考の習慣は、必ずしも思うほど自然にできるわけではない。困難な討論を通じて獲得されるのであり、そこでは多くの場合、激しい怒りや不快感が呼び起こされる。そこから人間の生き方についての広大な、パッチワークの地図ができる。その地図はすっかりなじみのものになっていて、いまでは単なるきまり文句（クリーシェ）とみなされている。

あなたが知っているありきたりなことわざを一つひとつ思い浮かべて、それが最初に口にされたときのことを想像してほしい。ぼくらはこういう珠玉の知恵を、当たり前のもののように感じている。けれども、自分たちの徳から生まれたと思いこんでいる考えの多くと同じように、それを手に入れるためにぼくらはほとんど何もしていない。ことわざや、広く流布しているほかの知識は、ほかのだれかが骨を折ってつくり出したものだ。ぼくらはみんな模倣者、詐欺師、ペテン師で、読んだ本について偽りの態度をとっている。ぼくらのとりとめのない頭の中は、先人たちがアップロードしたミームでいっぱいなのに、自分の頭のよさをひけらかすとき以外は、その先人たちの功績を認めたり、先人たちに敬意を表したりすることはめったにない。ほかの人たちが精選して、のちにぼくら一般人が使っているこれらの真理は、現在の見せかけにとらわれず、時代の傲慢を切り裂いて物事の核心に迫る。それに、「人生は短い」という警句ほどシンプルな、あるいは広く浸透したクリーシェも少ない。これはセネカがエッセイ「人生の短さについて」で取り組んでいた問題だ。

「人生は十分長い」とセネカは言う。「すべてをうまく使えば、最も偉大なことも成し遂げられるだけのたっぷりな長さが与えられている。しかし安易でいいかげんな生き方をして人生を浪費し、また無意味な営みに時間が使われたら、やがて死が訪れ、過ぎていることに気づいていなかった人生の時間が過ぎ去ったことに気づくのである」

ぼくの人生の多くが、長年のいいかげんな考えや誤った考えによって浪費されてきた。手あかのついた主張や、思い込みの勝利の繰り返し、日常を超えてばかばかしい、あるいはとんでもないところまで突き抜けるたくましい空想のシミュレーション。あまりにも多くのこれらが、あまりにも長い間続いて、ぼくはひどく不幸になっていた。それがどうしてかわからずに、その理由を説明すると思われる誤った思い込みを持つようになっていた。

過去を振り返って真実を明らかにしようとしていると思いこんでいたけれど、本当はそんなふりをしながら、真実を見つけようとしていたわけでもなければ、葛藤や混乱の中で自分の位置を確認しようとしていたわけでもなかった。本当はいつも、責任逃れをしようとしていただけなのだ。その一方でほかの人には責任をたっぷりと押しつけていた。ぼくが憤りを感じていた相手に、自分に与えたのと同じだけのゆとりを与えられていればよかったのにと思う。おそらく自分の物語では自分を主人公にするのが自然なのだろう。自分の視点から人生を見るのが自然なのだと思う。ただ、それが自然だからといって正しいわけではない。いまでもぼくは、そのときにやりたいことをただやるだけの生活を送っていた過去の遺物を片づけている。先人の知恵を無視して、大きな代償を払ったのだ。

多くの人にとって、両親の知恵ほどいらだたしかったり意味不明だったりするものはない。けれどもぼくにはそうした日々は過去のものになり、大人になる中で父との関係は改善された。また別のすばらしいクリーシェを使うなら、時間は偉大な癒やし手であり、さらにちょっとした距離があるとそれも助けになることが多い。ストレスで家族が引き裂かれ、それぞれが人生との衝突コースに立つようになると、ほかの家族には構っていられなくなる。それによって内省と成長のチャンスが生まれて、父とぼくの場合には、ちょっとした物理的な距離のために思いやりと理解の余地も生まれた。

軋轢のある家族の間に調和が生まれると、人生はかちりと元の場所に収まるようだ。喧嘩はむなしいと気づいて、それを避けることを学ぶ。口をつぐむことで避ける者もいれば、ほんのたまに会うだけにして避ける者もいる。また必ずしも簡単なことではないが、赦し忘れることが唯一の解決策になることもある。それがなければ、怒りがどれだけ正当なものでも、気持ちが落ちつくことはない。ぼくらを傷つけた人たちは、たいていどこかの時点でだれかに傷つけられている。それと同じで、だれかに傷つけられたぼくらも、人生の中で何度もその仕返しをしてしまいがちだ。程度の差こそあれ、みんな人生のさまざまな段階で犠牲者にもなれば加害者にもなるのに、ぼくらは自分が傷つけられたときのことしか覚えていないことが多い。それは自然なことかもしれないけれど、必ずしも正しいことではない。

母にはほとんどチャンスがなかった。若いときにレイプされ、それを母親に話したら突き放されて、セックス、酒、ドラッグ、のちには子どもたちを通じて人とのつながりを求めた。けれども、つながりを求める試みも問題への対処法も、どれもうまくいかなかった。両親も依存症の誘惑に溺れ、友人やきょうだいは、自分の人生を先にすすんでいったり、酒を断ったり、腕に注射針を刺したまま死んでいったりして、どんどん数が減り、母はさらに現実から孤立していった。母は自分の生活がどれだけ異常かを知る術がなかった。ほかの考え方や生き方があるとは知りようがなかった。ほかと比べてみることができなかったのだ。自分よりも階級が上とみなす人と交わるとき、ぼくはいつも自意識過剰で不安になる。それと同じで母も、酔っぱらっているとき以外は人とのごく基本的なやりとりにもしりごみしていた。子ども時代ですらそうだったという。それだけ自己評価が低かったのだ。昔は、ぼくは母の目に憎しみしか見えなかった。けれどもいまは苦しみ、トラウマ、つながりを求めながらもどうすればいいのかわからない深い挫折感が見える。母の目にぼく自身を見る。母の短い一生に、ぼくがごまかしだらけの世界に引き戻されたときにたどるであろう別の未来を見る。年を取るにつれて、よくわかるようになった。ぼくが生まれたとき、自分たちもまだ子どもだった父と母にとってそれがどれだけ大変なことだったのか。そしてふたりの人生にわずかの知恵を見る。

ぼくが過去から立ち直り、必ずしも理想とは言えないながらもいまの生活のリズムに適応する中で、若いときの理想に根ざした昔の恨みは薄れて、新しいパラダイムに道を譲った。自己中心的なものの考え方から離れて過去を捨てたいと望む気持ちは、たしかにほかの人にもプラスに働きはするが、完全に利他的なものでもない。気まずい真実から生まれる気持ちなのだ。長く生きれば生きるほど、ずっと恨みがましく非難してきた相手と同じ過ちを犯す可能性が大きくなるという真実だ。

子どものころぼくは、母が酒を飲むのを非難して、うちにいないのを憎んでいた。けれども一〇代のときにはもう、ぼくも酒を飲んでいなければ家族のまわりにはいられなくなっていた。母がぼくらをほったらかしにして、ぼくらが元気か、何をしているか気にもかけないのをぼくは理解できなかった。けれども酒を飲み始めたころには、ぼくもパーティーで会うことでもなければ妹や弟の暮らしにほとんど関心を持たなくなっていた。もちろん、ぼくのほかの疑惑や過ちと同じで、自分のときには常に話は別だ。いつも理屈をねじ曲げて無理やりに自己正当化して、揺るぎなく道徳的な高みにとどまっていようとしていた。ただ心の奥底ではいつも、自分が偽善者でペテン師で嘘つきだとわかっていた。ぼくは人の行動、とりわけ両親の行動に対する憤りを和らげて、その憤りについてよく考えてみることを学んだ。経験から、注意を怠れば自分が非難していたものと同じ道をたどるとわかっていたからだ。

ぼくがいま自分のものだと思うようになり始めている世界観の多くは、実は父から受け継いだものだ。価値観、ものの見方、信念、それに欠陥、嫌いなもの、奇抜さ。人生のどこかの時点で——おそらく母が死ぬ前にぼくが家から追い出されたときに——ぼくは父のことを自分の物語の悪役とみなすようになった。けれどもそれは、単なる妄想の一部だった。ぼくは恩知らずで、それを認められるほど大人になってもいなかったのだ。ぼくが不誠実な考えを持っていた証拠として、失敗と問題は父と母のせいにし、成功はすべて自分ひとりの功績と考えていたことが挙げられる。それに、貧困の引力から解放されるとしたら、それは父と母のおかげではなく、父と母がいるにもかかわらずだという子どもじみた考えも持っていた。

そしてこの妄想を社会そのものと結びつけていた。

ぼくの傲慢さと世間知らずのせいで、父の影響がぼくの人生に隅から隅まで染みわたっていたことに自分では気づいていなかった——アーティストになったのだって父の影響だ。後進のために困難な作業に取り組んだ古代世界の思想家たちに対するのと同じように、ぼくは父の知恵を時代遅れでダサいと切り捨てていた。けれども実はそれが考えうるかぎり最もたしかな足場をぼくに与えてくれていたのだ。うちを出て、父に厳しく制限されていた酒、ジャンクフード、タバコといったものに好きなだけ手を出せるようになったら、一年足らずでぼくの暮らしは絶望的に制御不可能になった。

父はいつも、金銭面に責任を持ち、ほかの人の希望や財産を尊重することが大切だと強調した。それなのにぼくは家を出た途端に無責任になり、衝動的な不摂生がどんどんひどくなって混乱状態に陥った。父は健康的な食事をして定期的に運動するようにぼくに勧め、きょうだいみんながちゃんと動く自転車を持てるようにしてくれて、週に一度スイミングに連れていってくれた。何にもまして、もし作家になるのが夢ならば、どんな状況でも絶対にやりたくない仕事に甘んじるべきではないといつも言ってくれた。

もっと早くから、父が教えてくれた徳に従って生きるだけの賢明さがあったら、何年分もの苦痛とストレスを感じずにすんだのだと思う。それなのにぼくは父をけなし、父の知恵を頭の外に完全に追いやって、自分が聞きたい半端な真実を語るその場かぎりの友だちやずるがしこい飲み友だちの知恵を吸収した。何もかもわかっていると思いながら、実はほとんど何もわかっていなくて、そのためにひどく無防備になっていた。それを考えるとぞっとする。だからこれから先、何かに確信を持てることはもうないと思う——おそらく確信を持てるのは、びっくりするほど間違ったことをする自分の能力だけだ。

今日、ぼくはこの本を書き終える。こんなにつらい作業になるとわかっていたら、本は読むだけにしておいただろう。いまは午前半ば。スターバックスにいて、完成してほぼ九年を経たシルヴァーバーンの入口通路を見ている。この旅を始めたときには、こんなところにいることになるとは思ってもいなかった。長年、この場所の名を聞くとぼくは目をぐるりとまわしていたし、前を通るときには中指を立てていた。シルヴァーバーンもほかの多くのものと同じで、ぼくにとっては世界のおかしなことをすべて詰めこんだ象徴的存在だったのだ。けれども状況は変わって、ぼくも変わった。自分は悪い方向に変わっているのではないかと思うときもある。ルーツから離れすぎて、ずっと非難してきたまさにその体制に吸収されているのではないかと思うこともある。その一方で、変わるほかに選択肢はなく、仮に問題があるとするなら、いろいろなことが明らかになったあともあくまで変わらずにいようとする人たちにあると感じるときもある。ぼくが変わりつつあるのは、主義主張を捨てたからなのか、それとも人生のことをもっとよくわかるようになって前進しているからなのか、本当のところはわからないのだろう。いずれにせよ、ありがたいことにそんなことを考えている暇はぼくにはもうない。

ぼくの隣には明るいオレンジ色のベビーカーがあって、日よけは上にあがっている。中で喉を鳴らしながら昼寝の真っ最中なのは、一歳の男の子ダニエル。ぼくの息子だ。真剣に禁煙を始めた初日、ぼくは二〇一六年春に父親になるという知らせを受けた。ぞっとする知らせだった。というのも、二〇代のときはずっと、運の悪い子がぼくのもとで育つことになったら、ひどい父親になるに違いないとひそかに思っていたからだ。長年、否定的な心の声が自分には親になる資格がないとずっとぼくに言い聞かせていた。それどころか、ぼくが世界に対してできる最大の貢献は、子どもをつくらず、欠陥があるぼくのＤＮＡをあとに残さないことだという大げさな考えすら抱いていた。心の奥底で、父親になるに当たって一番不安を覚えていたのは、自分の間違った思い込みを子どもに伝え、無駄な苦しみ、葛藤、道を見失わせる自信喪失を経験させてしまうのではないかということだった。息子が生まれたとき、赤ん坊には見えなかった。透明な袋に入った紫色の小さなエイリアンみたいだった。それ以前に出産を目にする経験をしたのは、子ども時代に医療ドラマを観たときぐらいだ。医者が「ヴァギナ」と口にするところで、祖父と祖母が気まずそうに咳をしていた。だから、息子は完成されたかたちで子ども用椅子に座り、『ジャングル・ブック』のベビー服を着てやってくるものだと思っていた。現実はずっと大変だった。血がたくさん出て、ぼくのパートナーは痛みで譫妄状態にありながら、赤ん坊がまったく声を上げないことに気づいていた。最初の数秒間の静寂が永遠のように感じられて、ひょっとしたら何かがおかしいのではと思い身体が震え出した。

そして息子は産声を上げた。肌は紫からピンクに変わり、目がゆっくりと開いて小さな口から声のかぎりに叫んだ。赤ん坊が叫び声を上げるのを聞いてこれほど安心することがあるとは思ってもみなかった。目新しさはたちまち薄れる。一年経ち、ぼくの生活は一変した。必ずしもそう望んだわけではなくて、変わらざるを得なかったのだ。昔のやり方ではうまくいかなかった。いまでは、ぼくが社会にできる一番の貢献は、健康で幸せで安心して生きられる子どもを育てることだと思っている。いまでは、コミュニティを変えるのに一番実際的なやり方は、まず自分を変えて、その上で自分がどうやって変わったのかをできるだけ多くの人に伝える道を探ることだと思っている。

この自己反省も構造的抑圧の一形態だと言う人もいるだろう。世界の不正から目をそらさせ、自己改善に集中させるネオリベラル経済の延長線上にあるのだと言われるかもしれない。権力に異議申し立てをせずに逃げているのだと言う人もいるかもしれない。こういう人たちにぼくは言いたい。家族、コミュニティ、主義、運動の役に立とうと思ったら、まず自分自身の生活の機構を管理、維持、運営できなければいけない。意味ある変化を起こすのにまず掌握しなければならないのは、この生産手段だ。だからといって、抵抗をやめなければいけないわけではない。権力、腐敗、不正に異議申し立てがなされるべきではないということでもない。こうした行動も必要だけれど、それと同時に自分自身の考えと行動も同じぐらいきちんと精査しようということだ。逃げ腰になっているのではない。これが二一世紀のラディカリズムだ。

ぼくはあらゆる言い訳をして、あらゆるスケープゴートを責めて、あらゆる真実を拒んでいた。ぼくの人生最大のテーマは貧困だとずっと思っていたが、実はそうではなく、それは貧困を生き抜くために無意識のうちに取り入れていた誤った思い込みだった。抱える問題の本質を隠そうとして内面化した神話だった。貧困を徹底的に分析しようと思ったら、自分自身にも鋭くむずかしい問いを投げかける必要があるとは思ってもいなかった。どういうわけか、貧困の問題を徹底的に精査すべきという見せかけとはうらはらに、ぼくはあらゆることを顕微鏡で調べながら、自分のことは都合よく分析から除外していた。ぼくは新しい考え方、感じ方、生き方を学ぶ必要があったのだ。ストレス、憤り、思い込みの蜃気楼の向こう側にある政治を見る方法を学ばなければならなかった。その政治は、非難することではなく共通の土台を見つけることを目指す。自分のコミュニティから排除されても、ぼくはこれをしなければいけなかった。

ぼくはずっと無力感に苛まれて生きていた。無力で本が読めない、詩が楽しめない、仕事が見つけられない。無力で不健全で有害な人間関係から逃れられない、ジャンクフードをやめられない、酒とドラッグも続けてしまう。自分の力が足りないときはいつも、だれかがぼくの代わりに何とかしなければいけないと考えた。ジャンクフードは制限され、広告は規制されて、酒とドラッグは禁止されるべきだ。社会が内側から崩壊することを夢見た。浅はかにも社会が崩壊すれば生きやすくなると思いこんでいたのだ。何もかもが不道徳で不正で腐敗に染まっていた。さらに悪いことに、こういうことをあまりにも強く信じ切っていたから、それと相容れない主張を耳にすると感情的にかき乱されて腹が立った。これはとてもばかげたエネルギーの使い方だった。けれども、他人の話の欠陥を見つけるほうが、自分のつくり話に正直に向き合うよりもはるかに簡単だ。

ぼくの若き日の理想が葬られた墓地、スターバックスにいながら、人生はそれほど悪くないのかもしれないという心安まる感覚に包まれる。ポロック自由州は遠い昔の記憶になるのではなく、ギャルゲール・トラストとしていまも生きていて、亡きコリン・マクラウドの妻で同じ環境保護論者のジーハン・マクラウドがそれを運営している。ギャルゲールは、「失業、抑鬱、依存症などの嵐に生活を打ちのめされた人たちに安全な避難所を提供する」地域コミュニティ・プロジェクトとして成功を収めている。

ギャルゲールは、ゴーヴァンを拠点にして、刺激を与え、触発し、学びを促す仕事場を提供している。ここでは失敗は一番の教師とみなされ、古い問題から離れて新しいアイデンティティがつくられる。人々が自分の暮らしの責任を引き受け、逆境を乗り越えられるようにあと押しするのがここの気風《エートス》だ。

一九九〇年代半ばに運動が崩壊して士気をくじかれた若き社会主義者たちは、いまでは活動家、労働組合員、ジャーナリスト、コミュニティ・リーダーとして影響力を持つ立場にいて、人権、平等、それにもちろん貧困など、さまざまな問題について国の議論を目に見えないところで動かしている。カッスルミルクでは、キャシーが当選することはなかったが、選挙運動の経験はかけがえのない財産になり、ＣＡＡは政治参加と自己決定のエートスに基づいて引き続き成長している。

ぼくの妹はこれまでの人生でありとあらゆる困難に直面してきたけれど、先週、グラスゴー大学に合格して政治学を学ぶことになった。家族初の快挙だ。

いま、息子が昼寝から目を覚ます前にこの最後の数十行を書きながら、以前には想像すらできなかった考えと向き合うことを強いられている。社会は内部にたくさん矛盾を抱えてはいるけれど、思っていたほど残酷でも冷淡でも制御不可能でもないのかもしれない。これを認めるからといって、闘争を続けている人たちを侮蔑するわけではない。ぼくがたまたま生まれ落ちた社会は、たしかにひどい不正義が見られておおいに改善の余地があるが、最低限の誠実さを保っていて、そのおかげでぼくは自分の問題を乗り越えてもっと正直で役に立つ人生を送れるようになった。そのことに感謝の心でいっぱいなのだ。子どもができたいまは、革命と聞くと恐ろしい。若い活動家はひとりよがりで無分別だと感じる。社会運動は、支持を取りつけるためにありとあらゆる怒りをなだめるのに熱心で、政治の道具としての機能のほかに怒りを活用できるとはほとんど考えない。左派を見ると、自己認識の欠如がはなはだしく、自分たちの憤りが正しいと病的に信じ切っていて、これが社会正義の大きな目的を脅かし始めている。労働者階級を守って鼓舞するはずの活動家、アーティスト、政治家が、自分たちの問題関心に合わない労働者階級の人たちを見捨てている。最悪なのは、ぼくのような考えがどんどん歓迎されなくなっていることだ。ぼくみたいな人間にはもはや左翼は安全な場所ではないと感じることもある。ただ、前にも間違っていたことがあるから、この感覚が正しいのかはわからない。いずれにせよ、ぼくが自分で気づいていなかった本能が目覚めたのだ。家族を守り、息子がいい人生を送れるようにするという本能だ。次の段階では、中年に向かっていく中で、責任ある親としての新しい生活の現実と、昔の理想との間で折り合いをつけることが課題になる。こういうことばにぞっとする人も多いに違いない。とくに読者のみなさんが、この本は革命を呼びかけるものだと思っていたり、貧困をどこかの政党のせいにするものだと思っていたりしていたら、そんなふうに感じるだろう。もしそうだったら、がっかりさせて申し訳ない。

これが年齢を重ねたぼくだ。ぼくはいまでは違う人間だ。ひょっとしたら、変わったことで自分の階級を裏切ったり、自分の出自を捨てたりしたことになるのかもしれない。ぼくらは個人としてもコミュニティとしても自分たちの考え方、感じ方、生き方に一定の責任を持たなければならず、それ以外の考えに沿ってつくられた社会には価値がない、そんなふうに言うのは冒瀆《ぼうとく》的なのかもしれない。そんなことを言うのは、降参して服従していることになるのかもしれない。ぼくに言えるのは、変わらないようにしようとしたにもかかわらず自分が変わってしまったことを否定し隠すほうが、自分自身とコミュニティにとってはるかに大きな裏切りになるということだ。ぼくは変わった。これはひとりの人間にできる、最もラディカルな行動だ。

謝辞

いろいろな人の親切、辛抱、善意がなければ、とりわけパートナーのレベッカの支えと励ましがなかったら、この本を書き終えることはできなかった。最後の仕上げのために二週間ほど家を空けなければならず、ぼくらの生活が大きく変わりつつあった時期にかなりのことをひとりで処理してもらった。ありがたいことに、助けてくれる人がたくさんいた。とくにレベッカの両親リンダ・ワラスとエドワード・ワラス、それにレベッカのほかの家族にはいつも支えられている。みんながいなかったらと考えると途方に暮れる。いつも親切にしてくれ、手本を示してくれて感謝している。またロージーおばさんと妹のサラ・ルイーズにも感謝する。ふたりがうちの家族をひとつにまとめてくれている。大変なときにいつもそばにいてくれるトーマスおじさんにもお礼を言いたい。どうすれば役に立つ人間になれるのか、自分の意見をしっかり持てるのか、みんなが教えてくれた。みんなの支えを忘れることはない。

親しい友人たちにはあまり会えていないが、いつもみんなのことを思い浮かべながらものを書いている。ぼくらがみんな二〇代の残骸を片づけられたら、死の恐怖に怯える必要がないところで、ともに過ごす新しい道を見つけられるとうれしい。

ビッグ・デイヴことデイヴィッド・バーネットにも謝辞を捧げたい。片意地な若者だったぼくの才能を最初に認めて育んでくれて、ぼくはヒップホップのおかげで驚くべき人生を送ることになった。ぼくが成し遂げたことの多くは、ファーガスリー・パークでの駆け出しの日々から始まっている。サス・ロックハートとデイヴィッド・〝デフィ〟・ロバーツにも感謝している。ぼくにいなかった兄の役割を果たして、これまでずっと支えてくれた。

ルアス出版のギャヴィンにも特別にお礼を言いたい。ぼくのヴィジョンを信頼して、駆け出しの（若手と言っても差し支えないだろうか）著者であるぼくが必要とするものを察しとってくれた。また編集作業の終盤に力になってくれたジェニー・レントンにも感謝している（彼女が加わる前に世に出そうと用意していたもののことを考えるとぞっとする）。またヒラリー・ベルも、ぼくが何をすればいいかまったくわからなかった最初の段階でおおいに助けてくれた。

文化イベント〈ニュー！　リーキー！〉にもおおいに感謝したい。スコットランドの文化シーンで、ぼくが安心できる数少ない場所を提供してくれている。この本に盛りこんだことのほとんどは、〈ニュー！　リーキー！〉のイベントにあと押しされて生まれた。イベントで、申し訳程度にではなく堂々と紹介してもらえるのはうれしい。編集者、ディレクター、ジャーナリスト、専門家、メンターにも感謝している。執筆をすすめるのに彼らの支援、手引き、建設的批判が欠かせなかった。とりわけマイク・スモール、ポール・マクナミー、クレア・ステュアート、スティーヴン・デイズリー、VRUのカリン、グレアム、ジューンにお礼を言いたい。

カレッジの先生、キャスリーン、フェリシティ、カレン、マリー、チャールズにも、意見とジャーナリズムの違いを教えてくれたことに感謝している。辛抱強いクラスメイトたち、とくにキャット、コナー、アンナ=ロイジンは、ぼくの飲酒癖が再発したあと、卒業できるように助けてくれた。

さまざまなかたちで刺激と支えをくれたスコットランドのプロとアマチュアの作家やパフォーマー、とりわけトム・レナードにもお礼を言いたい。彼の励まし、知恵、誠実さに、またポロック出身の野心ある作家として何に立ち向かっているのかをはっきりとぼくに気づかせてくれたことに深く感謝している。彼の詩集『亡霊のような男たち』(*Ghostie Men*)所収の詩「リエゾン・コーディネーター」を本書に転載する許可をくれたことにも感謝したい。

貧困真実委員会の二〇〇九年度グループ——最初で最高の集団だった——にも感謝している。ともに過ごした時間のおかげで、ぼくの考えと人生の方向が根本的に変わった。ぼくらの希望、不安、ジレンマ、矛盾を反映させた本が書けていたらうれしい。ポール・チャップマンの親切と思いやりにもとても感謝している。信仰を持つ人間かと尋ねられたら、いまでも同じように答えている。「選択肢なんてあるの?」。また、新しい生き方を示してくれたスポンサーのジェイムズにもお礼を言いたい。禁酒をしなかったら、こういったことは何もできなかった。

この本を刊行できたのは、二二八人からの寄附のおかげでもある。クラウドファンディングを通じて支援してくれて、家族に不都合を生じさせずに、また重要なことにほかの人に言い訳をする必要なく、一年間執筆に集中できた。本書を書く時間と空間の余裕を与えてくれたみんなに感謝している。自信を失いつつあったときにみんなの支援が光を与えてくれたおかげで、自信喪失の深い森の中をすすみながら、父親としての一年目を無事にスタートさせることができた——息子のダニエルは何よりもすてきな授かりものだ。

最後に父にお礼を言いたい。ずっとぼくが作家になれると信じてくれていた。それは正しかったのかもしれない。X

ダレン・マクガーヴェイ　二〇一七年七月

［著 者］

ダレン・マクガーヴェイ

作家、コラムニスト、ラッパーであり、社会問題へのコメンテーターとして定期的にメディアにも出演。ロキの芸名でも知られる。グラスゴー南部のポロック育ち。2015年にはスコットランド警察暴力抑止部隊にラッパーとして初めて招聘され、スコットランド各地の特に困難な状態にあるコミュニティで活動を続けている。『ポバティー・サファリ』は初の著書であり、2017年に刊行されるとたちまちサンデー・タイムズ紙ベストセラーリストのトップ10入りを果たした。

［序 文］

ブレイディみかこ

ライター。1965年福岡市生まれ。96年から英国ブライトン在住。著書に『ヨーロッパ・コーリング——地べたからのポリティカル・レポート』（岩波書店）、『子どもたちの階級闘争——ブロークン・ブリテンの無料託児所から』（みすず書房、第16回新潮ドキュメント賞受賞）、『女たちのテロル』（岩波書店）、『ぼくはイエローでホワイトで、ちょっとブルー』（新潮社）ほか多数。

［翻 訳］

山田 文

翻訳家。イギリスの大学・大学院で西洋社会政治思想を学んだのち、書籍翻訳に携わる。訳書に『ヒルビリー・エレジー　アメリカの繁栄から取り残された白人たち』（共訳、光文社）など。

ポバティー・サファリ
イギリス最下層《さいかそう》の怒《いか》り

2019年9月30日　第1刷発行

著　　者　ダレン・マクガーヴェイ
序　　文　ブレイディみかこ
訳　　者　山田《やまだ》 文《ふみ》
発 行 者　茨木政彦
発 行 所　株式会社 集英社
〒101-8050　東京都千代田区一ツ橋2-5-10
[編集部] 03-3230-6391　[読者係] 03-3230-6080　[販売部] 03-3230-6393（書店専用）
装丁・組版　MOTHER
印 刷 所　大日本印刷株式会社
製 本 所　ナショナル製本協同組合

Printed in Japan
ISBN 978-4-08-789010-5　C0098

定価はカバーに表示してあります。

好評既刊

アマルティア・セン 著
大石りら 訳

貧困の克服

——アジア発展の鍵は何か

「貧困」という最も困難な問題に
挑む古典的名著！

アジアで初めてノーベル経済学賞を受賞した
アマルティア・セン博士の講演論文をオリジナル編集し、
その理論をやさしく紹介した本書は、
21世紀最大のテーマ・貧困の克服に、重大なヒントを与えてくれる。

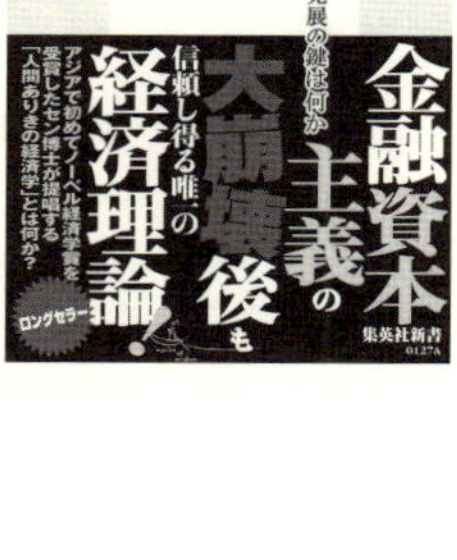

好評既刊

ノーム・チョムスキー 著　鈴木主税 訳

メディア・コントロール

――正義なき民主主義と国際社会

支配層が大衆から真実を隠す方法とは？

政府とメディアは大衆をいかに操り、戦争へと導くのか。米国の外交政策を激しく批判し続け、世界的に注目を集める知識人が、政府の情報操作、民主主義や国際社会における公正さについて論じる。作家・辺見庸によるインタビューも収録。

好評既刊

トニ・モリスン 著　森本あんり 解説　荒このみ 訳

「他者」の起源

ノーベル賞作家のハーバード連続講演録

人はなぜ「差別」をやめられないのか？

なぜ、人の心は「よそ者」を作り出し、排除や差別をしてしまうのか。アフリカ系アメリカ人初のノーベル文学賞作家トニ・モリスンが、「他者化」のからくりについて考察。過去の白人作家たちが作品に隠蔽した人種差別を暴き、その欺瞞を鋭く突く。

好評既刊

資本主義の終わりか、人間の終焉か?

未来への大分岐

マルクス・ガブリエル/マイケル・ハート/ポール・メイソン

斎藤幸平・編

世界最高峰の知性たちが描く
危機の時代の羅針盤

我々が何を選択するかで、
人類の未来が決定的な違いを迎える「大分岐」の時代。
「サイバー独裁」や「デジタル封建制裁」はやって来るのか?
世界最高峰の知性たちが、日本の若き経済思想家とともに、
新たな展望を描き出す!